[加拿大] 彼方 著

黑洞不绕行

No Detours
in the Black Hole

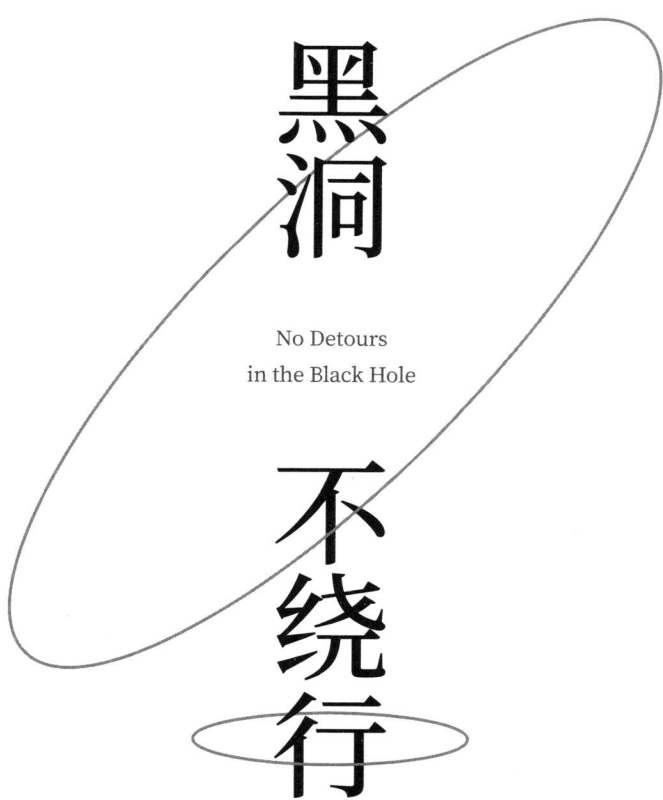

北京联合出版公司
Beijing United Publishing Co.,Ltd.

献给

杰凳、嘟嘟、奶奶、母亲以及所有的家长和孩子

被人摘下面具是一种失败,
自己揭下面具却是一种胜利。

——(法)维克多·雨果

目录

前 言		01
第 1 章		001
第 2 章		009
第 3 章		017
第 4 章		024
第 5 章		036
第 6 章		043
第 7 章		051
第 8 章		058
第 9 章		065
第 10 章		072
第 11 章		082
第 12 章		089
第 13 章		096
第 14 章		104
第 15 章		111
第 16 章		117

第 17 章	124
第 18 章	130
第 19 章	137
第 20 章	145
第 21 章	151
第 22 章	157
第 23 章	165
第 24 章	172
第 25 章	180
第 26 章	186
第 27 章	195
第 28 章	207
第 29 章	218
第 30 章	226
第 31 章	234
第 32 章	242
第 33 章	254
第 34 章	261
第 35 章	270
第 36 章	280
后　记	285

前言

关于这个故事的故事

　　这个故事是我蘸满眼泪写成的。每一个字，每一个标点，都让我感到撕心裂肺的痛！太多的眼泪曾让我一度决定终止，但不安的灵魂又督促我重新开始。

　　每一个抑郁故事的背后都关乎生与死的考验，都渗透着血与泪的纠缠，都包含着痛苦和挣扎。很多人走不出那个黑暗的角落，留给爱他们的人一生一世的伤感。抑郁是纠结的，可怕的，悲剧总悄悄滋生又突然发生。当悲剧发生的时候我们才知道，那个自己所爱的人曾经在抑郁的黑暗中哭喊挣扎。

　　抑郁再也不是遥远的新闻，它就在我们身边，甚至发生在我们自己身上。我也曾经历过一段时间的抑郁折磨，品尝过每天以泪洗面的苦涩。所以，当听到自己所熟悉的孩子一夜间就离开了，我哭了好几天，想想都心痛！那么活蹦乱跳的一个生命，昨天还微笑着跟我打招呼，各方面都优秀得让人嫉妒的一个孩子,突然就选择离开家人,离开朋友,离开这个世界!

这不仅仅是桑林苏和女儿的故事,也是很多海外移民家庭的故事。他们对子女的付出和关爱比本书的妈妈还要多。他们抛弃一切来到一个陌生的地方,满怀对未来的希望,为了孩子努力拼搏。独在异乡为"异客"的艰辛是很多移民家庭的相似经历。

真实世界里移民家庭的孩子的反应比素娜的反应更激烈。他们生活在两种不同文化的夹缝中。西方的独立自我意识让他们跟具有东方传统理念的父母产生了极大的冲突,父母和孩子双方互相不能理解和容忍。他们比其他孩子更叛逆,可以让家长欲哭无泪,一夜白头,但又无可奈何。

这个故事有很多探索人生意义的情节。我给主要人物取了跟音乐有关的名字,如 Sonata(奏鸣曲),Concerto(协奏曲),Sol(音符里的G),Reh(音符里的D),Timbre(音色),Varia(音乐变化),以此来展现"人生如歌,命运如梭"。我们要学会理解命运,正确看待人生,接受孩子的不完美,接受自己的不完美,创作出属于自己的生命之歌。

多伦多作为加拿大最大的城市,也是新移民聚集的城市,最大程度地体现了加拿大多元文化的特色,所以故事里设定的角色来自世界各地。多伦多很包容,很大但也很拥挤,有寒冷的冬天,也有美丽的秋天。这是故事的背景,也是真实生活中的现实。

很多多元文化的细节并没有在故事中展现，因为我写这个故事的目的并不仅仅是展示多元化，而是为了探索、找到抑郁的根源，从而找到理解抑郁患者的方式。

为什么我们努力付出，却让孩子们不快乐，甚至让孩子走进了抑郁的大门而无法回头？在这种情况下，抑郁与黑洞就产生了。

我用了"黑洞"这个概念，试图让大家更能体会抑郁症患者的精神状态。因为真实的黑洞是被形容为"一种黑暗的天体，具有极大的吸力，连光都无法逃脱"，我觉得这两点跟抑郁有很大的相似之处。抑郁就像黑洞，让走近它的人看不到光明，看不到希望；抑郁也具有很大的吸力，得了抑郁症的人看到什么都是负面的、伤心的，抑郁症源源不断地把更多的坏情绪吸进去。

黑洞是可怕的，神秘的，深不见底的，变化莫测的。它吞噬光明，吞噬一切，毁灭一切！它有着强大的吸力，可以吸收所有黑暗中的物质，吸收所有破损的东西。但是它离我们那么遥远，遥不可及。

抑郁比黑洞更可怕，它像长在黑暗中的一个病毒，隐藏在身体中的一粒粉尘，不知不觉慢慢侵入我们的身体，跟着我们的负面情绪吸收着眼泪的能量，悄无声息地长大，直到有一天压垮我们。

抑郁的可怕就在于我们不自知，他人更无从知晓。被抑郁侵蚀的人总是很难跳出那个黑暗的角落，那里没有光，没有希望，只有眼泪和绝望。

在故事里，素娜反复进出黑洞领域，就是她在抑郁边缘挣扎的体现。我描写素娜进入黑洞领域所经历的挤压、碰撞和摔打，以及在那里看到的一切，就是试图让大家了解抑郁症患者的身心所遭受的折磨。而桑林苏对素娜病情的不认可也折射出现实生活中部分人对抑郁症患者的不认同和不理解。

不被理解加重了素娜的悲伤和抑郁，让她看到什么都觉得悲伤，让周围所有的阴暗物质供养她的抑郁黑洞长大，让她一步步走向深渊。

抑郁怎么来的？我们该如何躲过抑郁这个"黑洞"？或者该如何逃离"黑洞"战胜抑郁？

我不是治疗抑郁的心理专家，但作为一位母亲，我很想通过这个故事让大家意识到我们的一些行为给孩子们造成了潜在伤害，也希望孩子们能更好地理解父母。所以，我让猫头鹰告诉素娜，设定目标，心存美好的记忆。与此同时，我也想展现一个母亲是如何认识到问题，面对问题和解决问题的，是如何用爱温暖一颗被自己的恶言恶语冰冻的心的，是如何把深陷"黑洞"的女儿拉出来的。我想让所有的父母理解：真正的爱除了不附加任何条件，还不能裹上负面情绪。

我发现当我们感觉到孩子给了我们太多的压力，或者感觉我们为了孩子付出了太大的代价的时候，我们已经把负面情绪传递给了孩子，已经给他们戴上了情绪的枷锁。我们说父母的爱伟大是因为父母不要孩子回报，但是，父母却想让孩子长大有出息。可是，那个"有出息"往往不是孩子们自己想要的未来。

  我们总是希望我们付出了就能相应得到想要的结果,这便是负面情绪的开端。

  抑郁来自负面情绪,而情绪是可以承接的。我们如何中断情绪承接,避免在不自觉中把承接过来的负面情绪又传给下一代呢?这就需要我们尽量彻底摆脱童年阴影,彻底疗愈自己的负面情绪。

  该故事采用了两位主要人物的视角,意在为家长和孩子建立一座理解的桥梁,让家长和孩子看到对方的喜怒哀乐,从而避免进入抑郁"黑洞"的悲剧。

  谨以此故事与所有的父母共勉!与所有的孩子共享!

第 1 章

最后一抹夕阳刚刚化好妆准备登场,就被蜂拥而至的乌云遮住了。天空迅速黑了脸,吓得正在苹果树上啄食的鸟儿和小松鼠四散而去。被打落的熟透的苹果,窸窸窣窣地掉了一地,忙坏了正在草地上觅食的小兔一家。空气开始变得湿冷,冻住了弥漫在四处的果香。月亮没有出来,星星也缺席了,整个世界全陷入了黑暗。

"素娜?马素娜!"

"开门!"

声音在寂静的夜中爆炸,震得冷空气都嘎嘣嘎嘣发出了脆裂声,震得苹果树打了个激灵,又晃下来很多苹果。但是小兔子一家再也不敢享受落下的苹果,一溜烟跑掉了。素娜戴着耳机坐在书桌前,身体随着耳机里的音乐左右摆动。

"喂,素娜!你到底在干吗?晚餐也不吃!"

门从外面打开了。素娜知道妈妈有钥匙,她只要不反锁房门，是没有办法阻拦妈妈进来的。素娜瞟了妈妈一眼，慢慢地摘下耳机，嗫嚅地说自己不饿。

素娜的妈妈桑林苏端着盘子站在门口。她穿着围裙，乱蓬蓬的辫子也不知哪天编的，耷拉在胸前，睡衣松松垮垮地挂在身上，面色凝重，双眼圆睁。素娜还没有起身去接盘子，桑林苏就过来把盘子往书桌上使劲一放，伸手要摸素娜的额头。素娜向后一仰，推开了桑林苏的手。

"没有生病啊？到底怎么回事？"桑林苏开启女高音模式，中文里夹杂着变调的英文。素娜忍不住皱了一下眉头，再次跟桑林苏说她不饿。

"怎么会不饿？不饿就赶快学习，都十二年级了！"

桑林苏又开始了她的激励演讲加责骂。她恨不得钻进素娜的身体，让素娜的每个细胞都充满斗志。13年了，她独自带着素娜日夜奋斗，历经千辛万苦，付出了青春和事业。眼看就要收获了，就要实现她给素娜规划好的蓝图，就要让她扬眉吐气了，她一刻也不能掉以轻心啊！

素娜终于拿起了书，打开了笔记本。桑林苏也累了，她抹了抹嘴巴，就像刚吃完一顿大餐，带着满足和挑剔，瞥了一眼素娜，转身离去。但是她走到门口又迅速转过来，好像又有什么事让她突然生气了。她举起了手，但又放下了。在最后一秒，她还是保持了冷静，知道在加拿大是不能随意打孩子的。可是不打，好像气又没有完全顺好，只能又骂了两句，加上"都是为了你好""现在不努力将来讨饭都没有机会！"之类的惯用结束语。

她帮素娜关上窗户，端起盘子，长长地叹了一口气，出去了。

被吵声骂声打碎的空气随着桑林苏的离开很快又合拢在了一起，各种秋虫的低吟也此起彼伏，鸣锣开场了。素娜把灯关上，呆呆地坐着。她的脑袋被妈妈的一阵狂轰滥炸给震得昏昏沉沉的，她的神经好像也被折断了，一时间没法合拢。过了一会儿，素娜摸索着又把窗户打开，大大地吸了一口气，顿感冷彻心扉。才到10月，竟感觉如冬天一样冷。天空越来越暗，一颗星星也没有出现。素娜不知道，小星星们是否可以透过黑暗看得到自己。她把手伸向窗外，对着天空像以往那样挥挥手。

已经快两年了，素娜晚上睡不着的时候就出来看星星。她的家虽然不是很偏远，但整个社区没有很亮的灯，后院比较空旷，加上后面是一片树林，所以总能看到星星。素娜越来越不喜欢跟同学们玩了，喜欢自己一个人，喜欢跟她的星星们聊天。她总是莫名其妙地伤感，经常偷偷流眼泪，她感觉好累。

素娜觉得身体里有个奇妙的开关，总是可以把快乐关起来，怎么都很难打开。

素娜想去外面待一会儿，于是悄悄地下楼，从后门跑到了后院，在丁香树旁边躺了下去。她望着静谧的天空，想象着在黑色屏幕后面的那些星星。

小熊星，天狼星，水星、金星、北斗星……

素娜把能想到的星星名字都念了个遍。她没有对天文知识那么痴迷，也从来没有深入了解星星是如何被命名的，被命名的星星到底有多少颗。她也从来没有试过从望远镜里看看星星是什么样子。她只是喜欢像钻石一样亮闪闪的星星，也很好奇那些被命名的星星喜不喜欢它们的名字，那些星星有多少颗像地球一样存在有生命的"人"。她第一次听妈妈说织女星、牛郎星，还有月亮里的嫦娥时，惊讶又欣喜，原来中国给星星命名的背后还有那么生动感人的故事。

素娜记得有的故事里说，人一旦死了就会变成星星守护自己的家人。她不知道天上有没有守护自己的星星，也不知道自己以后是不是也能变成星星。如果能的话，她想变成一颗不会陨落的流星。她要去小熊星、织女星那里看看，告诉它们地球人给它们取的名字，也想去跟嫦娥打个招呼。不过，素娜想不到她有什么家人可以守护，他们都只是妈妈偶尔提起来的传说，离自己很遥远的传说。

素娜对着天空喃喃自语，土地是冰冷的，空气是冰冷的，自己的身体也是冰冷的。难怪人说，生命其实只是一个行走的影子，一个可怜的角色。一去不复返。

自己的童年一去不复返，快乐一去不复返，就连那个流浪的小狗嘟嘟也一去不复返。自从素娜被迫退掉她们养的狗狗洛基（Rocky），几年之后，嘟嘟突然来到她们家后院，给素娜带来很多的安慰，但是嘟嘟却突然毫无征兆地消失不见了。素娜好想再见嘟嘟一面，可是她无论怎么努力、怎么等待都等不到嘟嘟。素娜假设了好多种可能，每多设想一种可能，都让素娜更着急，更担心嘟嘟。可是她一点儿办法都没有。唉，让人最痛苦的是你突然失去了自己最爱的东西却无能为力。

素娜瞪大眼睛盯着天空，突然又看到了那个多次出现的"黑洞"。那个黑洞似乎总在她最伤心的时候出现，看起来像一个巨大无比的章鱼，迅速把她吸了进去，紧紧地包裹着她，让她呼吸困难、呼叫困难，但素娜总在最后关头使劲挣扎，逃了出来。

她曾经把黑洞的事情跟好朋友瓦莉娅（Varia）说起，但是瓦莉娅大笑，说黑洞是太空中的天文现象，普通人肉眼看不到。她咯咯笑着说素娜就算能看到，但被黑洞吸走，是很难出来的。

"素娜，你也别太想象力丰富了，不可能的事！"

"可我真的看到了，我好害怕自己真的哪天就回不来了！"

"哎呀，别瞎说了，不可能的！"

没有什么不可能，只是我们还没有能力发现真相。素娜心里想着，也没再跟瓦莉娅争论下去。她相信黑暗就是黑洞的另一种形式，它可以阻挡一切，吞噬一切，让大家什么也看不到，看不到光，感受不到温暖，感受不到生命的意义。

素娜感觉到自己的身体正在向上飘浮。她使劲抓住丁香树，她不能就这样走了，她还有一些事没有做完。

一滴水珠掉落在素娜的脸上，冰凉冰凉的！素娜打了一个寒战，从冰冷的地上坐起来，晃动了一下麻木僵硬的四肢。再次抬头望向天空，发现那个黑洞不见了。

素娜蹑手蹑脚打开后门，从楼上传来了妈妈的笑声。她还在看电视，好像刚才什么都没有发生。不知道从什么时候开始，妈妈从一个乐于学习的人、一个优雅的女士，变成了一个衣着凌乱、喋喋不休的机器。是生活改变了她，还是她改变了生活，素娜不知道。

一股浓烈的焦煳味钻进了素娜的鼻子，但她没有像以前那样冲到厨房，把烧焦的锅和弄脏的水槽清理干净，而是径自走回自己的房间去了。

素娜轻轻反锁上卧室的门，关上窗户，打开灯。她环顾了一下四周，上下打量着自己的房间：淡蓝色的墙，白色的衣柜和书桌，银色的窗帘和顶灯，一切都是她喜欢的。但是，她却越来越不开心，越来越感到压抑和恐惧。

素娜坐下来翻开书，可是她一点儿都看不进去。她开始烦躁不安，只能站起来，关掉灯，扑倒在床上。可是她总感觉那些书柜里的奖杯和奖牌们老盯着她，让她赶快学习。素娜早就不再因为它们感到自豪了，她不想再看到它们。

素娜从柜子里拿出一个又大又厚实的黑色塑料袋，放到书柜旁边的地上。然后从书柜里把各种证书、奖杯拿出来，一件件放到地上，排成几排，看着颇为壮观。钢琴的20个奖杯、16个奖牌；舞蹈的16个奖牌、20个奖杯；小提琴的10个奖杯、26个奖牌；唱歌的、表演的、画画的，还有其他的，素娜一股脑放在了一起，也不想数了。

素娜一手撑开塑料袋，一手把奖杯、奖牌之类的全部扔了进去，然后把塑料袋扎起口子，放进了衣柜的一个角落。当素娜关上衣柜时，突然又想起来书柜下面的抽屉里还有一些证书，她又把黑色塑料袋拿出来，从抽屉里拿出一些演讲、写作比赛的获奖证书放了进去。最后，素娜拿出了一本相册，打开看了看，果断地扔进了塑料袋。

好了，应该没有了！

素娜吃力地拖着塑料袋，重新放进了柜子。她站在衣柜前，看着满满一柜子衣服，不知道该怎么办。很多衣服，她从来没有穿过，有的连吊牌都没有摘。很可惜，她小时候有几件特别喜欢的，妈妈却擅自送给了林娇娇。还有一堆毛绒玩具、首饰和书也被妈妈送人了。

没想到自己竟然有这么多东西，真是好笑！

她坐下来，打开书桌的抽屉，从里面拿出来一本蓝色丝绸封面的笔记本，看着里面的那句"我喜欢你"流泪了！那是她喜欢的第一个男孩送给她的，也是素娜收到的第一份男孩的礼物。他叫孔切尔托（Concerto），是个意大利男孩。但是素娜还没有来得及高兴，笔记本就被妈妈发现了。妈妈怒气冲冲跑到学校，当着其他学生的面怒骂孔切尔托，让素娜成了全班的笑话，害得她不得不转学。

素娜拿着笔记本走向衣柜，想把它装进塑料袋，但还是又把它放进了抽屉。她站起来又在房间里走了一圈，走进卫生间洗了个澡，换了一件淡蓝色的上衣和深蓝色长裤，戴上耳环，还化了一个淡妆。她对着镜子端详着自己，眼泪迅速爬上脸颊。

生活是一面镜子，你笑，她也笑；你哭，她也哭。

素娜望着镜子里的自己，怎么也笑不出来，就像她的妈妈也没怎么对她笑过一样。不论拿多少奖杯，不论得多少第一，妈妈总是不高兴，总是有更多的要求和任务给她。她曾一度好奇妈妈为什么不会笑，后来发现妈妈只是不会对她笑。

那天，她看到妈妈在讲电话的时候满脸堆笑，但一转脸对着她笑容就消失了，严厉地呵斥她为何还不去练琴。

　　素娜开始觉得憋闷、头晕。她突然感觉那个黑洞又来了，感觉自己要被吸进黑洞回不来了。素娜想着要是真的走了，需要留下什么话给妈妈和她的朋友吗？秦蕊阿姨？瓦莉娅？麦克先生（Mr Mac）？素娜拿出手机，然后放回桌上。她起草了一条信息，然后删除，起草，再删除，还是把手机放回了桌上。

　　素娜越来越烦躁，她不知道该说什么，该如何说清楚自己去了哪里。她在房间里来来回回地走，一直走到眼前变成了黑暗。

　　黑洞真的来了。

第 2 章

"素娜,接电话!"

"喂,快去接电话!"

桑林苏一遍遍大声喊着素娜,眼睛却紧盯着电视。电视剧剧情正在精彩处,桑林苏不想错过。电话还是刚来多伦多的时候装的,是最简单的一款座机,放在客厅里。随着智能手机的普及,座机就很少用到了。她早就想把座机取消了,可感觉家里有个座机比较正式,所以一直当作一个摆设。

电话铃声又响了,但素娜仍然没有回应。桑林苏不得不挪动身体,不情愿地关掉了电视,向电话走了过去。

"喂,秦蕊?"

"是的,是我!你为什么不接我的电话?你手机怎么关机了?素娜手机也是关的!"

秦蕊的声音从电话里传出来,尖锐而焦急。桑林苏这才记起她手机没电了,竟然因为跟素娜生气忘了充电。她急忙跟秦蕊解释，一边四处张望寻找自己的手机。

"素娜怎么样了？你们今天有没有吵架？"秦蕊问。

"啊，别提了！我真是着急，刚骂了她，真有点儿后悔生她。"桑林苏说。

"又说气话！我刚看了一则关于一个男孩自杀的新闻，突然就担心起来，马上打你电话打不通，打素娜电话也关机，又想起你说素娜最近跟你闹别扭，你现在赶快去看看她！"

"啊？不能吧？"

"你还是去看看吧！她正是敏感的年纪啊！"

"素娜，开门！"桑林苏先敲了敲门，想到自己刚才对素娜的责骂，又生起气来，把门捶得更大声了。

没有回应。桑林苏转身回去，拿出钥匙，却发现门从里面被锁上了！桑林苏立刻紧张得浑身发抖，急忙打电话给秦蕊："秦蕊，素娜反锁上了门！没有回应！"

"我正在开车，10分钟后到！"

秦蕊是桑林苏在多伦多唯一的好朋友，她们是在新移民的英语课上认识的。秦蕊跟桑林苏年龄差不多，也几乎同时来到多伦多。她身材很直，头发直，鼻子直，说话也直来直去。她的英文没有桑林苏好，但是她比桑林苏学习认真，总是围着英语老师罗登（Rodon），有问不完的问题。

加拿大为新移民开设免费的英语培训班，来自世界各个地方的新移民，只要母语不是英文，均可自愿来参加适合自己英文级别的课程，直到学完规定的课程为止。给他们上课的英语老师罗登是土生土长的法裔加拿大人，性格直爽，长相帅气，幽默风趣，不仅英文课上得好，还会说一口流利的法语。虽然已经40多岁了，还是单身，所以吸引了很多单身的女学生，其中包括秦蕊。

罗登不仅幽默，还非常尊重来自不同文化背景的文化差异。除了经常让大家分享各自的传统和禁忌，还帮助大家按照自己的母语起英文名字。他给桑林苏起了一个与乐符里面的"So"相近的名字"Sol"作为英文名，因为"Sol"跟桑林苏的名字最后一个字的发音有点儿接近。秦蕊也要一个乐谱里的发音做名字，于是她就得到了"Reh"，跟蕊字发音相近。

罗登似乎对桑林苏特别关注，总提问她，有时间就跟她聊天，完全不顾跟在后面问他问题的秦蕊和其他女同学。秦蕊有些嫉妒桑林苏，不仅因为桑林苏的英语更好，还因为她的外表时尚。每天，秦蕊总是不等罗登问完问题就开始回答。她大部分时间都答非所问，发音又让人听不懂，经常引得大家哄堂大笑。桑林苏几次跟秦蕊打招呼都觉得秦蕊对自己不太友好；在休息时间，秦蕊还总是一边看着她，一边跟别人窃窃私语。

一次偶然的机会，桑林苏在洗手间听到了有人在造她的谣。她立刻火冒三丈，走到秦蕊的座位上，把她拉出了教室。秦蕊一开始有点儿蒙，但她很快就扭转了战局，把桑林苏摔在了地上。全班同学都过来了，不是来阻止她们，而是来看热闹的。

罗登把她们带到办公室，让她们解释发生了什么。桑林苏的英语也不够好，不能完整地表达她想说的话，生气的时候她就更不能表达清楚了。罗登费了半天神才明白她们之间发生的事情。

在罗登试图调解她们之前，她们又吵起来了。罗登可怜巴巴地看着她们，他除了"你好"什么中文也听不懂。看着她们两个吵得那么激烈，他感觉就像看着一个没有信号的电脑屏幕。

突然她们不吵了，而是笑了起来。原来秦蕊说明白了，她只是有点儿嫉妒桑林苏，但从来没有说过桑林苏的闲话。有时候听到别人乱说，她还会跟别人争论。桑林苏觉得秦蕊真是坦诚得可爱，很少有人主动承认自己嫉妒。她笑着拉起秦蕊的手，为自己的鲁莽感到抱歉。

她们的行为把罗登都看呆了。他嘴巴张得老大，差点儿把手里的咖啡打翻了。他不理解刚才还在怒视、如狮子般的两个人，一顿叽里呱啦的论辩后，竟然变成了两只相亲相爱的小猫，手拉手欢快地去教室了。

最后她们成了朋友。奇妙的是，她们两个来多伦多之前竟然住在上海浦东的同一个小区，也许她们曾经擦肩而过。生活有时候真的像魔术一样，总能发生意想不到的事情。秦蕊在拿到移民签证后得知丈夫和他的助理有染，气得一个人搬到了多伦多，很快离婚了。她没有孩子，经营着一个月前买下的一家鲜花店。后来，秦蕊就像桑林苏的家人一样，她们一起学英语，一起逛街。

秦蕊也不再围着罗登转了，因为她看得出罗登对桑林苏挺感兴趣，还好心地为他们创造机会，让罗登给桑林苏买个咖啡之类的。桑林苏却努力把秦蕊推给罗登，说自己是已婚妇女。罗登知道后跟她们两个开玩笑说自己什么都不知道就被她们两个倒腾来倒腾去。

后来，秦蕊真的跟罗登交往了一段时间，但她很快放弃了，说实在不习惯他抠门的样子，完全跟帅气的外表不匹配。桑林苏劝秦蕊要入乡随俗，西方文化里人与人大都是分得很清的。可秦蕊坚持自己的理念，她觉得分得太清，甚至连一顿饭都要分开付，感受不到感情。于是，他们三个就成了好朋友。她们不在英语学校了，还时常约着吃饭，当然各付账单。时间长了，她们也习惯了，觉得轻松，况且也不是男女关系。

"小苏，素娜怎么样？我这里有点儿堵车！"

"还没有动静，怎么也不开门！怎么办呢，秦蕊！"桑林苏带着哭腔说。她完全慌了，不知道该怎么办，脑海里闪现出很多青少年自杀的新闻。桑林苏一年前还听一个朋友说有个在美国的华人家庭，他们的儿子平时不声不响，竟然突然自杀了。那家人说他们的孩子特别乖，从来没有提过要求，从来没有让他们操过心，不知道为何要选择自杀；前两天还有个学校的男孩在地铁站自杀，原因不明；另一学校的学生因考试成绩不理想而自杀；上周有个女孩，因妈妈的一句责骂而自杀……

桑林苏每次都会骂一句，说现在的孩子不像自己小时候缺衣少穿，他们要什么有什么，父母都给安排好了，还动不动就自杀，真是不知足啊！他们应该去贫困地区劳动改造，看看那些饥饿的孩子们，去非洲，去本地贫苦居民生活的地方看看,也让他们知道自己是多么幸运!

可是这个事情怎么就要降临到她的头上呢?素娜怎么会如此不懂事抛下辛苦养大她的妈妈?自己如何面对素娜的爸爸和他的家人?如何面对学校的那些家长?如何面对……桑林苏不敢再往下去想,她头皮发麻,浑身颤抖。

15 分钟后,秦蕊的车终于喘着粗气停在了门前。车子还没停稳,秦蕊就一个箭步跳下来,差点儿摔一跤。她没有像往常一样穿得很整齐,甚至没有换掉鞋子就跑向了素娜的房间。

"嗨,素娜,是我,秦蕊阿姨,开开门,我有好东西给你!"

没有回应。

秦蕊把耳朵贴在门上听了一会儿,迅速把桑林苏拉到客厅里,问她昨天晚上到底发生了什么事。桑林苏只好把自己骂素娜而素娜没有像往常一样跟她犟嘴的细节说了一下。秦蕊摇摇头,飞快地从包里拿出了手机。

"我们得报警!"

"报警?"桑林苏睁大眼睛。

"是的!你知道吗?昨天一个十二年级的男孩自杀了!你没看新闻吗?他和素娜年龄差不多!你就不能收敛一下自己的脾气吗?素娜不是小女孩了,要尊重她!"

"我……也就是骂了她几句。"

"我来打 911!"很快秦蕊打通了 911 报警电话,跟接线员说明了情况。等挂了电话,她对桑林苏着急地喊道:"快去换衣服！拿上你的包和健康卡！"

几分钟后，她们听到了警笛声，一辆警车停在车道上，后面跟着一辆救护车和一辆消防车。秦蕊刚打开门，两名警察和一队救护人员就冲进了房间。

"女孩在哪儿？"一个又高又瘦的警察问道。

"在……在……那里。"桑林苏结结巴巴地说。

秦蕊把他们带到了素娜的卧室门前。他们敲了三次门，互相点了点头，然后让消防人员用工具打开了门。

"素娜！"

桑林苏尖叫着冲进房间。但素娜不在床上，也不在洗手间！

"她在这里！"一位救护人员突然喊道。他们把素娜从柜子里拖出来，正要检查她受伤的部位，素娜醒了，被周围的一群人吓得大叫一声，站了起来。她的突然举动也把救护人员和警察吓得呆住了。他们停了几秒，迅速反应过来，又冲上去抓住了素娜，对她进行了一番检查。最后确定没事，才把素娜松开。

"宝贝，你吓死我们了！"

秦蕊抱着素娜，又哭又笑。素娜揉揉眼睛，一下子想不起来她为何会睡在柜子里。她只记得自己反锁了房门，戴上耳机，调大了音乐的音量，不知不觉就睡着了。救护人员又给素娜检查了一下血压和心跳，说她血压有点儿偏低，多补充营养，太瘦了。

就在大家准备离开，警察让桑林苏和秦蕊做笔录时，他们发现桑林苏倒在了地上，不停地发抖。

"小苏，小苏！"

秦蕊扶起桑林苏试图把她摇醒，但是桑林苏眼前的一切都变得很模糊。她的耳朵嗡嗡作响，脑袋像被人用大棒重重地敲了一下，肿胀得像个大馒头，眼前有时一片黑暗，有时一片空白。

她感觉喉咙干得要着火，似乎听到了熙熙攘攘的吵闹声和笑声。那个笑声听起来像是白桃的声音，刺得她浑身剧烈地疼。她看到自己变成了一只纸蝴蝶飘浮在空中，被一支飞驰而来的箭射成了两半。她还感觉自己的身体像一个被巨大的轮子压碎的苹果，散落在地上。她闻到了一股难以忍受的气味，气味钻进她的肺部，堵住了她的呼吸……警车和救护车的警笛声再次敲击她的耳朵时，也把她的心击打得粉碎。

太多的恐慌、太多的悲伤、太多的愤怒、太多的困惑、太多的……疼。

桑林苏失去了知觉。

第 3 章

"疼,好疼……"

桑林苏睁开眼睛,疼得大叫了一声,使劲甩掉夹住自己手指的一只小螃蟹,疼得眼泪下来了。小螃蟹被甩进了沙子里,做了几个漂亮的翻滚和标准的蛙泳动作,从沙子里游了出来。它的身体就好像小船,所有的船桨一起开动,一会儿就不见了。

疼痛让桑林苏回过神来,她轻轻安抚着被夹过的手指,迷惑地望着大海,感觉在做梦,可分明又不是梦。她不明白自己为什么会躺在海边,鞋子不见了,衣服也被海浪打湿了。几只海鸥正围着她盘旋,看样子把她当作了一条大鱼,正准备伺机而动。

天空看起来像一颗没煮熟的鸡蛋,混沌不清。没有云,没有阳光,但又炎热又潮湿。整个海滩安静得奇怪,像世界末日即将来临前的沉寂的感觉。沙子是白色的,但非常粗糙,有很多碎石，每走一步就硌得她的脚生疼，让她不得不跳着走。谁说人痛苦的时候只要光脚踩石头，就可以让痛苦转移的？那是从头到脚的疼！

为什么没有人？人都去了哪里？

桑林苏环顾四周，附近没有任何树木或建筑物。她走了一圈又一圈，怎么也找不到离开海滩的方法。桑林苏感到沮丧和恐慌。她扑倒在沙子里，也顾不上沙子和碎石了。突然，她意识到一件可怕的事情：素娜，素娜在哪里？

桑林苏喊着素娜的名字，但她的声音立刻被海浪和海鸥淹没了。她感觉自己的心跳得很快，脑袋肿胀得像一个充气的大气球。她的肺像被什么堵住了，逼着她张开嘴呼吸，她大哭起来。她一边哭，一边搥着自己的脑袋。她只想把记忆快点儿搥出来，快点儿找到素娜。

"素娜！"

桑林苏一边跑向大海，一边喊着素娜的名字。她一直害怕水，不只是因为不会游泳，还因为她认为水下有一些可怕的怪物。她知道自己的想法对于一个成年母亲来说非常滑稽，但是她真是这样想的。她顾不上海水里有什么怪物了，要马上找到她的素娜。自从素娜出生以来，她从来没有离开过素娜。光想象素娜看不到妈妈哭泣的样子就会让她发疯。素娜是她的生命，是她的一切，比一切更重要！

熟睡的大海被桑林苏的哭喊声吵醒了，生气得卷起一波波海浪，冲过来拍打着海滩，把刚踏进海水里的桑林苏掀翻在地。桑林苏被海水呛得连连咳嗽，赶紧爬起来，向后退去，直到浪花够不着她。她坐在沙滩上,看着海浪互相推挤,互相撕咬,互相抛掷,争抢着要冲到最前面。但是当它们碰到沙子都偃旗息鼓了,喘着气趴了下去,灰溜溜地回到了大海,悻悻地望着新来的海浪从自己身上越过去。

"我怎么会跟素娜分开呢?"

桑林苏使劲想,拼命回忆她最后一次是在哪里跟素娜在一起的。她又感觉自己是跟素娜在某个城市旅行。桑林苏不喜欢让素娜浪费一丁点儿的时间,但假期旅行她还是安排了,她不能落后于西方的潮流。对了,她好像记起来自己强行拉着素娜出来散步。素娜变得越来越奇怪,哪里也不想去,总是想待在家里,甚至不愿意说话。周末和节假日她也总是把自己关在房间里一整天。桑林苏问她一整天在房间里干什么,她总是说"没干什么"。

记忆好像越来越多,桑林苏脑海里浮现出她跟素娜吵架的画面。她很生气素娜都到新的地方了还是哪里都不去,整天待在房间里。桑林苏冲着素娜吼起来,说从那么远过来到酒店睡觉,还不如在家,真是浪费钱。素娜被她吵得没有办法,也气鼓鼓地冲了出去,桑林苏急忙跟在后面。

可是跟着跟着自己怎么就睡到海滩上了啊?素娜到底去了哪里?

桑林苏打了一个冷战,可是自己束手无策,什么也做不了。更大的海浪袭来,它们跑得越来越快,越来越远,一直冲到桑林苏的脚下,吓得桑林苏连忙往后逃。冰冷的、腥臭的海藻缠绕着桑林苏的脚,让她很不舒服。她疯狂地踢着脚,扯掉海藻。

海浪突然退去了,她的脚下冒出了很多奇怪的虫子。它们两头尖尖的,背上背着绿油油的壳。桑林苏刚把它们赶走,又有很多只冒了出来。桑林苏吓得要死,尖叫着跑起来。

突然,大海消失了。

桑林苏发现自己正带着小素娜在火车站赶路。火车站好多人,大家推搡着、催促着往前跑。她拖着一个大行李箱,背上和胸前各有一个很重的包,手里还拉着素娜,根本跑不快。她不太清楚自己为什么要赶火车,只是跟着别人跑。她的汗在衣服里簌簌直淌,一会儿就把衣服变得黏答答的。她很想脱掉外套,但又怕自己停下来,会错过火车。于是,她不得不忍受汗水一遍遍从头流到脖子,从后背流到腰部,从脖子流到胸口,就像无数条虫子在她身上蠕动。桑林苏咬着嘴唇,拖着行李和素娜,使劲往前跑。

"妈妈,我累了!我,跑不动了!"素娜停了下来,小脸通红,大眼睛里噙满了泪水,头发也被汗水打湿了。

"快走!我们不能错过这趟车!"

桑林苏一边喊,一边拽着素娜的胳膊,拼命往前跑。她不能错过,也不能落后。从小到大她什么事情让自己落后过?她要努力,要争取,这是她的妈妈在她小时候就告诉她的,也是她长大后告诉自己的。她感觉自己力大如牛,快如羚羊,很快就赶上了人流,还挤进了人群。

终于,桑林苏被别人推挤着上了火车。她迅速安顿好行李,擦了擦脸上的汗,欣慰地长出了一口气。她很开心能赶上火车,但是她似乎想不起赶火车的目的是什么。应该是带着素娜参加舞蹈比赛,对,舞蹈比赛!她确信素娜会赢得一等奖。桑林苏转身想帮素娜找座位,却发现素娜不在她身边!

"素娜!素娜!"

桑林苏的声音响彻整个车厢。所有人都好像变成了机器人,面无表情地看着她。桑林苏发疯似的挨个儿问他们时,他们都没有反应。

"谁看见我女儿了?一个 5 岁的女孩!素娜,素娜!"

还没等列车员来,桑林苏就已经跳下了火车,喊着素娜的名字。她拦住遇到的每一个人,问他们是否看到了她的素娜。她跑到所有孩子面前查看,可是素娜似乎像蒸汽一样消散了。桑林苏记不起她们是什么时候分开的,因为她一直握着素娜的手。

我怎么就把素娜弄丢了?

素娜会不会是被人贩子带走了?会不会是去了另一列火车?会不会……

桑林苏无法继续思考,任何进入她脑子里的猜测都会让她发疯。突然,她的父母出现在面前,弟弟妹妹也突然从某个地方掉了下来。接着她的丈夫来了,然后很多个陌生人来到她身边。桑林苏又惊又喜,哭喊着让他们赶快去找素娜,可是他们站着一动不动,只是对着她指手画脚,指责她没有照顾好素娜,一意孤行带着素娜到处跑。素娜的爸爸——她的丈夫一边骂她,一边朝她扔石头。

"求求你们了!赶快帮我去找素娜吧。"桑林苏求他们。

"笑死人了！你还会求人？哈哈哈……"

"小苏啊，不是妈妈说你，这么多年你狂奔乱撞，一点儿也不安分，我们一点儿都指望不上你，白白培养你了那么多年，一点儿都不知道照顾我们！你看看你还把孩子弄丢了，马医生怎么还可能再给你钱呢？你……你混得连个老鼠都不如！"

"够了！别再骂我了！"桑林苏捂着耳朵，这种熟悉的责骂她再也不想听，因为她已经从小听到大了。如果不是因为要忙别的事，她的妈妈可以一直骂下去。

"还不让我骂了？你跑得远了，我骂不着了，对吗？"

桑林苏转身要走，低头竟发现自己真的变成了一只老鼠！她真的被妈妈骂成了老鼠！桑林苏崩溃地大叫，可她的叫声却变成了老鼠的吱吱声！

他们都张开嘴大笑起来，嘴巴越来越大，舌头越变越长。他们的脸变了，变成了各种各样的怪兽，面目狰狞。她的弟弟妹妹还对着她喷火，桑林苏扑打着自己身上的火，空气中迅速散发着烧焦的衣服和皮肉的味道，疼痛撕裂着她。

"小苏，小苏！素娜找到了！"是秦蕊的声音！

桑林苏四处寻找，没有看到秦蕊，他们所有人都消失了，桑林苏也变回了自己。她急忙往前跑去，跑着跑着火车站突然变成了机场。她看到了长大的素娜跑在人群中。

"素娜！素娜！"

桑林苏用尽全力大喊，用尽全力奔跑，她的鞋子跑飞了，脚上扎了个钉子；她的围巾跑掉了，头被迎面而来的一个球重重地撞了一下；她的包被人一把抢走了，桑林苏一刻也没停，什么也顾不上。她的脑海中只有素娜，她一定要找回素娜。

可是素娜像耳聋了一样，始终没有回头，不一会儿就消失在了人群中。桑林苏万念俱灰，心如刀绞。她无力地趴到地上，像被倒出来的胶水，黏在地上动弹不得。她感觉头要爆炸了，心跳越来越弱。

"小苏，小苏！"

迷迷糊糊的，桑林苏又听到有人在叫她，一转身发现自己竟站在一片沙漠里，呼呼的大风卷着黄沙吹得她眼睛都睁不开。她拔起陷在沙子里的两只脚，吃力地往前走。可是她根本分辨不出方向，只能胡乱地朝前走着。

太阳越来越大，桑林苏觉得自己都快变成沙子了，连气都很难呼出来。她更加迷茫了，不知道自己怎么从机场来到了沙漠，而素娜又在哪里？她无力地躺到沙子上，感觉自己快不行了。可是她的素娜怎么办呢？她已经无法喊叫，嘴巴干裂得厉害。她想要喝水。

第 4 章

有时候现实和梦幻只是睁眼和闭眼之间的距离。

桑林苏觉得自己要命丧沙漠的时候,感觉到了水滴滴到了自己的嘴上,冰凉和湿润的刺激让她睁开了眼。她很快恢复了意识,明白了刚才那些自己经历的惊心动魄不是现实。

看来梦幻有时候比现实残酷。

"小苏,你醒了!天哪,你终于醒了!"

秦蕊正在用棉签蘸水润湿桑林苏的嘴唇,看到桑林苏睁开眼睛,兴奋地站起来,准备呼叫护士。

桑林苏看到了真实的秦蕊,记忆很快恢复。她一把抓住秦蕊的胳膊,哭着问素娜在哪儿,素娜是不是没了。

"别瞎说,素娜好好的!"

秦蕊打断桑林苏,给她倒了一杯水,在她耳边低声说是她晕倒了,素娜没事。很快,医生和护士都来了。医生过来跟桑林苏握握手,做了自我介绍,然后看了看桑林苏的眼睛,听了听她的心跳，在纸上写了些什么。他把报告递给护士，对桑林苏比了一个心脏的手势，说她的心脏稍微有点儿问题，需要进一步查看。

医生离开后，护士检查了桑林苏的体温，抽了点儿血，说桑林苏血压还有点儿高，给了她一个药片，让她现在就吃，还告诉她等一下去做个心脏B超，等明天血检报告出来，没有大问题就可以回去了。

"明天？不行，我现在就得回家，素娜怎么办？"桑林苏说。

"哎呀，你就是太爱操心了！放心，素娜自己会做饭，我可以送她上学！她也可以坐出租车。"秦蕊劝道。

"对了，素娜那天到底怎么回事？"

"我也不清楚，一直在这里陪你，刚刚学校午休的时候我给她打了电话，她说自己挺好的，其他的也没说。我回头再找她聊聊。"

"那素娜今天晚上一个人怎么办？"桑林苏还是不放心。

"放心，我会去陪她。"秦蕊说。

"辛苦你了，亲爱的。"桑林苏由衷感谢道。

"说什么呢？我的命都是你救的。"

"别总提这个，我哪有那么厉害。"

"这是事实，我终生难忘，也没法忘。"

秦蕊说着眼睛泛起了泪花，急忙转过身擦了一下眼睛，帮桑林苏又倒了杯水，说到时间去接素娜了，让桑林苏有事打她电话。

桑林苏望着秦蕊的背影，也是感慨万千。不知不觉，她跟秦蕊相识已经13年了。她时常觉得好幸运，能遇到秦蕊这么好的朋友。秦蕊成了她跟素娜的依靠，她们之间是亲如家人的感情。不论任何时候她需要帮助，秦蕊总能放下手里的事情，迅速赶过来。

秦蕊性格直爽，黑白分明。她第一次在桑林苏家遇到白桃和她的女儿林娇娇时就非常不喜欢她们，总让桑林苏离她们远点儿。可是桑林苏觉得白桃是她们的邻居，又在她们刚搬来的时候帮过忙，带着自己到处买东西，办各种证件，还带女儿过来陪素娜玩。白桃也就是喜欢贪点儿小便宜。

"什么小便宜？我看她们就要把你们的家搬空了！"

秦蕊每次听桑林苏解释，总是笑桑林苏不仅傻，还眼瞎，因为她看到白桃跟女儿每次过来总能带走桑林苏家的东西。她们拿得那么理所当然，甚至连问都不问，秦蕊实在看不下去就说了白桃几次，所以白桃也特别讨厌秦蕊。

白桃家离桑林苏家不远，走路也就10分钟。她在桑林苏刚刚搬过来的第二周就敲门来表示欢迎，并邀请桑林苏和素娜到她家玩。她们的房子不是特别大，家里的摆设也很简单，从她的穿着打扮，桑林苏看不出她的家庭情况和从事的职业；听她说话的口音，桑林苏也猜不出她来自国内的哪个城市。

白桃长得还真有点儿像白桃，圆圆的脸，圆圆的眼睛和嘴巴，皮肤白皙，总是笑眯眯的，说话总喜欢拖着长调。她的女儿简直就是她的翻版，只是比她说话略显粗鲁，对人没有礼貌。桑林苏从来没有见过她的老公，也没有问过白桃她老公的事情。在多伦多，大家有点儿入乡随俗，一般不会问个人的私事。

倒是白桃总是会有意无意地问起桑林苏个人的情况。打听她老公是干什么的，她是干什么的，老公的收入多少，将来女儿要干什么等等。这让桑林苏很惊讶她怎么那么喜欢探听别人的私事。

更让人惊讶的是，白桃到她们家越来越随意，来来去去就像在自己家一样，看到什么就吃，拿起什么就走，还总是一副高高在上的样子。她有时候还会带桑林苏不认识的人来到她们家吃饭，而她从来没请过桑林苏和素娜吃饭。好不容易有一次放春假，桑林苏要带素娜出去玩，白桃竟破天荒邀请她们走之前去她家吃顿饭。桑林苏想着反正也不做饭了，就把冰箱里所有的食物送给了白桃。可是，桑林苏一直等到她们快要出门了也没等到白桃喊她吃饭，害得她只能跟素娜在机场吃了一顿简餐。

她的女儿林娇娇也特别强势，总命令素娜干这个干那个。最后一次她们来桑林苏家玩，本来几个小朋友一起玩国际象棋，可是林娇娇非要素娜一个人收拾，素娜有点儿不服，稍微抱怨了一句，她就冲过来打素娜，而白桃就在旁边看着，很享受的样子。

"你看到了吧？你的善良和大方要用在对的人身上！"

秦蕊气愤地说，然后过去拉开林娇娇，拉走哭泣的素娜。林娇娇也大哭起来，嚷嚷着说秦蕊打她。白桃立刻像一只斗鸡似的跳了出来，指着秦蕊大骂起来。说秦蕊人太坏，所以生不出孩子！气得秦蕊脸都白了。

桑林苏好不容易才把她们拉开，拿出来一个玩具和一盒茶叶才把骂骂咧咧的白桃和哭闹的林娇娇安抚下来。白桃一直骂骂咧咧的，好像受了多大的委屈一样。在桑林苏的安慰下，终于带着女儿走了。

大大咧咧的秦蕊第一次那么生气，白桃戳到了她的痛处，因为孩子是她最不能触碰的底线。从她断断续续的只字片言，桑林苏大概猜出她因为前夫的不忠而选择了堕胎，放弃了已经怀了6个月的孩子。那是秦蕊最后悔的事，也是她始终不肯原谅自己和前夫的原因。

"唉，我们总习惯性地把大人的过错发泄在孩子身上！孩子多无辜啊！"秦蕊有一次红着眼圈跟桑林苏说这句话。当时桑林苏还以为秦蕊在说自己，让自己不要因为素娜爸爸的过错而迁怒素娜。素娜爸爸一直没有来过多伦多，起初是跟桑林苏怄气，因为他不赞成移民，后来开始跟助理有些纠缠不清的事情，不敢来看她们。桑林苏看到素娜不听话的时候，确实会想起她的爸爸，从而更生气，骂她骂得更凶。看来负面情绪真像别人说的是个"一触即发"的怪物。

"秦蕊，你别跟白桃一般见识！我们以后不跟她来往了！"

秦蕊没有说话，默默地拿起包离开了，连素娜跟她说再见都没有回应。9岁的素娜觉得秦蕊阿姨是因为自己才跟白桃吵架的，不仅难过还觉得妈妈太没用，白桃一家把秦蕊阿姨气成那样，妈妈还对她们好。

"唉，我只是……毕竟是邻居。"

"妈妈，我不喜欢你！"素娜对妈妈喊。

一连几天，秦蕊都没有消息，桑林苏也不敢打搅她，想着等她心情好了自然会主动联系自己。可是已经过了一周，秦蕊都没有联系桑林苏。素娜吵着说想秦蕊阿姨了，要桑林苏放学接她去看秦蕊阿姨。桑林苏等不及放学，她早上把素娜送到学校就直接开车去了秦蕊的花店。

六月的天气已经开始热起来，但好像又有点儿热得过了头。才早上9点多钟，太阳已经发威，晒得树叶直不起头，花儿开不了门；晒得连风都憋在哪个角落，不敢乱动。也许太阳被漫长的冬天关在家里太长时间，太需要活动活动筋骨了，更需要刷刷存在感，提醒大家记得多伦多有太阳，也有夏天！

不过，不管太阳多大，外面都没有人打太阳伞。西方人喜欢晒太阳，喜欢把白色皮肤晒成褐色的，认为那是健康的。也许是因为他们总会白回来，不像亚洲人，总是挖空心思去买各种美白产品。桑林苏边开车边天马行空地想着，觉得人真有意思，有什么就不在乎什么，没什么总是羡慕什么。

还好，路上不是太堵，桑林苏很快到了花店。花店的两个店员都认识桑林苏，老远就跟她打招呼。等桑林苏走进花店，她们热情地要去给桑林苏倒水，桑林苏连忙摆手，说就是来看看秦蕊。

"秦蕊姐好几天没来店里了，好像病了！"

"啊？病了？"

"嗯！"

桑林苏急忙驱车前往秦蕊的家，她有些焦急，也在心里埋怨秦蕊生病都不跟自己说一声。秦蕊住在一个新开发不久的公寓，有一点儿偏远，但生活还算方便。她沉迷于花店，一有钱就想多开一家，对自己的个人生活倒不是很在意。她说一个人住公寓方便，也省去了很多打理独栋房子的费用。她平时除了帮桑林苏照顾素娜，就是处理花店的事情，也很少在公寓里待着。

很快，桑林苏到了秦蕊的公寓。她按了门铃，没有回应。桑林苏又打了秦蕊的电话，还是没有回应。她急得团团转，按管理处的门铃，管理处竟然没人。通常公寓会有前台和保安在值班，但桑林苏从门外往里望却什么人都没有。

"这是什么破公寓！"

桑林苏骂了一句，正不知如何是好，有一个女孩拎着大包小包走了过来。桑林苏急忙打招呼，问她要不要帮忙。女孩确实拎着有些吃力，就对桑林苏点点头。桑林苏帮女孩拎着两袋东西，随女孩进了公寓。在按电梯的时候，碰巧发现女孩竟然是秦蕊的邻居，她们还认识。女孩解释说自己一般不住这里，偶尔买些东西过来以备不时之需。

"难怪，我来了好多次没碰到你。"桑林苏对女孩说。她确实来过公寓好多次，秦蕊搬家的时候她来帮过忙，桑林苏家圣诞节断电的时候她带着素娜来住过几天，跟素娜生气的时候她来这里散过心。秦蕊的公寓有两个房间、一个小书房，在17楼，还有个很大的阳台，夕阳西下万家灯火的时候特别美。

"我们到了，谢谢您帮我拎东西。"

女孩客气地谢过桑林苏，转身去了另一个方向。桑林苏快步走到秦蕊的房门前，轻轻地敲了三下。等了一分钟，桑林苏见没有反应，又稍微用力敲了三下，又等了一分钟，房间内还是没有反应。桑林苏急了，用力拍着门，大声喊着秦蕊的名字。

没有反应，桑林苏也不敢下楼，自己没有卡上不来。她跑到电梯口等了半天，一个人都没有上来。桑林苏后悔刚才没问那个女孩的房间号码了，不然可以请她找找保安。桑林苏想起来秦蕊提过的，说她所在的公寓保安身兼数职，很难看到他们。

就在桑林苏准备报警的时候，房间里传出来稀里哗啦的声音，然后响起一阵窸窸窣窣摩擦地板的声音，从门里面一直到门口，声音消失了。过了一分钟，门打开了，秦蕊在地上躺着。

"秦蕊！秦蕊！"

桑林苏急忙扶起秦蕊，发现她眼睛紧闭，嘴唇青紫，面色苍白，豆大的汗珠从脸上滑落。她的头发乱糟糟的，身上的睡衣都被汗湿了。桑林苏迅速扫视了一圈，想为秦蕊找到热水壶倒点儿热水喝，可是整个房间像经历了一场世界大战，根本看不到热水壶在哪里。

"对了，自来水！"

桑林苏朝厨房望去，不确定要不要把秦蕊放到地板上去接点儿自来水。

这时，保安奇迹般地出现了，说听到这里大喊大叫不知道在干什么。没等桑林苏解释，保安就拨打了911，然后指挥桑林苏帮秦蕊穿上外套，找到她的健康卡。在等待救护车期间，保安帮桑林苏接了自来水。桑林苏感激地望着保安连说谢谢，庆幸他是个华人，沟通没有语言障碍。他30多岁的样子，又高又壮，说话声音洪亮。

很快，救护车来了，把秦蕊送到了医院。桑林苏等在手术室外，赶快给素娜学校打了电话，又给同班同学的一个家长打了电话，让他帮忙先把素娜接回他们家。没一会儿，一个护士从里面出来，问桑林苏秦蕊有没有家人，桑林苏点头说自己就是。护士说秦蕊做手术需要有人签字，她说了很多，桑林苏不停点头但其实只听懂了"危险"两字。

桑林苏想也没想就签了字，她知道秦蕊没有别的家人在多伦多。就算有，也来不及过来，况且，听护士说话的语气就知道她病情很严重。接下来是漫长的等待，等到了晚饭的时候，手术室的门终于打开了，桑林苏累得都站不起来了。她看到护士医生也都累得腰都弯了，说话都有气无力的。

秦蕊被推了出来，还没有从麻醉中醒来。桑林苏心疼得真想骂秦蕊一顿，自己得了病还不声不响。她一路跟着护士来到病房，等一切安顿下来，来了一个会说中文的护士，桑林苏才明白秦蕊得了阑尾炎，阑尾破裂。他们花了很长时间清洁整个腹腔，再晚半个小时就没命了，现在还要看是否会发炎。

桑林苏听完吓得后背发凉，越想越怕。她紧紧握着秦蕊的手，泣不成声。秦蕊早就说过自己腹部偶尔疼痛，没想到会如此严重。桑林苏真后悔自己没有督促秦蕊早点儿检查，她在心里不停念叨秦蕊会好起来的。

因为医院不让家人在此过夜，桑林苏待到秦蕊醒来，陪她陪到护士来催，才只好离开，去接素娜。素娜听到秦蕊阿姨住院了，哭着嚷嚷要看秦蕊阿姨，还说阿姨都是被白桃气的，都怪桑林苏。

第二天早上，素娜一定要先来看秦蕊阿姨再去上学，桑林苏拗不过，只好和学校请了半天假。她带着素娜先去给秦蕊买了一束花。素娜一下车就直奔病房，捧着花一口气跑到秦蕊面前。秦蕊看到花笑了，说她一个花店老板天天给别人送花，没想到第一个送花给自己的是小素娜。

幸运的是秦蕊的腹部没有再发炎，在医院住了一周就好得差不多了。医生嘱咐秦蕊要在家好好休息，按时吃药，不能太劳累，要保持开心。桑林苏把秦蕊的屋子收拾了一下，买了一些菜，素娜还画了一只狗狗驱赶蚊子的画，说是祝贺秦蕊阿姨恢复健康。桑林苏煮了一点儿米粥，本来想炒个西红柿鸡蛋，但结果却变成了鸡蛋糊糊，因为鸡蛋炒太碎西红柿也被煮化了。

秦蕊叫住忙前忙后的桑林苏，给了她一个大大的拥抱。紧接着又展示了她直爽的风格，说自己一开始就是生桑林苏的气，她跟白桃吵架的时候桑林苏都没有吭声。后来有点儿小感冒，她以为休息两天就好了，没想到在桑林苏敲门前一天晚上突然腹部疼痛难忍，疼得晕头转向，连手机放哪儿都不清楚了。

"不管怎么样，小苏，是你救了我的命！"

"别这么说，我也很抱歉，你从我家走后没有及时联系你。"

"我就说,秦蕊阿姨生气了!"素娜说。

"小孩子插什么嘴,一边写作业去!"桑林苏对素娜说道。

"本来就是!秦蕊阿姨你以后别理我妈妈了!"

"那怎么行?秦蕊阿姨是妈妈的好朋友,不能不理。"

第二天,桑林苏送完素娜又来看秦蕊,她一进门就看到秦蕊在客厅坐着等她,一脸严肃。

"今天感觉如何?不行你就住我家去吧!"桑林苏征询秦蕊的意见。

"你坐下小苏,我有话跟你说,这件事你必须答应。"

"什么事?"

"跟我一起经营花店!"

"不行,不行!我不是做生意的料!"

"肯定行!咱们互相了解吧?你喜欢我的为人吧?我们都不会坑害对方吧?你知道我把素娜当作自己的女儿吧?咱们是不是在多伦多没有别的亲人?你自己也不能总靠马医生吧?他也不会一直给你们钱吧?你自己总得有个事情做吧?"

桑林苏被秦蕊一连串的问题问得头发蒙,其他问题都不是问题而是事实,但后面三个问题确实是问题,一下子说到桑林苏心里去了。她也一直担心自己有一天拿不到钱。房子贷款,家里开销,以后素娜大学的学费,自己都没有安排好。

"我说得对吧?咱们一起做花店,你不用天天去,偶尔代替我一下,有空的时候去一下,咱们一人一半。"

"不能,不能一人一半!我不懂,占一点儿好了。"

"哈哈,那你就是同意了!真是的,害得我昨天把那些问题练习到半夜,生怕说服不了你!"

第 5 章

天空依旧拉长着脸,太阳一整天都躲在家里,风倒是一直忙个不停。

素娜站在教学楼外面的上下车点等秦蕊阿姨来接,她的头发被风吹得满脸都是,害得她不停地用手拢了又拢。地上的落叶被风吹得七零八散,挂在枝头的两片叶子在空中瑟瑟发抖,看起来非常迷茫、恐惧,恐怕很快就会失去最后的支撑。

素娜把夹克上的帽子戴在了头上,又使劲裹了裹夹克,尽量不让风往脖子里钻。但是她还是觉得冷,浑身直发抖。她的心空落落的,感觉自己有点儿像空中的树叶。秦蕊阿姨说妈妈今天就回家了,素娜悬着的一颗心也落了地,但是她却没有开心的感觉。她还是郁闷,还是无法好好学习,还是害怕那个随时而来的黑洞。

黑洞两天没有出现了,素娜无论怎么回忆都想不起来前天晚上她怎么会睡到柜子里，怎么会一点儿都听不见外面的敲门声。耳机的隔音效果是非常好，但是她应该也能听到那么大的动静。她只是记得自己看到了黑洞，记得被黑洞抓去和那些令她呼吸困难、惊恐失措的场景，其他的就不清楚了。

等了几分钟，素娜接到秦蕊阿姨的电话，说路上堵了，会晚一会儿到，要素娜先进去等，外面太冷。

素娜重新回到教学楼，看来有不少家长被堵在了路上，整个一楼大厅坐满了学生。素娜转了一圈，终于找到了一张在角落的桌子。她刚坐下打开书包准备写作业，旁边就来了两个小女孩，看样子像是一年级的学生。她们坐在了地上，从书包里拿出各自的玩具互相分享起来。她们的头凑得很近，时不时还窃窃私语，咯咯地笑。

素娜有很多玩具，只要有新出的，电影里的，她想要的，或者没有想要的，妈妈都会给她买。林娇娇时常到她家来玩，但不带自己的玩具，因为她一来，所有玩具都变成她的了。素娜要得到她的允许才能玩自己的玩具，要按照她的喜好玩游戏，要送给她她选中的玩具。妈妈好像被林娇娇的妈妈施了魔咒，不管素娜怎么抱怨，都要逼着素娜讨好林娇娇，还说要互相谦让。

又一次，林娇娇和她在院子里玩踩影子的游戏。素娜总是能精确地踩到林娇娇的影子，可林娇娇却很难踩到素娜的影子。素娜比较灵活，左右躲闪得快，林娇娇块头大，比较慢。最重要的是每次轮到林娇娇，素娜的影子就不见了。

"看，我会藏自己的影子！"

素娜突发奇想，开了个玩笑。不料林娇娇却当真了，她生气地说素娜讨厌，总把影子藏起来。素娜指指天空，说有云挡住了太阳，不是自己把影子藏起来了。

"你就是把影子藏起来了！"

林娇娇霸道地冲素娜喊叫，坐在地上哭起来。她的妈妈白桃闻声赶来，不问怎么回事就开始指责素娜，说她小小年纪怎么那么多心眼。白桃说着拉起林娇娇去跟妈妈告状，妈妈竟也不问素娜原因，一个劲地道歉，要素娜赔了一个最新的娃娃才算平息她们的愤怒。

"喂，素娜！你怎么在这儿？"

素娜被喊声吓了一跳，抬头一看竟是林娇娇。素娜马上拎起书包要走，林娇娇急忙拦住她的去路，阴阳怪气地说素娜家不错，有警察上门，妈妈已经被控制在医院了。素娜懒得理她，转身从另一边离开，快速走出了教学楼。素娜断定有关她们家的谣言已经被林娇娇和她妈妈传得满天飞了。

林娇娇是素娜的另一个噩梦，从小欺负她，欺负了 4 年。后来妈妈终于决定不再跟她们来往，不再让她到家里来玩，但没想到她十一年级的时候也从原来的学校转到素娜的新学校。林娇娇第一次在学校看到素娜就冲过来像小时候那样对她指手画脚，说素娜瘦得像根棍子，脸白得像有什么病，衣服的颜色也死气沉沉。素娜瞥了她一眼，差点儿没笑出来。她们虽然是邻居，但平时也很难见到，没想到林娇娇等比例长大了，比小时候更壮，脸更大更圆，只是眼睛出现了意外，长得更小了，她的衣服真是活力满满，让她整个人像个特大号的柿子落在了地上。

素娜不想跟她发生冲突，她的妈妈会过来闹个没完没了，林娇娇的撒谎技术可以让全世界都相信她。林娇娇见素娜没有反击她，就更加得意了，还到处跟同学讲素娜的坏话，但在老师面前就表现出她跟素娜多亲密的样子。

英语老师威尔逊（Wilson）特别喜欢林娇娇，说她很真诚，是个好心的女孩。威尔逊老师带着浓重的澳大利亚口音，头发花白，眼睛是灰色的，人们总是很难知道她在看谁。她高高瘦瘦的，总喜欢穿格子衣服，好像一年四季都在穿格子衣服，夏天穿格子衬衫、格子T恤，冬天穿格子毛衣，格子大衣。有时候看着她，感觉她说话的节奏也变成了格子，一顿一顿的。她从十一年级带到十二年级，说带完素娜她们这届就要退休了。

素娜刚到外面，就看到了秦蕊阿姨的车，急忙跳进车里。秦蕊阿姨递给素娜一个热乎乎的中式汉堡，也就是肉夹馍，只是素娜小时候就一直称它为中式汉堡。素娜虽然在多伦多长大，但是她的口味却没有被西化，还是更喜欢中餐。素娜捧着肉夹馍，一会儿就吃光了。她又一次谢谢秦蕊阿姨，说阿姨真好。

"妈妈也好啊！是你妈妈提醒我买的肉夹馍给你，她已经在家了，等着咱们一起吃饭。"

历经千辛万苦"九九八十一难"，她们终于到家了。秦蕊阿姨总形容交通高峰期为"八十一难"，素娜知道《西游记》的故事，小时候也看过《西游记》电视剧，知道唐僧师徒历经九九八十一难才取得真经,但是素娜觉得她们比唐僧师徒还艰难。因为唐僧师徒只经历一次,而她们是每天都要经历,还是早晚两遍!

"哈哈,对呀,咱们小素娜很有洞察力。"

秦蕊阿姨当时听到素娜那样说,还竖起大拇指夸素娜会观察,会思考。素娜很喜欢秦蕊阿姨,因为秦蕊阿姨总会夸她,不像妈妈总是对她不满意,总能找出她的毛病。妈妈有时候实在找不出毛病,就让她看看比她更优秀的,甚至多伦多之外的、加拿大之外的同龄人。"志当存高远"是妈妈常挂在嘴边的一句话。

素娜曾对西天取经路上的妖怪很感兴趣,还研究了半天,排列出谁是最厉害的,谁是最弱的。后来她发现几乎所有的妖怪都是动物变的,动物变成了"精"就拥有了法术和魔力,就要吃人。素娜很不理解,动物修炼为何一定要变成妖呢?后来素娜看了一些资料才明白,原来动物变成妖怪还是神仙的区别就是心里存的那个"念"是好的还是坏的。心存"善念"就可以变成神仙,心存"邪念"就会变成吃人的妖怪。

"嗨,我们到家啦!"

秦蕊刚停下车就冲里面大声喊,素娜下了车,看到了从里面走出来的桑林苏。她穿着浴袍,戴着浴帽,脸色有些憔悴。素娜极力控制自己的眼泪,正想过去抱抱桑林苏,她却冲着素娜又是劈头盖脸一顿骂,说她为何没有交数学作业,为何不上数学家教的课,为何不做家教给布置的练习题。

"你数学这么差,还总偷懒不做练习,你说该怎么办?"

"哎呀,小苏,我们先吃饭再说!"

秦蕊推着素娜往餐厅走,桑林苏的责骂如决堤的河水,叽里呱啦个不停。她要素娜说说数学到底怎么办,她是怎么想的,到底怎么回事!素娜顿时头晕目眩,胃里如翻江倒海,她很想吐。她在路上想象的见到妈妈的温馨画面和激动心情荡然无存,桌子上精心准备的饭菜让素娜觉得很滑稽,谁能在被责骂中享用美食呢?反正她是吃不下。素娜直接回到了自己房间,关上了门。

"哎呀,你看看!一点儿都说不得了!老是不交作业,让我好丢脸!"

"唉,小苏,你别太心急了!怎么也要把饭吃了再说呀。"

"书都念不好,吃什么饭!"

"好了,好了,咱们在这儿吃,我送一点儿给素娜去。"

秦蕊拿了一个盘子,给素娜装了一些饭菜送到她的房间。素娜把门开了一个缝,和秦蕊说她真的不饿,因为在车上吃了一个肉夹馍。不管秦蕊怎么劝,素娜都摇头说不饿,吃不下。秦蕊只好把饭端了回去,桑林苏骂了半天素娜。

"小苏,医生不是说让你不要生气,你心脏有点儿小问题。"

"我能不生气吗?秦蕊,真是急死人啊,马上就要申请大学了啊!还不痛不痒的,不急不慢的,辛苦这么多年不就是为了这最后几个月吗?哎呀,真是不争气啊!"

素娜狠狠地扔掉书包,狠狠地坐到椅子上,又站起来狠狠地扑倒在床上,狠狠地捶着被子。她没有理由反对妈妈,因为妈妈没有说错,她也不认可自己,从小到大那些让她骄傲的成绩现在都变成了讽刺。妈妈总拿那些成绩骂她,说她怎么越长大越倒退了。她也不想倒退,她也知道妈妈不容易,她也一直都想让妈妈满意。可是,结果却越来越令人不满意。她在十一年级成绩一路下降,十二年级的第一次课程成绩没有一个是理想的,数学竟然还不及格!

数学也成了素娜的第三个噩梦!她根本听不懂,根本不明白那些公式是什么意思,那些应用题是怎么解出来的。数学老师还说她不问问题,她根本不知道怎么问,从哪里问。妈妈给她请了数学家教,可是那么多的习题她都不会做。家教说素娜六年级的数学都没学好,所以才很难跟上。可是十年级以前,素娜也没有发现数学有太大的问题,她还觉得那些天天在外面补数学的同学多此一举,非常坚定不去补习。

唉,数学作业!

素娜从床上爬起来,打开书包,拿出电脑,找到数学作业。可是她一看到数学作业,脑袋就像变成了一个大蜂房,无数的蜜蜂嗡嗡地在里面爬来爬去,不停地酿蜜,酿蜜,把整个脑袋堵上了蜜蜡,让她找不到任何有关数学的记忆。

素娜打开窗户,大口呼气。天已经黑了,月亮已经出来了,变成了弯弯的小船形状。星星若隐若现,好像去了很远的地方,还在赶回来的路上。一秒不到的工夫,就在月亮旁边,素娜又看到了那个黑洞。她急忙关上窗户,躲到桌子底下。她还不想走,不想让妈妈真的生病。她要努力,努力实现妈妈的梦想。

第 6 章

妈妈的梦想就是让素娜快乐地长大!

看着小素娜一天天长大,桑林苏像一位忠实的信徒,每天早上都会坚定一下自己的信念:她要成为一位好妈妈,世上最好的妈妈!她要让她的素娜开心健康地长大!她对着太阳说,对着云说,对着楼下的树说,对着家里的花说,请大家做证,她就是最好的妈妈!

素娜还在她肚子里的时候,她就开始给素娜补充营养了。她除了咬牙吃各种难吃的补品和中药,还参加好几个胎教班,一坐就是两个小时,一个字都不落地记着笔记。她每天定时让素娜听音乐,讲故事给素娜听,揣着素娜散步。桑林苏相信胎教的魔力,她要给素娜最好的教育,让她在肚子里就学会琴棋书画,成为一个文韬武略的人。

素娜是她的骄傲,是她每天生活的全部,而她更是素娜的全部。每天素娜像一条小尾巴一样,黏在桑林苏身上,一刻都不能分开。只要她没看到桑林苏,她就会大喊妈妈。就连睡觉时她也喜欢抱着桑林苏的睡衣,说那是妈妈的味道。

"哎呀,这么漂亮的小姑娘啊!"

桑林苏一边谦虚地说哪有,一边心里美滋滋的。让桑林苏更开心的是,素娜很聪明,理解力和记性完全超出了她的预期。在素娜5个月大的时候,桑林苏有一次看到一片夹竹桃叶子,就告诉素娜夹竹桃有毒。第二次路过,桑林苏故意抓着素娜的小手去够夹竹桃的叶子,素娜很快就把小手缩了回去,一副很害怕的样子,逗得桑林苏哈哈大笑。

熬过一个又一个的夜晚,素娜一天比一天讨人喜欢。她不仅讨桑林苏喜欢,还讨爸爸喜欢。偶尔爸爸回家,不到2岁的素娜就成了最忙碌的人,拿出爸爸的拖鞋,端一杯水,把草莓放在一个小盘子里,再把她最爱的娃娃拿出来……

桑林苏不敢回头看,真怕一回头就真的把素娜来到世界上的门关了。剧情很狗血,但却是事实,是她在狗血剧情里扮演了一个狗血的女主角。

桑林苏来自一个偏远的小镇,家庭背景差,学历差,但被心脏科的马医生看中。于是,桑林苏嫁给了比自己大15岁的马医生,也就是素娜的爸爸。马医生因为要努力工作升职,很少回家。公公婆婆一开始就不喜欢桑林苏,嫌弃她是乡下人,但儿子非要娶她,没有办法,但他们有办法让桑林苏自行离开,于是就各种嘲笑、打压、无视她。从10月结婚到第二年夏天,短短半年多,桑林苏眼看就有点儿支持不住了,离婚协议都起草了好几个版本。

一天早晨，桑林苏起床后，感觉好冷，头晕。她量了一下体温，尖叫着说39度。在家帮忙做家务的大姐给她拿了一片退烧药，她吃了就睡着了。第二天，她浑身疼痛，走路都困难了。

"再吃一片吧，一片不够。"

大姐又拿来了药，但桑林苏却不想再吃药了，她也不知道为什么。

"请给我多买一点儿水果。"

桑林苏睡了几天，体温恢复了正常，但她仍然感到头晕目眩，除了葡萄，她闻到其他食物都感到恶心。她抱怨大姐为什么不做好吃的给她，大姐委屈地说她一直是这样做的，以前她都很喜欢吃的。突然大姐一拍巴掌，想起一件天大的事："马太太，你该不是怀孕了吧？"

当桑林苏看到测试结果时，发现真的怀孕了！她有点儿不相信，又急忙跑去医院验了血。当医生拿着报告恭喜她时，桑林苏高兴了一秒之后就立刻被一个问题困扰：她是否能给素娜一个幸福的生活。她的丈夫没有时间做爸爸，她的公婆不喜欢她，可能也不喜欢她的孩子。可是，桑林苏已经35岁了。医生告诉她如果她在这个年纪放弃第一个孩子，她恐怕以后很难再生孩子。

"生存还是毁灭"每天都萦绕在桑林苏的脑海中，折磨着她，也考验着马医生。马医生没有通过考验，在他父母的挑唆下，先行放弃了，但还是客气礼貌地说他没有关系，要不要都行。

眼看都三个月了，得赶紧做决定了。

一天，桑林苏接到了她一个同学的电话，说请她为一个朋友的老年护理中心的刚毕业上岗的护工做个考核和培训。桑林苏结婚后就辞去了工作，当起了让别人羡慕的全职太太。没想到她的同学还像以前一样认可她的业务能力，毕竟她当时是那个卫校的全年级第一，毕业以后去了上海的大医院。

得到认可是多么让人高兴的事，桑林苏答应了。

桑林苏在那个老年护理中心忙了整整一天，结束后又跟同学逛了街，吃了晚饭，直到她觉得四肢无力、肚子隐隐作痛才回家。桑林苏捂着肚子在心里默默道歉，她想让宝宝自己选择，如果因劳累过度流产，那就是她们的缘分不够。

桑林苏一回到家就倒在了床上，大姐知道桑林苏的举动后大吃一惊，她说怀孕三个月是最容易流产的时期！她为桑林苏祈祷，希望桑林苏的举动不会伤害到宝宝。第二天什么都没发生，桑林苏的肚子也不疼了。大姐笑着说，宝宝这么执着，认准了桑林苏做她的妈妈。

"我被选中做妈妈了？"

桑林苏感觉自己的心被针扎了一下，她真是太傻了，差点儿害了自己的宝宝！她要全心全意做妈妈，为宝宝的出生做准备！

孕育生命是一段艰辛的征程。母亲如一粒在泥土中的种子，当胚芽长出，种子的皮便被撕裂，种子就会变形，把所有的养分都给了新芽，然后枯萎，化作新芽的根扎入泥土，在黑暗中守护新芽的一生。

桑林苏怀孕也不是容易的。她完全失去了味觉，吃饭吃不出味道，体重严重下降，医生一再要求她补充营养，桑林苏只能逼着自己把食物往嘴里塞。马医生越来越忙，有时候一个月也不回来一次，总说在搞什么研究，写什么论文，有什么应酬。桑林苏得逼着自己高兴，不能因为不好的情绪影响到宝宝。素娜的奶奶时不时过来，直接问桑林苏她的父母有没有过来占马家的便宜，桑林苏也要逼着自己冷静，一切都是为了素娜。

在经历了9个月的辛苦和难以忍受的分娩疼痛后，桑林苏终于在5月早上8点58分看到了素娜的小脸。护士抱着刚出生的素娜给桑林苏看，让素娜的脸贴着桑林苏的脸，柔软而温暖。素娜努力睁开眼睛，看着桑林苏，桑林苏顿时热泪盈眶。她在心里一万遍地呼喊她做妈妈了！

"嘿，你的宝宝饿了！"

桑林苏被送到病房不久，素娜就开始哭起来。护士急忙过来提醒桑林苏要喂奶了。桑林苏准备运用她认真学到的喂奶知识，却发现她还根本没有奶水。

"那怎么办？"

"明天就会有了，现在先给宝宝吃点儿奶粉吧。"护士说。

为了有更多的奶水，桑林苏第二天早上吃了很多东西。很快，她兴奋地发现自己有奶水了。但是素娜无法成功吃到奶水，不管护士怎么教，桑林苏就是帮不到素娜，她们俩都哭了。素娜又累又饿，哇哇大哭。护士说让素娜先吃奶粉，但是桑林苏坚持让素娜吃自己的奶，一直折腾到很晚也没有成功，直到素娜累得睡着了。

半夜，素娜发烧了，呼吸变得很急促，很快她就被送进了急诊室。桑林苏吓坏了，不停地问护士，终于有个护士过来说素娜得了肺炎，因为刚出生，很难说会发生什么。

"很难说"是什么意思？

桑林苏立刻从床上跳了起来，差点儿摔倒。她不等护士回答就开始哭了起来，她不敢听护士的回答。谁都知道结果是什么，出生才几天的婴儿，肺部感染能有什么可能的结果？桑林苏捶胸顿足，恨自己太固执，恨自己把素娜折腾病了。她那么小就被折腾！

"你就是爱折腾！"

桑林苏的妈妈来看桑林苏，一听说素娜生病的事就开始指责桑林苏，让本来就伤心的桑林苏更加伤心了。加上从进医院到生下素娜已经3天了，马医生还没有露面，他的父母更不用说了，桑林苏虽然已经做了充分的思想准备，但还是忍不住伤心，呜呜地哭个不停。

"小苏，往好处想，别得了产后抑郁症。"那个卫校的同学来看桑林苏，不停地安慰她，说桑林苏自己是学医的，应该懂得如何保护自己的身体。桑林苏点点头，朋友说得有道理，她必须保证自己的身体健康，才能更好地照顾素娜，才能不辜负素娜选她做妈妈。

等待很煎熬，特别是涉及生死的等待。

桑林苏望着钟表，数着等待中的每一分每一秒。她不停地祈祷、哀求，一直不见护士把小素娜从重症室抱出来。桑林苏真的坐不住了，她不顾刚刚生产完虚弱的身体，冲到重症室外，从玻璃窗往里看，看到了小素娜躺在一个保温箱里，满身都是管子，像一个被很多绳子缠绕的小花生，孤独地躺在那里。她本来应该躺在妈妈怀里，享受妈妈的怀抱和爱抚，享受世上只有妈妈可以给她的食物，享受带着妈妈体温、用妈妈身体内部的养分变成的香甜乳汁。

对不起宝贝，都是妈妈太笨拙了！

桑林苏趴在重症室外哭了，一个护士过来把她推走了，说她应该静心等待，好好保养自己，等宝宝好了，就有"饭"吃了。

桑林苏回到病房，看到马医生来了，正铁青着脸坐在那里。桑林苏看了一圈，没有看到盼望中的鲜花，果然他什么都没有给桑林苏带。作为专家级的医生，他医院的同事不可能不来表示一下，但是一个人都没有，肯定是他没有告诉任何人他有了女儿。桑林苏知道他的爸爸妈妈一直想要孙子，生孙子也是他们给桑林苏的最后一个机会。

"到处跑什么呀？我都来了半天了！"

"素娜她……"

"还不是怪你！我听护士说了，你就是瞎折腾，固执！"

"我……"

"还有脸哭？"

马医生骂完桑林苏后扔下一个大信封走了，桑林苏拿起信封，里面是5万块现金。桑林苏苦笑了一下，他还记得给钱。她知道那个曾经说要照顾她、爱她一生一世的男人正离她而去。她知道，未来的风雨，她只能自己承担。桑林苏倒在了床上，她现在只有素娜了，她请求素娜一定要打赢病毒，不能丢下她。

"奇迹！奇迹！"

一阵笑声从外面传来。桑林苏从床上跳了下来，冲到门口，看到护士带着她的素娜回来了！桑林苏激动得说不出话来。

五天！素娜度过了危险期，打败了病毒，医生和护士都说素娜是他们见过的为数不多的战胜了可怕的肺部问题的新生儿。

"谢谢你，谢谢你给我做妈妈的机会！"

桑林苏紧紧地抱住素娜。她在心里发誓，她会给素娜一切，让她开心。

第 7 章

做了妈妈，桑林苏忘记了自己曾经害怕各种虫子，忘记自己恐高，忘记自己不能熬夜。她什么都不怕，什么都可以做。虫子算什么，一把打走；熬夜算什么，素娜生病的时候，她可以整夜整夜地坐在那里守着，给素娜喂水，测体温。

桑林苏只有一个兴趣，满眼满脑都是素娜。万事开头是健康，健康的保证是饮食。素娜吃得健康，才能长得更高，体能更强，大脑发育得更好。桑林苏考察了小区周边各大菜场和超市，追溯了食品的来源，挖掘了更多绿色健康食品的渠道，学习了营养知识，制作宝宝食谱……光是忙"好吃"一件事就把桑林苏忙到有种当国家元首的感觉。

忙碌的日子容易忘记烦恼，因为没有时间烦恼。

忙碌中的桑林苏似乎也忘记了马医生的存在，他什么时间回家、回不回家都不再让她纠结和难过。她经常累得连吃饭的力气都没有，有时候给素娜讲故事，讲了几句就睡着了。

在日程表里，她们每天早上 10 点和下午 3 点去室外活动，这也是桑林苏最喜欢的遛娃时间。新鲜空气要有，晒太阳更是必需的。桑林苏第一次出来遛娃就被惊到了。好像她所在的小区是按照规定招收的业主，那么多跟她年龄相仿的妈妈，大家怀里都抱着年龄相仿的娃，也每天在相同的时间出来遛娃。

"嘿，你们好哇，又出来了。"

"你们好，是呀，出来玩啦。"

"哎呀，你们素娜又长高了，更漂亮啦。"

"你们也是啊，眼睛更大了呢。"

小区里有个中心花园，大家总是坐下来聊天，分享她们给孩子吃的什么，她们的孩子有哪些进步，学了哪些技能，哪里有好的早教中心，哪里的玩具又好又便宜，哪个菜场的菜新鲜，还有小区里的八卦新闻、逸闻趣事。遛娃的地方成了一个新闻中心和社交中心，更成了一个"晒娃"中心。

每次，那些妈妈在"晒"完自己的娃之后，还会"晒"自己懂得的育儿知识，说出来的理论一套一套的。桑林苏以为自己已经做得很多了，可是跟那些妈妈比起来，桑林苏像个傻子，什么都不懂，更不用说国外的先进育儿理论了。

桑林苏从来不甘落后，为了提高自己，立刻报了一些育儿班，买了很多育儿的书。一大早去挤地铁，只为参加一个蒙特梭利家庭教育的研讨会。她还买了许多蒙特梭利教学设备，家里的墙上挂满了学数学用的珠子。哪里有儿童教育专家讲课，桑林苏就冲到哪里，不管多远，不管素娜在家有多想妈妈。因为妈妈要去学习做妈妈的知识，做一个合格的妈妈。

渐渐地，桑林苏成了"晒娃"时间备受关注的那个妈妈，大家都向她请教各种育儿经验和宝宝食谱，请她介绍育儿专家的课程。大家一边听着桑林苏滔滔不绝的高谈阔论，一边啧啧称赞素娜被养得真好。

"真的是啊，你看把素娜养得多好！"

"素娜都比我们孩子高一大截了！"

"素娜表达能力也比我家女儿强！"

"素娜能把小自行车骑得那么好！"

…………

桑林苏被大家夸得心里美滋滋的，坐在那里看着在不远处骑自行车的素娜，成就感满满。素娜1岁生日后就开始直接用大人的词和语气说话了。她像百灵鸟一样唱着自己编的歌；用自己挑选的颜色组合画画，让美术老师惊讶不已；每天问桑林苏很多桑林苏自己都从未想过的问题。她经常搂着桑林苏的脖子说她长大了要当个画家，给妈妈画一张最美的画！

桑林苏也特别喜欢给素娜买衣服，把她打扮得像个小明星，走到哪里都会有人问能不能一起合影。有几次，素娜被电视节目邀请，她大方地对着镜头微笑，一点儿也不紧张。

桑林苏尽其所能让素娜开心，带她跟好朋友去好玩的地方。但是有一件事桑林苏没有办法满足素娜。因为她也不知道素娜的爸爸在干什么。

"你好，爸爸，我是素娜！"

"爸爸，你是不是不喜欢素娜？为什么老不回来看我？"

素娜每天都假装给她爸爸打电话，她用小手指一遍又一遍地拨打玩具电话上的号码，对着空气说话。她问爸爸什么时候回家，带什么玩具，什么时候带她去动物园，什么时候去看她跳舞……如果桑林苏不想办法打断她，她就不会停下来。

"你的爸爸正忙着救人。"桑林苏说了一半真相，马医生工作确实很忙，但另一半真相是她和马医生之间的关系越来越糟。素娜无法理解另一半真相，桑林苏也不想让素娜因另一半真相而受到伤害。为了素娜的快乐，她只能掩盖真相，把她的爸爸描绘成一个非常了不起的英雄形象。英雄的家人都得做出牺牲的，特别是女儿。小素娜使劲点点头，她说没关系，她要支持英雄爸爸。

很快，素娜3岁了，到了去幼儿园的时候。尽管素娜哭着说不愿意，桑林苏还是把素娜送进了幼儿园。好像人到了什么时间该做什么事，如果不去做就不太正常。就像该会爬的时候，素娜不会爬，桑林苏就让素娜一遍遍练习；素娜十个月的时候，大家说孩子该断母乳了，桑林苏一天都不耽搁，任由不习惯奶粉的素娜饿得哇哇大哭。

去幼儿园更是，桑林苏一点儿都不能让素娜落后。不然，小朋友都去了幼儿园，在小区不光没人和素娜玩，人家还以为素娜没有幼儿园收，况且桑林苏还选了收费昂贵的国际幼儿园。那里只有大约20个孩子，所有的老师都来自英语国家，纯英文教学，也好为素娜以后出国留学做准备。

可是那个国际幼儿园,除了费用高,并没有想象的那么好,素娜每天还要被逼着去听她根本听不懂的英语。于是,桑林苏又把素娜送到了一家社区的公立幼儿园。但是不到一个学期,桑林苏发现班上孩子太多,老师太严厉了。特别是在得知老师让孩子们在小椅子上一动不动坐一堂课之后,桑林苏心疼了,又给素娜找了一家更小的儿童馆,只有几个小朋友,有着像家庭一样的氛围。

但是素娜在儿童馆也只待了两个月,桑林苏发现儿童馆太随意了。从3岁到4岁,素娜换了6个幼儿园。桑林苏像只蜘蛛一样,到处织网,发现不对就立刻换个地方重新织,因为她要给素娜最好的,什么都要最好,特别是教育。

"妈妈,我又要去哪里?"

小素娜第一次有了"不情愿"这种情绪。她上了6个幼儿园,好像认识了很多老师和同学,但好像一个朋友也没有。每个幼儿园都是新面孔,作为新同学的她总是找不到玩伴,还经常被一些孩子欺负,只是因为她是新来的。

"我给你找到了更好的幼儿园!"

桑林苏每次都那么说,但每次都很快否定自己,她还说都是那些幼儿园宣传得太好。就连不知内情的马医生都看不下去了,说她真是瞎折腾,折腾自己,也折腾孩子。

"我不折腾谁管呀?你吗?爷爷奶奶吗?"

桑林苏从来不服输,从来不觉得自己哪里不对。桑林苏的三连问让马医生不再跟她说话。他们的话越来越少,见面也越来越少,甚至一个月连个信息都没有。大家都很忙,忙到没时间吵架。

桑林苏也不是没有考虑过离婚,但是她又不敢提出离婚,因为她已经好多年不工作,不知道自己再回去工作还能干什么,也更不放心素娜没人照看。马医生虽然没有像以前那样对桑林苏百般呵护,但也没有说分开,还是像以前那样给钱养她们。桑林苏不知道他是怎么想的,也没有时间问,因为她要忙素娜。

幼儿园只剩最后一年了,最后一年是幼小衔接的一年,桑林苏好像已经闻到了"战争"的"硝烟"。周末去小区散步,那些家长都开始谈论小学了,他们都已经选好了目标小学,研究了小学招生的条件,有哪些渠道。她们甚至已经开始让孩子学习一年级的课了,说不学根本赶不上学校的进度。如果孩子有什么特长、才艺,就会被优先录取。

"你们素娜肯定没问题啦!"

"素娜是不是已经上补习班啦?"

"素娜那么聪明,应该不需要上补习班的!"

桑林苏感觉怎么才一夜的工夫,她们就落后那么多!第二天,桑林苏就给素娜报了语文和算术补习班,离家有点儿远,但是据说教得最好。看来真的是最好的一家,因为素娜第一天上完课回来就带了好多作业。因为是临时插班进去的,素娜根本听不懂,桑林苏还得重新教一遍。因为素娜没有幼儿园可以上了,桑林苏就报一周四天的课,想着尽快赶上大家的进度。所以,为了明天的课,素娜必须把作业完成;为了完成作业,她们两个必须熬夜。

"妈妈,我好困!"

"不行，必须把数学算完！"

"我不会算！"

"唉，怎么这么笨！"

素娜没有坚持多久，总是哭闹，说不想写作业。桑林苏感觉好累，有时候忍不住发火，凶得素娜哭得更厉害了，吵得邻居都上来敲门，投诉到物业，物业又联系到马医生，马医生又回来跟桑林苏大吵了一架。

看着马医生摔门离去，桑林苏萌发了一个新的念头。她也要跟着一个邻居一起移民去加拿大！那个邻居好几次都说让桑林苏跟着他们一起办理，说有个省提名投资移民，一年就可以拿到绿卡。素娜可以直接去上一年级，他们一起去，孩子们也有个伴。

"什么？移民？"

"是的，我们要去一个没有作业、到处都是游乐场的城市，你会很开心的！"

"很……开心？"素娜的眼睛里充满了喜悦和期待。

第 8 章

人生总是有很多要重复的事情，重复多了就变成了习惯。

躲在桌子底下已经成了素娜的习惯。她第一次躲在桌子底下，是小时候她跟妈妈捉迷藏。家里阿姨要她藏在桌子底下，等妈妈找到她了，她接着又躲在那个桌子底下，害得妈妈故意装作看不见，在周围转了几圈才弯腰把素娜从桌子底下拉出来。素娜总是会哈哈大笑，被妈妈找到的那个时刻特别开心。

后来，素娜不想写作业、不想练琴时也总是会躲到桌子底下，但是妈妈却不再像她小时候那样装作看不见，而是直接过来，一把把她拉出来，责骂她幼稚，那么大了还躲桌子底下。

现在，即将 18 岁的自己又不假思索往桌子底下躲。素娜知道桌子底下并不是一个好地方，因为她从来没有躲过去，只是她习惯了。

习惯了就不会去思考了，一切就变得顺其自然了，就像妈妈习惯了骂她一样。

妈妈第一次骂她是在她 4 岁的时候，那天她总是把 2 加 4 算成 2。妈妈拿来糖果给她数，把 4 个放一边，把 2 个放另一边，然后问放在一起是几个。素娜数了 6 个，但还是坚持说 2 个。妈妈骂她怎么那么笨，她哭着说她跟妈妈 2 个人加上爸爸还是 2 个人，因为爸爸总不在家，所以她认为 2 不管加上多少都是 2！

她们搬来加拿大，妈妈骂她的次数越来越多了，骂她琴弹得不够好，小提琴拉得不够好，画画得不够好，舞跳得不够好。素娜有时候不知道妈妈为什么要骂她。妈妈前一秒还在电话里哈哈大笑，转过脸就开始骂自己。有时候妈妈在外面被别人夸奖，回到家就开始骂，说她不够努力，还不赶快去学习，不然怎么能保持住成绩。

大家都说多伦多的天气预报不够准，因为天气变化太快。素娜觉得妈妈的脾气更难预测，她不知道狂风暴雨般的责骂什么时候到。这经常让她惴惴不安，让她担心得很难入睡。她在妈妈的责骂中也养成了熬夜的习惯，而熬夜又增加了妈妈骂她的理由。

很好笑吧？

素娜想笑却发现泪水已经湿了满脸，湿了她面前的地板。她抹了一把脸，正准备从桌子底下钻出来，却看到了那个黑洞从关着的窗户飘了进来，直接来到了她的面前。素娜觉得两耳轰鸣，眼前一片黑暗，感觉整个身体直接从桌子底下被扯出来，往窗外飘去。

这次又没躲过去！

素娜想看却什么也看不到，想喊也喊不出声，想挣扎也动弹不得。她感觉自己黑屏了，短路了，死机了。

再次睁开眼，素娜发现自己待在医院里。

"素娜！素娜！"是秦蕊阿姨的声音。她先是大喊了几声"素娜"，又大喊了几声"护士，护士"，然后小声说有呼叫按钮。没一会儿，护士和医生都来了。他们查看了一下素娜，问了她几个问题，说素娜的伤口不太严重，养一两周就好了，让素娜放松点儿，不要给自己太大压力。

"秦蕊阿姨，我怎么在医院里？"

"你真的不知道？又把我们吓得要死！要不是刚才我走之前不放心，一定要去你房间看看，还真发现不了你竟然躺在后院的地上，手臂上还割了一道口子，到底是怎么回事？"

"我……不知道，是黑洞……"

"什么？黑洞？"

"不是，没什么。"

素娜在秦蕊满脸疑问地看着她时就后悔告诉她黑洞的事了。瓦莉娅说得对，没人相信她会看到黑洞，更不会相信她被黑洞带走。她自己也宁愿相信那不是真的，宁愿那只是一个噩梦，也许那真的只是一个梦。她除了能记得自己刚刚看到黑洞时的紧张和恐惧，其他什么事情都想不起来。

"到底是怎么回事？"素娜也想知道，可是她怎么也想不起自己怎么去的后院，想揉揉发胀的脑门，才发现她右手臂上裹了纱布。

"素娜,你为什么要伤害自己?"

"秦蕊阿姨,我真的不清楚。"

没一会儿,桑林苏从外面回来了。她满脸怒气,死死地盯着素娜,好像要从她脸上挖出点儿什么。她指责素娜为何要三番五次吓她,为何那么没有责任心,好不容易把她养大,一不顺心就玩自杀!还说素娜真是太没良心了!秦蕊急忙把桑林苏拉走,低声说她有什么话回家再说。

"回什么家?人家让去看心理咨询!"桑林苏大喊。

"看心理咨询?"

"是!怎么就养了一个精神病孩子?真是作的!"

"小苏,心理问题不是精神病,很多人压力大了都需要看心理医生的。"

"可是别人不那么认为!他们听说了就认为你有精神病!"

"谁呀,是白桃吧?"

桑林苏不吭声了,她确实害怕被白桃知道。可是白桃是邻居,警车路过他们的小区,她眼睛瞪得比谁都大,耳朵竖得比什么都长,肯定已经知道了是谁家出事了。虽然她们早就不来往,但无奈她的女儿林娇娇又转到了素娜的学校,跟素娜一个班,所以她们还是在一个家长群,还是会在学校碰到,而白桃像什么都没发生一样,还是热情地跟她打招呼。

"哎呀,小苏,你看我们多有缘分,又见面啦!"

在一次家长会上,桑林苏老远就看到了白桃,她赶快走得远一些，尽量不去看白桃，可是白桃竟然直接走过来，跟她打招呼，还拉着另一个家长说桑林苏是她的邻居，两家关系可好了，经常在一起玩，还说自己的女儿娇娇吵闹着一定要来这个学校跟素娜姐姐学习。从那以后，白桃时不时打电话问东问西，问素娜要申请哪个大学，学什么专业，准备得如何了。她甚至还邀请桑林苏一起去喝茶，都被桑林苏拒绝了。白桃一开始就是这么热情让桑林苏感动的，以致桑林苏把她当作了朋友。

桑林苏不想犯同样的错误。

素娜听到桑林苏的指责，为妈妈一点儿都不心疼自己感到伤心，不管怎样，自己手臂受了伤，就算路人也应该表示同情而不是责骂吧！她在心里笑桑林苏无知，但是她也懒得解释什么叫心理咨询。她的学校就有心理咨询老师，专门为学生提供心理问题帮助，学生根据自己的需求可以跟咨询老师预约，跟咨询老师谈论自己的烦恼和压力，问老师解决办法。她一年前就曾经去见过几次咨询老师墨悠（Moyo），因为她一直无法集中精力学习，总感到莫名的伤心。

墨悠老师是一位非裔加拿大人，30多岁的样子，是个非常让人感到放松的倾听者。当素娜讲述自己困惑的时候，他会静静地听；当素娜停下来的时候，他会用问题让素娜继续。每次见完墨悠老师，素娜就会感到心情轻松了很多。

可是她的情绪就像一个一边进水一边放水的水池。素娜放水的速度远远跟不上妈妈进水的速度，她每时每刻的催促和责骂又迅速填满了素娜的"蓄水池"。

"素娜醒了，你还好吗？"一名留着小胡子、红头发的矮个子警察走进了病房,温和地看着素娜。素娜起身点头,警察就把素娜带到隔壁的医生办公室,拿出本子开始记录姓名、年龄、职业等一系列基本信息。

"你妈妈做什么职业的?"

"花店的合伙人。"

"你爸爸呢?"

"爸爸在中国是一名医生。"

"你妈妈平时怎么对你的?"

"妈妈对我……"

素娜顿了一下,但她很快意识到自己不能乱说,因为加拿大对未成年儿童的保护可以让她远离妈妈。虽然她也曾想过离开妈妈,但是她实在不忍心。

"挺好的。"

"那你怎么受伤的,然后跌落在院子里的?"

"我……自己不小心……擦窗户掉下来的。"

"那你要知道保护自己。"

警察看了一眼素娜,让她在笔录上签字,说了一声让素娜多保重就离开了。

不一会儿,护士进来,说素娜可以回家了。她拿给素娜一些消炎药,告诉她一些注意事项,并说三天以后可以去家庭医生那里或附近诊所去换药。等她们走出医院急诊,发现天已经亮了。桑林苏叫了一辆出租车,让秦蕊一起回去先休息一会儿,再去花店上班。

素娜在出租车后座闭上了眼睛。她仿佛看到自己飘浮在一条长长的隧道里,被一些鬼魂追赶。那些鬼魂咯咯笑着,变成了一个个巨大的影子。奇怪的是,那咯咯笑的声音听起来像妈妈的,又像林娇娇的。她很害怕,但无论她喊得多大声,都没有人在那里。她想跑,但她发现无论她怎么用力移动双脚,她都跑不掉。

素娜害怕极了,把手伸进口袋,摸到了耳塞。她把耳塞塞进耳朵里,但耳塞开始移动,一直往她的耳朵里钻,越钻越深,发出吱吱啦啦的像钻墙的声音和无法忍受的鸣叫声,越来越尖锐。

"救命!救命!"

素娜尖叫着伸出手去抓东西。什么都没有,但奇怪的是,素娜感觉她的腿和胳膊都不见了,更多的噪声和明亮的光线包围着她,让她不停地大喊。

"素娜,醒一醒,到家了。"

素娜醒了,原来自己做了一个梦。她摸摸耳塞,还在口袋里。她看看自己的四肢,都还好好的。从噩梦醒来的那种庆幸感让素娜觉得好受了不少,幸亏只是个梦,醒来自己还是自己,什么都没有发生,那些恐惧和痛苦都被封锁在梦中了。

第 9 章

素娜走下车,一阵风扑面吹来,冷得她打了个哆嗦。天空好像也一夜没睡,脸色惨白,房子被枯黄的树叶围着,无精打采,四周充满了阴冷的冬天的味道。

好冷!

秦蕊阿姨挎着素娜的胳膊进了屋,桑林苏一边埋怨着天气,一边去开暖气。她不停地嘀咕说这么早就冷了,不知比去年要多付多少暖气费。

多伦多待久了,大家都知道每年都是关了冷气开暖气,关了暖气开冷气,从冬天一下子到夏天,从夏天一下子到冬天。其实夏天开冷气的机会很少,这里最热的时候也就是一两周30多度,但对于多伦多人或者加拿大人来说已经要提示高温预警了。

春天这里不再下雪,但气温一直很低,需要暖气,等到5月底不开暖气了,就已经到了夏天的舞台了。秋天是一年中最好的季节，久负盛名的枫叶国真是名副其实，处处都可以看到五彩斑斓的枫叶，但是秋天也非常短暂，从9月中旬叶子开始变色起，过了10月第二周的感恩节，一场场秋雨和秋风配合默契，很快扫光了枝头的叶子，为冬天的出场鸣锣开道。

冬天的魅力真是不小，让秋风和秋雨那么卖力。可惜了那么好看的叶子，那么快就成了枯叶。

桑林苏帮素娜跟学校请了一天假，素娜想要一周或者至少三天假期，等去了诊所换完药再去学校，又惹得桑林苏一顿骂，说眼看要递交申请了，待在家里那么久是怎么想的。她也不等素娜说话，直接走进自己房间关上了门。

她刚刚洗漱完毕，就听到了门铃响。桑林苏有点儿奇怪，不知道是谁一大早来家里，推销或者募捐的人也不至于那么勤快吧。她有点儿恼怒地去开门，发现是一位自称社工的女士。她金色头发，蓝色眼睛，穿着一套淡紫色的裙子，胸前佩戴着社工字样的牌子。

"你好，是桑女士吗？"

"对。"

"我叫露露，接到家庭暴力的举报，要过来了解一下情况。"

"什么？家庭暴力？谁举报的？"

桑林苏听懂了家庭暴力这个词，不自觉提高了嗓门。她的火一下子被点了起来，站在门口大喊了起来。秦蕊听到喊声急忙从房间走出来，赶快请露露进来，给她搬了把椅子，倒了杯水。露露穿上鞋套,坐下来打开笔记本,满脸严肃,跟警察一样,向桑林苏问了详细的基本信息。

"您的女儿在吗?"

"在。"

"可以让我见见她吗?"

秦蕊又把素娜喊起来,露露看到素娜手臂的一瞬间眼睛一亮,仿佛找到了猎物。她要求单独跟素娜谈话,桑林苏跟秦蕊就去了房间。过了好久,才听到露露打招呼说她工作结束了,感谢她们配合,就离开了。

桑林苏要去问问素娜她们都谈了什么,但是素娜很快回到自己房间关上了门。秦蕊拉住她说让素娜先休息吧,她知道怎么跟社工说,不然社工也不会那么安静地离开。

"她会把我如何?"

"小苏,你一定要注意自己的态度。不然她会给你带来无休止的调查,会把你列入黑名单,留下虐待孩子的记录,会有很多麻烦的。"

桑林苏不吭声了,转而生起素娜的气来,对秦蕊说:"都是素娜给惹的麻烦,素娜真是身在福中不知福!"秦蕊也不休息了,干脆做了个简单的早餐,吃了去上班。

秦蕊走了,桑林苏没有心情吃饭,一直在想是谁举报了她。隔壁邻居是一位住了很久的独居老人,她们没有来往过,只是偶尔碰面打个招呼,看样子是欧洲人。不管是不是土生土长的,除了原住加拿大人,剩下的都是外来人,只有来得早来得晚的差别。桑林苏问过邻居老人的名字,但她转眼就忘了。她尤其记不住西方人的名字，总是要问很多次，每次只能尴尬地解释自己脑子不好使。其实，西方人也记不住东方人的名字，特别是那些发音特别不一样的姓和名字，像那些以"X""Y""Z"开头的，他们连音都发不对。

大家只要学英文，特别是来到英语国家，都会取个英文名字，并且取的都是那些传统的常用名，桑林苏手机里就有十几个詹妮（Jenny），好多个玛丽（Mary），好多个麦吉（Maggie）。后来，有人就自创名字，像未来（Future），明天（Tomorrow），天空（Sky）之类的。最初西方人不理解，说那些根本不是人名，后来发现挺特别的。再后来，大家开始保留自己原来的名字，或者取一个跟原来名字发音相近的独创名字。

像白桃，她就用了英文桃子作为自己的英文名字。对了，是不是白桃举报的呢？白桃离她们很近，又总是对桑林苏阴阳怪气的，嫉妒素娜比她女儿漂亮、学习成绩好，嫉妒桑林苏比自己能干，又有秦蕊那么好的朋友。也许，爱嫉妒的人就是见不得别人比自己好吧？桑林苏很早就发现了白桃的嫉妒心，因为她总是使劲踩桑林苏，在别人面前笑话她不会做饭，幼稚，笨拙。记得有一次白桃路过她家，发现她家的花开得很漂亮，脸色立马就变得很难看。桑林苏急忙说她们的花是碰巧开得好一点儿，哪能跟白桃的花比，每年都很好。这才让白桃高兴起来。

除了她还会有谁呢？

桑林苏越想越觉得是白桃，恨不得马上冲到她家质问她，跟她打一架。可是桑林苏又胆怯了,她从来没跟人真正打过架,都不知道该怎么打,能不能打赢。如果自己被打伤了,谁来照顾素娜呢?特别是在如此关键的时期。自从自己晕倒,医生让她注意休息,保护心脏,她哪里休息过呢?素娜又老让人不省心。

桑林苏想着想着竟然睡着了,没想到自己竟然一觉睡到了第二天早上5点钟,急忙爬起来去准备早餐。厨房里还摆着昨天秦蕊做的鸡蛋饼和稀饭。想到素娜昨天一天没有吃东西,桑林苏又心疼又后悔自己睡着前没有给素娜送点儿吃的。

素娜虽然很不情愿,还是起床,吃了早餐去上学了。她在外套里面穿了紧身的毛衣,把受伤的手臂裹得紧紧的。桑林苏一路开车,一路叮嘱素娜一定要注意自己的手臂,别碰到那里,别跟其他人说自己受伤的事。素娜嘴上"嗯嗯"地答应着,心里觉得好笑。她都快18岁了,妈妈还像对待小朋友一样对待她。她干吗要跟别人说自己受伤的事,并且她根本没有什么特别亲近的朋友。

素娜刚下车往教室走,林娇娇就从旁边跑了过来,好像是等了很久的样子。她圆圆的脸红扑扑的,像个熟透的苹果。刚巧她穿了一件很亮的绿色外套,整个人看起来就是一棵移动的、头上戴了一顶小红帽的苹果树。

"早上好,素娜!"

林娇娇冲过来要抱素娜,素娜急忙躲开了。她不认为林娇娇会跟她这么亲近,林娇娇应该有什么目的。看着她一脸坏笑,素娜很快就明白了她要干什么,她要确认素娜受伤的事实。

"听说社工去你家了?"

干了坏事的人太急于展示自己的成果,所以就自动暴露了。素娜没有说话,继续往前走。林娇娇跟着她继续问,说素娜妈妈刚从医院回来,素娜又被救护车和警车送进医院,搞得他们小区好热闹啊。素娜跑了起来,想尽快甩掉林娇娇,没想到林娇娇也向她靠近,林娇娇脚下一滑,竟然摔倒了。

"你怎么撞我?"

林娇娇大喊起来,素娜也没管她,直接进了教室。可是还没有几分钟,素娜就被威尔逊老师叫了出去。威尔逊老师也穿了绿色的格子毛衣,让她的灰白头发更灰白,脸色更加严肃。威尔逊老师直到进了办公室坐下来才开口说话。

"马素娜,你怎么撞倒林娇娇了,她只是想关心你。"

"我没有!"

"还没有?我这身上还有泥巴呢!你就是有暴力倾向!"

林娇娇坐在一边,指着自己裤子上的泥巴。她使劲擦眼睛,正努力挤出眼泪。素娜不知道该如何解释,也不想解释,她只是自己也不清楚怎么划伤了手臂,怎么就成了有暴力倾向了?还让警察来了,社工也来了。她的沉默让威尔逊老师更生气了,老师让她跟林娇娇道歉:"你不道歉,那就喊你妈妈来学校!"

"对……对不起!"素娜一听到喊她妈妈就只好屈服了,强忍着眼泪跟林娇娇道歉。林娇娇得意地离开了。威尔逊老师看着素娜,突然压低了声音,直勾勾地看着素娜问她是不是在家被妈妈虐待,如果是,不要害怕,学校会保护她的。

素娜吓了一跳，竟变得有些结结巴巴。她的反应让威尔逊老师更相信她被虐待了。老师拿起电话就要打给社工，素娜一把拦住了她："我没有被家暴！"

威尔逊老师显然更相信她之前的判断，倒显得有点儿失望。她放下电话再次提醒素娜一定要相信学校会保护她，政府会保护她的。素娜问威尔逊老师为何说她被家暴，威尔逊老师马上转移话题，说素娜该去上课了，有需要找她。素娜跑出办公室，但是她没有去教室，接下来的数学课会让她更难受。布朗老师总是批评她心不在焉，迟交作业。

素娜悄悄走到操场后面的一小片树林，拂去地上的枯叶，想找一块空地坐下来，没想到在枯叶下面竟还发现了一朵小花。小花看着素娜，似乎显得很惊恐，又似乎很忧伤，知道自己再倔强也坚持不了多久。素娜对着小花说对不起，急忙又把枯叶盖了上去，希望枯叶别被风吹走，让小花多活几日。

看着光秃秃的树枝在风里摇晃，看着一片片枯叶在地上翻滚，想着柔弱的小花，一股浓浓的悲伤围绕在素娜周围，联结着素娜的悲伤，让素娜想起了自己的12岁。

第 10 章

你能想象在一个慢节奏的地方，日子却过得飞快吗？

转眼，素娜要过 12 岁生日了！桑林苏打算给素娜过一个特别的生日，庆祝她们在多伦多走过的 7 年，庆祝素娜在 7 年中拿到的一大堆奖杯和奖牌，庆祝她作为妈妈的骄傲。她要邀请所有认识的朋友，邀请素娜的同学，选一个特别的地方，开一个盛大的生日派对，让素娜发表一场 12 岁宣言……

可是素娜却一盆冷水浇下来，说不要什么派对和宣言。她想要的生日就是周末不去舞蹈课，去好朋友瓦莉娅家住一个晚上。桑林苏一下子有些蒙，她第一次听到不同的意见。

"那怎么行？"

"为什么不行？"

素娜提出的两件事都是桑林苏无法同意的。瓦莉娅是素娜在学校里唯一一个好朋友。她是意大利和中东某个国家的混血儿，有着小小的个子，大大的眼睛。素娜好几次邀请她来家里。孩子们喜欢到朋友家住一晚上，经常互相邀请。瓦莉娅到她们家住过几次，从她带的随身衣物上，桑林苏看出她家的情况一般。后来又意外得知她的妈妈是一个商店的店员，爸爸是一个工厂的工人。所以，桑林苏一直没有同意素娜去她家。

桑林苏开始了她的长篇大论，说如果素娜错过舞蹈课，就会输掉比赛，如果失去了那个冠军她就会失去更多的大学申请机会，她将来还会失去其他机会，而且……直到素娜捂住耳朵大声喊着让桑林苏停下来。

"我不去上舞蹈课，也不过生日！"

素娜说得很坚决，也很大声。她就像一棵被压在一块石头下面的小草，一直寂寂无声，突然有一天从下面冒出来，向天空宣示自己的存在，让石头感到了威胁，感到了被羞辱。桑林苏一下子适应不了，可是她只是一块动不了的石头，又能拿小草怎么办。

只能吵架。

桑林苏说："去瓦莉娅家也不用取消舞蹈课！也可以让她来咱们家！"

素娜不肯示弱："舞蹈课结束太晚了，总是她来咱家，我一次都没去过她家！"

"她家那么远，她家又很差。"

"差什么差，你就是有偏见！"

她们吵着吵着，完全脱离了轨道，吵到种族歧视上了。桑林苏对种族歧视这个话题非常敏感。她最不喜欢动不动就拿这个做标签，煽动民族情绪。她觉得那是自卑的一种体现。

她不否认种族歧视确实存在，但是始终认为没有人有资格歧视别人！谁不是外来的？对于地球而言，大家都是外来的；对于外星人而言，大家都是地球人！桑林苏从来没有对谁有偏见，也从来不允许别人对自己有偏见。她只是觉得瓦莉娅家条件不够好，不要去给人家增加负担，也担心素娜吃不好、睡不好，所以她听到素娜说她有偏见，瞬间就炸了。

桑林苏觉得自己的好心被曲解了，自己的权威被践踏了。她从来不服输、天不怕地不怕，哪能容得下素娜对自己的挑战。她的嗓门越来越大，近乎歇斯底里。

可是她忘了基因的强大，素娜完全遗传了她的不服输基因，甚至青出于蓝而胜于蓝。素娜的话一句比一句狠，加上她不错的辩论技巧，撑得桑林苏哑口无言。桑林苏只能拿出她的撒手锏，坐在地上号啕大哭，说自己活不了了。战争停止，素娜走进房间，嘭的一声关上了门表达自己的抗议。

桑林苏对孩子的12岁充满了担忧。她经常听别人说起孩子一到12岁就开始叛逆，他们把妈妈气到跳江，把爸爸气到一夜白头。桑林苏把那些故事说给素娜听。素娜还抱着桑林苏说自己不要12岁，不想做叛逆的孩子。

可是12岁就像一个魔咒，素娜没有逃脱，她已经站在了叛逆的路上，而桑林苏还没有准备好。桑林苏已经习惯了那个对自己百依百顺的女儿，那个按照自己规划的路线往前走的小精灵。可是她怎么突然就变成了小魔鬼，冲着自己大喊大叫。她牙尖嘴利的样子让桑林苏无所适从，桑林苏想着以后的日子，哭得更大声了。

素娜坐在房间，戴上耳机，可是还能听到桑林苏的哭声。她烦躁地把耳机丢到地上，钻到被子里。她觉得妈妈越来越讨厌，跟她没法说话，总是刚刚开口就被妈妈打断，然后妈妈就开始发表自己的评论或想法。

没有什么可以改变她的妈妈画的线，那不仅仅是一条线，而是很多条线，就像织成了一张大网。网上清楚地标出了她每天要上多少小时的课，每周上多少节课。

一周7天，一天24小时，一个月30或者31天。这样的日子还有6年！

桑林苏反复提醒素娜，素娜可以看出妈妈对她的规划多么自豪。上大学前的6年对素娜来说就像是一个等待审判的过程，对妈妈来说是一场最后的战斗。妈妈沉迷于做计划和带着素娜参加那些无休止的比赛。

在素娜的记忆中，妈妈是一位优雅的女士。她喜欢艺术、音乐和与时尚相关的事物。她在家里穿着睡衣也从不显得凌乱。她还用许多绘画和艺术装饰品把家里布置得优雅、干净、充满了艺术气息。但现在素娜觉得妈妈就像一只大蜘蛛，每天都在她和整个房子上结网。网越来越厚，把素娜裹起来，把空气都挤了出去。

快喘不过气来了！

是冲出网，还是死在网里，是素娜一直纠结的一个问题。

12岁的生日在充满硝烟味道的家里草草走了个形式。素娜上完舞蹈课，回到家里对着桌子上的蜡烛随便吹了一下，蛋糕也不切就走进了房间。床上放着妈妈给她买的一条非常漂亮的长裙、一个质量非常好的耳机和一个非常漂亮的包，可是素娜不高兴，这些都不是她要的。她要的很简单，就是取消一节舞蹈课，去好朋友瓦莉娅家住一个晚上。

不过，她收到了两个好朋友的生日礼物。素娜从书包里面拿出来一个蓝色丝绸封面的笔记本。第一份礼物是一个笔记本。打开笔记本，在第一页有一行漂亮的"生日快乐"字样和一个像小提琴样子的帅气潇洒的签名。还有一份礼物是瓦莉娅送给她的一串自制的手链，一串蓝色的小珠子，看着很可爱。素娜看着两份礼物，心想他们两个真懂自己啊，知道她喜欢蓝色。素娜望着两份生日礼物，微笑爬进了眼睛。

孔切尔托是个典型的意大利男孩，有着棕色的头发和灰蓝色眼睛，高高瘦瘦的，穿衣服很酷，也很绅士，经常背着他的小提琴来学校，很受女孩们喜欢。他跟素娜在一个学校6年，在一个班3年。学校每个学年都会把所有的学生打乱重新分配。每次开学就会看到有的学生大哭，因为和好朋友分开了，有的学生会大笑，因为又和好朋友分到一起了。她从一年级就跟孔切尔托玩得很好，因为孔切尔托是第一个对素娜友好的同学。

一年级的时候，素娜到了新学校，像个迷路的小兔，什么也不懂，什么人也不认识。她虽然以前学过英语，但到了多伦多却发现自己既说不好，又听不懂。每次课外活动都独自傻傻地站在一个角落里，眼巴巴地望着大家。有个调皮的女孩开始欺负素娜，对她推推搡搡，孔切尔托跑了过来，挡在素娜前面，告诫那个女孩如果再这样就告诉老师。从那以后，孔切尔托就成了素娜的好朋友，经常带她玩，还把他的朋友介绍给素娜,素娜就认识了瓦莉娅。

瓦莉娅算半个意大利人,她的妈妈来自阿富汗,嫁给了一个意大利人。她跟孔切尔托在幼儿园的时候就是好朋友。素娜很喜欢瓦莉娅,她的黑色眼睛好大,睫毛好长,唱歌、跳舞也特别棒。瓦莉娅也喜欢素娜,羡慕素娜衣服漂亮,学习成绩好,人也漂亮。他们三个在一个学校,虽然每年重新分班,几次分分合合,但总是在课间时间一起玩。瓦莉娅比他们两个大几个月,总像个大姐姐一样照顾他们,素娜有什么心事都会和瓦莉娅说。当她被林娇娇欺负时,都是瓦莉娅安慰她,帮她出主意如何保护自己。

"素娜,不要怕!"

瓦莉娅总是那样对素娜说,握紧小拳头,在素娜面前晃动。她说是妈妈告诉她女孩要坚强,要勇敢,要照顾好自己。素娜知道一点儿瓦莉娅妈妈的故事,她的家被炸毁了,家人都没有了,她跟着一个远房亲戚千辛万苦逃到加拿大,在亲戚的帮助下成功申请了难民身份,后来遇到了瓦莉娅的爸爸才过上了安定的生活。虽然瓦莉娅只是用了短短一段话描述了她妈妈的经历,但素娜可以想象得到她妈妈经历的苦难和伤痛是用多少文字都描述不完,也描述不出来的。

好在素娜从来没有跟林娇娇在一个班,她们在学校也很少碰面。原来没有分开的时候,素娜故意躲着她,后来吵完架,在学校竟真的没再见过她了。素娜在学校有她的好朋友,放了学就去参加各种辅导班,参加各种比赛,见不到也不稀奇。素娜多才多艺,林娇娇好像除了喜欢吃和玩,没有其他兴趣，所以她们也不在一个圈子里。

每年学校年终表演，孔切尔托拉小提琴，素娜弹钢琴，瓦莉娅跳舞，他们三个的节目是老师最满意的。在五年级的时候，素娜还编过舞台剧，赢得老师和家长们的热烈掌声。可惜，妈妈没太看懂。妈妈那天还说素娜在台上不够自然，过了很久才从老师那里知道那天晚上掌声雷动是给素娜的。

第二天早上，素娜照常起床去上学，匆忙吃过早餐，瞥了一眼那个生日蛋糕。她的12岁蛋糕只被桑林苏象征性地切了一小块，懒洋洋地趴在桌上。没想到期待了那么久的生日竟过得那么静悄悄的。

下午课间活动的时候，素娜突然觉得肚子不舒服，就赶忙跑去洗手间。没一会儿，素娜听到瓦莉娅在洗手间门口焦急地喊自己的名字，让她赶快出来。素娜心里一慌，还以为学校发生了火灾或者发现持枪的歹徒。等她跑出卫生间，瓦莉娅一把拉起她往操场跑去。

"发生什么事了？"素娜问。

瓦莉娅也不说话，拉着她一直跑。素娜老远就看到操场上围着一大圈人，她听到了妈妈的声音！素娜跑到人群中，看到妈妈一手拿着那个笔记本，一手拉着孔切尔托大声责问他为什么要在笔记本上写那样的话。孔切尔托低着头不说话，周围的同学表情各异，有的惊讶，有的怪笑。素娜看到林娇娇笑得最灿烂。

"你干什么？"素娜一把拉住桑林苏，使出吃奶的洪荒之力拖着她走出人群。她真的很想有凭空消失的能力，很想抹去所有人的记忆,很想桑林苏不是她的妈妈,很想妈妈跟她无关,她不认识这个疯狂的人。

"拉我干什么?"

桑林苏一边走一边骂骂咧咧,骂他年龄这么小就勾引女孩。素娜听不懂桑林苏在说什么,终于把桑林苏推上车,让她赶快回家。桑林苏还嚷嚷着要去报告学校,让他的家长过来。

这时,瓦莉娅把素娜的包送了过来,素娜感激地看了瓦莉娅一眼,做手势让她去安慰孔切尔托。瓦莉娅点点头,赶快跑开了。等她们到家,素娜再也控制不住,质问桑林苏去学校做什么。

"我做什么去了?看看这是什么?"

桑林苏看起来像是满嘴冒着烟,把那个蓝色笔记本扔到了素娜的脚边。素娜拿起笔记本,翻到了最后一页,发现上面写着"我喜欢你"几个字。素娜对桑林苏真是无语,不管孔切尔托写了什么,她作为一个大人,也不能直接在大庭广众之下去找孔切尔托,这在加拿大是很严重的事情。

素娜的愤怒像火山一样爆发了!她像一头发疯的狮子对着桑林苏喊叫了一个小时,说尽了她知道的最狠毒的话。桑林苏摔了素娜的书包,折断了素娜的耳机,一直闹腾到秦蕊过来才停息。

"哎呀,你怎么那么糊涂?家长怎么可以直接去骂学生呢?"

"我……我本来只是去接素娜,想问问她笔记本的事,可正好碰到林娇娇,她帮我去找的那个男孩,说给那个男孩一个警告。"

"林娇娇?你也真没脑子,小苏!"

第二天,素娜发现全班同学都变得很奇怪,当她经过时,一些男孩夸张地跳开了,他们都笑着低声说不要靠近她。她也没有看到孔切尔托来学校。瓦莉娅把素娜拉到角落,悄悄说孔切尔托的父母已经知道了这件事,正在跟学校抗议,说要告素娜的妈妈。

素娜想跟孔切尔托道歉但她看不到孔切尔托,给他发邮件也没有收到回复。素娜被老师叫到办公室批评了一顿,说素娜的妈妈是不是精神有问题。素娜恳请老师帮忙劝解孔切尔托的父母,说她可以带着妈妈跟他们道歉。

"什么?让我去跟那个男孩的父母道歉?"

"他们应该向我道歉!"

"我在帮助他们管儿子!那么小就学会引诱女孩,将来有什么出息!"

桑林苏一个连环炮,把素娜气得七窍生烟,跟桑林苏大吵了一架,摔门离去。她对妈妈的固执无法容忍,妈妈都已经知道错了,还在那里硬撑着。素娜在家门口胡乱地走着,她担心孔切尔托不再把她当作朋友,自己也没脸再见他。她又担心妈妈会被起诉,甚至会造成更严重的后果。素娜不知道该怎么办,不知道该找谁帮助自己说服妈妈。突然她想到了一个人,麦克先生。

素娜立刻回到家,悄悄给秦蕊阿姨打了一个电话,说明自己的意思。秦蕊阿姨答应她联系麦克先生,约他跟妈妈见面，开导一下妈妈去跟孔切尔托一家道歉。

在麦克先生和老师的帮助下，大家终于说服桑林苏和孔切尔托的父母见了面。桑林苏跟他们道了歉，但是那天孔切尔托没有来。素娜一直被同学嘲笑，只好提出了转学。

第 11 章

一般情况下，早上送完素娜回头开车，路上就没那么堵了。可是今天桑林苏送完素娜回家的时候还是堵得一塌糊涂，这让本来就疲惫的桑林苏更加抓狂，两条腿直抖，视线也变得模糊，差点儿撞了一辆对面的车，害得自己被对面的车狂按喇叭。

桑林苏就在不远处的一个咖啡馆停下来，准备买杯咖啡提提神。她原来是不怎么喝咖啡的，偶尔会喝点儿茶。自从素娜上了十一年级，成绩一直下滑，她就很难入睡，第二天要去花店上班，必须喝点儿咖啡才能坚持住。时间长了就产生了依赖，每天必须喝三杯咖啡，不喝就什么也干不了。她刚进咖啡店，就接到了秦蕊的电话，把刚才差点儿撞车的事说给了秦蕊。

"那今天你就别来上班了，在家好好休息一下。"

"你可以吗？"

"没事,放心。"

桑林苏买了咖啡,坐在车里喝了一会儿,又让自己闭目养了一会儿神。她仿佛感觉到咖啡在胃里开始工作,给神经细胞发出指令,让大家赶快振作起来。桑林苏很快就来了精神,她的腿不再抖了,头脑也很清晰,整个人轻松了很多。

桑林苏又重整旗鼓,发动了车子。路上交通好了一点儿,她也顺利地回到家。她赶快坐下来吃她的早餐,接着还要打扫厨房,清理每个房间,洗衣服。如果冰箱没菜,还要在接素娜之前去买点儿菜,还要给素娜带点儿水果和点心,免得她等会儿去上补习班肚子饿。桑林苏一边吃一边想着要干的事情,忍不住先去查看了一下冰箱,还好不用买菜,可以稍微轻松一点儿。

桑林苏叹了口气,13年来,她一直是这样过的。从早到晚,她像个被一直抽打的陀螺,转个不停。虽然辛苦,但看着愿望即将实现,任务即将完成,她的电总是满格状态。可是现在,她发现生活变得一团糟,在临近终点的时候,一切都乱了套。那些被她认为井井有条、有条不紊的计划都乱了,事情没有朝着计划的方向发展。按照计划,素娜可以上顶尖大学,会有很好的未来,但她却没有按照计划走!

"到底哪里出了问题?"

桑林苏又叹了口气,开始收拾厨房,准备晚餐和带给素娜的水果、零食。厨房的炉子、烤箱、冰箱两个星期没有清洁了,脏乱得厉害,桑林苏花了两个小时才清理好。来不及洗漱自己,桑林苏得赶快把房间清理一遍。

桑林苏一进素娜的房间,就闻到一股奇怪的味道,感觉像是烤焦的塑料，又像是麻辣海苔，好像都不是，是一种说不出来的味道。桑林苏到处查看，什么也没有发现，但她看到窗户上不知什么时候多了两个搭扣。桑林苏觉得奇怪，不知道素娜为何要给窗户上钉了搭扣。家里的窗户已经很安全了，她们一搬进来就先换了最安全的窗户和门。

她一转身看到柜子中摆放的奖杯被书代替了，算是松了口气，觉得素娜还是知道把学习放在首位的。桑林苏把倒下的一本书扶起来，书里面掉出来一张照片，是素娜和一个男孩、一个女孩的合影。他们看起来都有点儿害羞，但很开心。那是她们初次登陆多伦多在飞机上遇到的。

"耶，要去多伦多啦！"

桑林苏仿佛听到了素娜的欢呼声。她像一只小企鹅，拖着自己的行李箱，跟在桑林苏后面随人群走向登机口。桑林苏要给素娜一个快乐的生活，不顾所有人的反对，决定移民加拿大。她不想素娜在一个被爷爷奶奶嫌弃的环境中长大，在一个没有爸爸的家里长大。虽然多伦多的家里也没有爸爸，但是有距离太远爸爸太忙来不了的理由。

没有人来帮桑林苏收拾行李，没有人问桑林苏是否需要帮助，也没有人想知道。

"再见！再见！"桑林苏进入安检时对着空气说，因为没有人在机场送她们。桑林苏对着她曾经生活的城市说。难以形容的感情涌进她的身体，她的眼睛流泪了。有些难过，有些释然，有些兴奋，有些担心，有些紧张，很复杂的情绪在桑林苏的身体里翻腾着。

"妈妈，你怎么哭了？"

"妈妈太开心了！"

那是素娜第一次坐那么远的飞机，也是她们第一次来加拿大。除了在机场遇到的一家人，他们也是去多伦多的新移民，桑林苏谁也不认识。幸运的是，他们可以坐在一起。素娜可以跟他们的两个孩子一起玩耍、看电影。桑林苏第一次允许素娜看那么长时间的电影，素娜一路上都开心得不肯睡觉。

那家人是在上海工作的外地人，妻子学金融的，在一家证券公司做大客户经理，听说话是个干净利落的女强人；丈夫长得白白净净的，对妻子唯命是从，很明显是个吃软饭的。他们的两个孩子，姐姐八岁，弟弟五岁，倒是非常可爱。

桑林苏跟他们的妈妈也慢慢熟悉起来，聊起来到多伦多的打算。桑林苏没想到那个妈妈竟把多伦多的学校了解得如同家里的成员，好的公立学校在哪里，好的私立学校在哪里，两者的优缺点是什么，如何申请好的私立学校，学费高低，如何为大学做准备，如何做公益增加申请亮点……桑林苏听得都傻了。她怎么感觉自己还没落地，就已经感受到了巨大的压力。

"加拿大应该比国内轻松吧？"桑林苏问。

"别傻了！加拿大的学校是轻松，可是咱们不能轻松呀，咱们不拼怎么能在他们那里出头？"

那个妈妈说得好像很有道理。移民到一个新国家，自己就变成了少数群体，成了非主流群体。如果不加倍努力，又如何比他们那些主流群体优秀呢？可是，桑林苏看了一眼素娜，正开心地跟那个姐姐玩拍巴掌的游戏。桑林苏感觉五味杂陈，既然已经飞到了空中，只能往前飞了。

经过十几个小时飞行，她们终于来到了多伦多，来到了她们向往的新生活。桑林苏站在机场，虽然多伦多用绚丽的晚霞迎接了她们，但她心里充满着惆怅。那个妈妈的话完全推翻了她对新生活的诸多设想，桑林苏不知道自己能否兑现对素娜的承诺，给她一个快乐的生活。

在一个完全陌生的城市安顿下来，自然要经历很多辛苦。桑林苏带着大包小包的行李，带着5岁的素娜费了很多周折才找到地方住，给素娜找到了学校。在等待9月开学的那段时间，桑林苏终于买到了属于她们自己的房子。素娜一眼就看中了，说像个小城堡，自己住进去就成了公主了，还给爸爸打电话描述她的城堡。桑林苏看着素娜高兴的样子也笑了，其实也就是房子前面做了几个尖尖的造型，孩子的想象力就是丰富。

在多伦多的第一年，桑林苏忙着为新家添置东西，顾不上操心素娜。素娜真的没有作业，每天都在玩。到了中国新年，学校有个老师还给了素娜一个小红包，里面包了5毛钱。桑林苏还被一些华人家长邀请一起去过除夕，大家各带一个菜，满满一屋子人，比在上海的时候还要热闹。在上海，马医生没到过年的时候就去陪他父母了，而桑林苏和素娜是不被欢迎的，所以只能待在家里。要到初二，马医生才回来陪她们吃一顿饭。素娜好开心，好喜欢她的新生活。

到了第二年，素娜正式上小学了。桑林苏觉得素娜也太闲了，好像有点儿心慌，就给素娜租了一架钢琴，请了一个老师。

小学一年级上了都快半年了，也没有看到素娜有什么作业，桑林苏有点儿坐不住了，心想这样下去不是浪费时间吗。有一次桑林苏碰到一位华人家长，才知道她的女儿已经上了好多课外班，比如舞蹈、唱歌、围棋、击剑、游泳、画画。那个妈妈很热心，把那些教育机构的联系方式都给了桑林苏，说培养孩子要趁早，孩子学不会就当玩了。

一周有5个工作日，周末可以安排最少4个班，桑林苏看着日历，为素娜挑选着才艺类和运动类的班。经过一番筛选，她为素娜报了画画课、舞蹈课、唱歌课、围棋课和游泳课，当然钢琴是在家学的，另外还可以留出一些时间段随时增加其他的课。

刚开始，素娜有些抗拒，说妈妈说话不算数，但毕竟是小朋友，桑林苏稍微说一句"你不学习妈妈就不喜欢你了"之类的话，她就乖乖听话了。桑林苏可不允许素娜在学校里、在班级里是个什么都不会的学生。

万事不能开头，一旦开始就会越陷越深。素娜天生聪明伶俐，学什么都能学得又快又好，每个才艺班的老师都极力推荐素娜参加才艺比赛，比赛的奖杯又大大地刺激了桑林苏的成就感，增加了炫耀的机会。当素娜在学校被老师表扬，在课外班被家长称赞时，桑林苏就点头说谢谢。她的素娜就是个小天才嘛。

那些荣誉就像一个自动传送带，你一旦站上去就不太会有下来的可能。桑林苏已经习惯了被周围人夸赞的感觉，怎么可以让素娜停下来。她要素娜更努力，保持第一名，努力争取更多的第一名。为了素娜,桑林苏从来没有自己的时间,总是像蜘蛛一样在路上穿梭,无论春夏秋冬。不论酷暑难耐还是严寒冰雪,她都在接送素娜的路上。妈妈这个称呼意味司机、保姆、书童等很多角色。

唉,那么多第一名有什么用?

桑林苏回过神来,急忙把素娜的被子铺好,把桌子都清洁了一遍。她也不知道为何素娜越长大越邋遢,房间里经常乱糟糟的,还不让整理。看看时间,竟然快下午两点了,看来自己发呆的时间太长了。

桑林苏急忙回到自己房间,迅速地刷了个牙,草草地收拾一下,拿上给素娜的水果和零食,要去接素娜放学了。

唉,又是一天!

第 12 章

路上没有桑林苏担心的那么堵,她比放学时间早 30 分钟到了学校。看来自己今天运气好,撞到了一个空档时间。桑林苏这样想着,心情也舒畅了很多,每天的堵车真是让桑林苏的情绪崩溃。

桑林苏把车停在了停车场,而不是教学楼门口的车子上下人点。每次来得早,桑林苏总喜欢在教学楼大厅里转转,看看墙壁上的海报,看看素娜又代表学校获了什么奖。有时候老师看到她,会热情地打招呼,对她夸素娜,这让桑林苏特别开心。不过自从素娜进了十一年级,她一次也没有碰到老师,有一次她明明看到威尔逊老师站在附近,可一转眼就不见了。

教学楼大厅很安静,休息区的沙发上坐着一位早来的爸爸在电脑上忙碌。桑林苏慢悠悠地往公告栏走去,在她快要走到公告栏时,听到了威尔逊老师的声音。桑林苏转身,她们互相问候了一下。威尔逊老师穿着一件橘色的格子毛衣，看桑林苏的表情有点儿说不清楚的奇怪。威尔逊老师真是爱穿格子的衣服，难怪有人背后喊她"格子老师"，桑林苏觉得这很可爱，又不容易忘记。

"桑女士，现在孩子们压力大，要多多帮助素娜，有什么需要我帮助的，随时找我。"

"好，谢谢威尔逊老师，麻烦您了！"

威尔逊老师从十一年级就带了素娜那个班，桑林苏在一年三次的家长会上都有约见她，所以她跟威尔逊老师并不陌生。威尔逊老师带着比较重的澳大利亚口音，让英文本来就一般的桑林苏听起来有些吃力。她有时候还会一脸茫然地看着威尔逊老师，等着她解释。虽然威尔逊老师看着挺严肃，桑林苏还是挺喜欢她的，因为她每次除了把素娜在学校的成绩、表现写在报告里，还会在桑林苏的询问下告诉她一些素娜需要改善的地方，让桑林苏可以更加努力地批评纠正素娜。不像大部分老师总说都很好，都很好！

"你干吗总盯着不好的地方？多看看好的地方，鼓励教育嘛！"

"把不好的地方及时纠正过来才能进步呀！"

秦蕊曾经说过桑林苏，说她不该每次参加家长会都问素娜哪里不好，老师们会觉得家长很奇怪，干吗总盯着自己孩子的不足。桑林苏却有着自己的坚持，她要把素娜雕琢成没有任何瑕疵的艺术品。

可是，桑林苏发现威尔逊老师对待她的态度变了，看她的眼神有点儿奇怪，似笑非笑又有点儿轻视。刚开学不久的一次家长会，老师还没等5分钟会谈结束就急不可待地站了起来，招呼其他家长进来，而桑林苏还没有问到素娜有哪些不足。

加拿大学校的家长会像是面试会，有时候家长跟老师单独见面，有时候是家长、老师和学生三方会议，要提前预约，在见面的教室门口排队。有学生在门口拿着名单，到了时间就会喊你的名字，每个家长5分钟，老师会描述一下学生在校的表现，然后回答一些家长的提问。桑林苏不喜欢三方会谈，太形式化。老师会让素娜自我总结，然后给点儿评价，桑林苏只能做5分钟的观众，根本没有时间跟老师沟通。当然，可以跟老师发邮件沟通，所以在桑林苏看来，家长会只是一个家长跟老师认识的机会。

看着威尔逊老师走进办公室，桑林苏刚走两步，就见白桃从洗手间出来。她老远就跟桑林苏打招呼，热情得像久别重逢的老友，问长问短，把桑林苏的家人都问了一遍。最后，她拖着长音问起素娜："哎呀，听说素娜最近进了医院，她哪儿不舒服呀？可要多保重呀，尤其在这个关键的时期！我家娇娇说她脾气越来越大，今天早上还把娇娇推倒了，我们就不计较了，都这么好的朋友！"

桑林苏听着有些蒙，不知道素娜为什么要推林娇娇。素娜那么瘦，能推倒林娇娇那么壮的块头？白桃对着桑林苏挤了挤眼睛，摆了摆手说："别说素娜，她也不容易，听说学习都跟不上了，老师在课堂上老批评她呢！哈哈，你这个当妈的，怎么回事呀？"

白桃说完，捂着嘴，扭着身体走了，桑林苏一转身看到了素娜。桑林苏看了一眼素娜，张了张嘴，什么也没说，直接走出大厅，向停车场走去。素娜也没有说话，一直跟在桑林苏后面，途中有几个同学跟她打招呼，素娜也只是挥挥手。

"你怎么撞倒了林娇娇？"

一上车，桑林苏就开始了盘问，她有一肚子的话要问。对于威尔逊老师的态度，老师在课堂上对素娜的批评，学习跟不上，她什么都不知道！不知道什么时候，素娜在她面前变得少言寡语，怎么骂她都很少有反应。桑林苏有时候把她的耳机拿走，她还是没有反应，最多说不知道。

"我问你林娇娇怎么回事？"

素娜没有说话。

"哑巴了？"

"没怎么，她自己跌倒的。"素娜说。

"唉，你离她远一点儿！咱们惹不起总躲得起！都是华人，别让其他同学看笑话！"

桑林苏也不想再谈起林娇娇，看到她们母女就头疼，但是也不想跟她们产生多大的矛盾，大家合不来，不来往就是，没必要闹得很僵，因为对外都是华人。桑林苏正想问素娜学习的事，却听到了素娜的鼾声。她给素娜准备的水果和零食竟忘了拿给她。

素娜开始只是想装睡，没想到真的睡着了。昨天因为手臂很疼，本来就失眠的她更难以入睡，翻来覆去一直到天亮才睡着。她在学校一整天都迷迷糊糊的，加上因为林娇娇的事情被老师批评，数学作业没交，课也没上，让她的心情很糟糕。从学校操场后面的小树林回到教室,她脑子里一直想那朵小花,觉得她跟小花都好可怜,不知道即将面临的命运是什么。

放学的时候,她看到白桃在妈妈面前耀武扬威的得意劲儿,听到她对妈妈的嘲笑,素娜更愤怒了,真想打白桃一顿。当妈妈告诫她不要跟林娇娇太近,要忍让时,她对妈妈的言辞也感到愤怒。妈妈总是对外人那么宽容、忍让,唯独对她那么苛刻。素娜不想再跟妈妈吵架,不想再做无谓的努力去改变一个固执的人。

"下车,到家了!"

素娜被桑林苏的喊声惊醒了,蒙了一会儿才明白过来。她背起书包,直接走到自己的房间。很显然,妈妈打扫了她的房间,一切都看起来井井有条,干干净净,但是素娜却非常反感,她习惯了那些东西的位置,知道在哪里找什么东西。现在,自己好像什么都不熟悉了!她走到门口,看看上次写的字条还在,怎么妈妈就无视自己的话呢?她写得很明白:"请勿擅自打扫房间!"

"你不吃饭了?等一下还要上数学课,家教一会儿就到!"桑林苏在门外喊。素娜一下子扑倒在床上。她竟然忘记了还有数学辅导,还以为什么课都没有,自己可以安静地待一会儿。担心上完数学辅导课,太晚了吃饭不健康,素娜只好逼着自己快速走到餐厅,快速扒拉几口,又快速回到自己房间。幸好,桑林苏还在忙着接一个电话,来不及拦住她问东问西。

"喂,明天周六是秦蕊阿姨的生日,我们出去给她庆祝一下。"

打完电话的桑林苏又到门口喊了一嗓子,素娜的手机也响了,是秦蕊阿姨打电话约她跟妈妈明天一起吃饭的。素娜虽然周末不想出门,但怎么能拒绝秦蕊阿姨呢,何况又是她的生日。因为秦蕊阿姨,她们的生活才不那么艰难,妈妈能在花店拿到稳定的收入,不再每日惶恐地等待爸爸的汇款。她以前跟妈妈吵架了,秦蕊阿姨总是过来劝了这个劝那个。

终于熬完了两个小时的数学辅导,素娜长出了一口气,辅导老师也长出了一口气。她们两个都很累。素娜跟数学就像天生的冤家,互相嫌弃。数学对素娜老摆着一副高傲的样子,让素娜很难接近;素娜对数学也总是爱搭不理的,能躲避就躲避。辅导老师很郁闷,说素娜不做练习题,没有办法帮她提高;素娜对辅导老师也不耐烦,觉得她太较真。

唉,总算结束了!

素娜把数学书扔到一边,不小心碰到了手臂上的伤口,疼得她直掉眼泪。她不知道为什么生活总充满伤痛,感受不到快乐。妈妈早已把承诺给她的快乐忘得一干二净,每天盯着她用功学习,真不知如何应对这最后一年。素娜越想越觉得胸闷,站起来想打开窗户,可是她新装的搭扣却怎么也打不开了。搭扣是素娜偷偷问秦蕊阿姨要的。素娜说这是学校布置的作业,秦蕊阿姨也没觉得奇怪,因为加拿大学校本身就有手工课。素娜总觉得窗户不太安全,害怕那个奇怪的黑洞再从窗户进来。

晃动了一会儿，卡住的搭扣终于开了。外面的天已经黑得不成样子了，冷风四处乱撞，连挂在枝头的最后几片叶子也不放过，直到树叶扑簌扑簌地掉在了地上，它就急忙掉转头去摇晃另外一些树枝，树枝被风摇得生气了，发出"唰啦啦"的声音抗议。风居然不动了，同意给树枝一会儿可以做清梦的宁静时光。

没有风打扰，夜空显得更清澈，如碧波荡漾的湖面没有了涟漪，幽深而神秘。星星一个个跳了出来闪烁着，灿烂极了。素娜朝星星伸出手，感应着它们欢呼。星星那么远，素娜感觉跟它们如此近，妈妈那么近，素娜却感觉那么遥远，遥远到像隔着一个太空。

夜空好像模糊了，星星不见了。好像有一双手从一边把天空卷成一个圆筒，然后转动，夜空竟然变成了那个黑洞！它比原来更大，滑落的速度更快，向素娜冲了过来。素娜站在窗前竟然忘记了反应，眼睁睁地看着黑洞朝她过来，从里面伸出来很多双手来拉素娜。

"素娜！素娜！"

"快来帮我看看秦蕊阿姨喜欢什么礼物！"

随着桑林苏的敲门声响起，黑洞不见了，素娜急忙关上窗锁紧。她的额头冰凉，手指麻木，眼泪贴在脸上像是结了冰。素娜惊魂未定，她很想知道那个黑洞到底是什么。

第 13 章

天气越来越冷了。

素娜下了车，裹紧衣服，朝教室跑去。

校园里很安静，只有几个保安和清洁工走来走去。天空涂上了一层很厚的铅色妆，板着脸不敢有任何表情。一些树叶飘来飘去，被风和清洁工追赶着。素娜比平时起得早，其实她根本没睡，黑洞的事让她恐慌也好奇。她晚上给心理咨询老师墨悠发了邮件，问什么时候可以约见面，没想到墨悠老师很快回复了，说正好第二天中午十二点半休息的时候可以。

桑林苏看到素娜也很惊讶，她总是要喊素娜很多次，素娜也起不来的。她们比平日早半个小时离开家，一路非常顺畅。难怪都说成功人士喜欢早起，不仅可以提前做好一天的安排，还真的可以节省很多时间，特别是节省在路上堵车的时间。心情都会像没有交通阻塞的道路一样变得轻松愉快了。

素娜在教室里找了一个角落，看了一下课程表，赶快拿出电脑赶未完成的英语作业。刚刚做了几分钟，竟然打瞌睡了，素娜只好趴在桌子上打个盹。不大一会儿，一阵剧烈的震动把素娜的头震得从桌子上弹了起来，又"嘭"的一声磕了下去。

"林娇娇你太过分了！"旁边有个男生大声斥责起来。素娜睡眼惺忪，揉着被磕疼的额头，半天才明白过来，原来是林娇娇撞了她的课桌。她穿着一件亮粉色的外套，上面绣着似锦的繁花，脸上带着一丝明显装出来的笑意。

"对不起，素娜，我不小心的！"

她转过身，嘴巴里发出"啧啧"声，调戏式地问那个打抱不平的男生跟素娜是什么关系，这么关心素娜。那个男生气得脸涨得通红，结结巴巴地说他看到林娇娇是故意撞的。素娜谢过那个男生，看都没看林娇娇一眼，起身离开了教室。

素娜一直待在洗手间，等到上课时间才出来，她不想跟林娇娇说一句话。本来素娜跟她修的课一样的不多，所以如果不是林娇娇刻意，两人见面的机会也不多。

素娜跑到教室门口，数学老师布朗先生正在给全班同学做小测验。他看到素娜站在外面，挥手示意她进来。素娜看到桌子上的测验卷子就感到头疼。她从12岁起就不喜欢数学。12岁之前，数学对她来说一点儿也不难。但六年级之后，她越来越讨厌数学，总是学不进去，所以她从来没有得到过好成绩。十年级之后，数学对素娜来说就像天文数据一样深不可测。

怎么办呢？只能猜了。

素娜深吸了一口气，随便在答案选项里找，看着哪个顺眼就选上。最后一道应用题，素娜更是不知道如何下手。那些解题的公式她一个都记不住。即使他们可以用计算器，可是列不出算式怎么算呢？她摇了摇头，做出了放弃的决定。

唉，总算熬过了又一堂数学课！

上午的课好不容易都上完了，素娜赶快去餐厅买了个三明治，一边吃一边往墨悠老师的办公室走。她到了办公室门口，发现时间还早，估计墨悠老师不在办公室，就在门口的椅子上坐下来等。

没想到墨悠老师就在里面。他打开门让素娜进去，说听到声音就知道素娜来了。有一段时间没有见到墨悠老师了，他看起来比以前胖了一些，长头发变成短的了，戴着一副黑边眼镜。素娜不记得他之前有戴眼镜，但他戴着眼镜更显得亲切。

"抱歉我来得早了，墨悠老师。"

"不用担心，咱们好久没见了，请坐吧。"

素娜坐在了一张蓝色天鹅绒的漂亮扶手椅里，顺便环顾了一下办公室，看到墙上挂着几张很美的非洲大草原的照片。墨悠老师的办公室看起来更像家，轻松而舒适。

"你喜欢这些照片吗，素娜？"

"是的，它们很漂亮。"

"嗯，它们背后都有自己的故事。每次你来看我的时候，我都会告诉你其中一个。"

墨悠老师讲述了第一张照片和照片里的女孩，那是他的妹妹，可是她来到加拿大之后得了抑郁症自杀了。墨悠老师擦了一下泪水，跟素娜抱歉地笑笑。他说谢谢素娜，自己每说一次，就感觉心情好多了。他说跟朋友分享一次自己的悲伤，悲伤就会被排解一分，分享多了，就会完全放下了。

"好了，现在该你分享你的故事了，素娜。"

墨悠用期待和鼓励的眼神看着素娜，打开手中的笔记本，准备记录。素娜一时不知道如何开口。她之前跟墨悠老师分享过她跟妈妈之间的那些烦恼，现在不知道该如何描述黑洞的事情。

"墨悠老师，我晚上睡不着，就会看星星，然后就看到了一个黑洞！"

"什么？黑洞？"

"嗯，我看到了好几次，但每次都记不清发生的事，只记得自己什么都看不清。"

"你是不是做梦了？"

"不是，我前两天还在看到黑洞后把手臂弄伤了，躺在了后院，医生还怀疑我自杀。"

"哦，是吗？你还能想起来别的什么吗？"

"不能！"

"那你尽量放松，保证睡眠再观察看看。"

"好的。"

"要学会释放压力，你妈妈现在怎么样？"

"唉，还是老样子！"

"她也不容易，学着理解和包容。"

"嗯！"

半个小时过得真快,素娜走出墨悠老师办公室,感觉自己好像真的轻松了一些,还对着阴沉着脸的天空笑了笑,也不觉得那么冷了,脚步轻快了许多。

下午的课一结束,素娜就冲出了教室,从储物柜里拿出背包和其他东西,跑向接送点。她看到妈妈的车已经在接送点等着她。

桑林苏看起来也比平时温和了许多,看到素娜也没有劈头盖脸责问,而是递给素娜一盒切成片的草莓。素娜接过草莓就开始吃起来,很久以来第一次感觉草莓那么香甜。

"饿了吧?我们今天就去吃那家越南米粉。"

越南米粉是素娜最喜欢的食物,第一次跟着妈妈和其他朋友吃到它时,素娜就宣称它是世界上最好的食物。大家都笑了,并惊讶5岁的素娜能吃掉中碗里所有的粉,喝完所有的汤。后来搬了一次家,桑林苏马上找到了同一家的连锁餐厅,每个星期六上完小提琴课后都会带素娜去吃一碗。

素娜闻到米粉汤的味道,感觉心里暖暖的。自从她不再和妈妈说话后,已经有一段时间没有吃过越南米粉。她把头埋在碗里,把眼泪藏起来。

接下来的两天,素娜没有见到林娇娇,也很少在课间活动出去,不是躲在洗手间就是躲在图书馆的角落里。妈妈也不再责怪她了,因为家里收到了一封社工露露写给妈妈的信,需要素娜翻译读给她听。

信里都是一些提醒的话,要妈妈注意跟素娜沟通,要注意关注素娜的情绪。那些其实都是社工常规的工作提醒，素娜在上次谈话时并没有跟露露说"妈妈对她不好"之类的话。

素娜无意间听到妈妈跟秦蕊阿姨的谈话。秦蕊阿姨说一个小女孩因说了一句"我不听话爸爸妈妈就会打我"，老师立刻就报告给了社工。小女孩的父母接受了8次背靠背的谈话和无数次背景调查，提供了一大堆的资料证据，才算结束。他们被折腾得筋疲力尽。

"如果家庭暴力证据确凿，孩子就会被带走，交由政府抚养。"秦蕊阿姨继续劝妈妈，"素娜大了，知道说话轻重。不然，她随便说一句赌气的话就会让你麻烦缠身，因为本来就有人举报。"说到举报，桑林苏狠狠地说肯定是白桃。她真想找她打一架。秦蕊阿姨连连说妈妈不要冲动，跟她那种人纠缠不值得。

"不过你真的不要再吼素娜了。"秦蕊阿姨继续劝她。

素娜猜测妈妈不再对她过分苛刻应该是因为社工的信、小女孩的故事和秦蕊阿姨的建议。

一天放学，素娜收到了秦蕊发来的短信，让她打车回家。素娜问妈妈在哪里，因为早上送她去的时候，妈妈并没有说不来接她。

"哦，你妈妈她……有点儿事。"

素娜怀揣着很多担忧打车回家了，却发现妈妈不在家，急忙打电话给妈妈，但听到的是秦蕊阿姨的声音："嗨，素娜，我们过一会儿就回家，你能自己做点儿吃的吗？"

差不多两个小时后，素娜看到秦蕊阿姨的车来了，妈妈在秦蕊阿姨的帮助下下了车。她的脸上青紫了好几块，手上还缠着绷带，像是刚从战场回来。她一边躺到沙发上一边还不停地骂骂咧咧："真后悔没有早点儿跟她打一架！"

"到底怎么回事？"秦蕊问。

"就是白桃那个鬼东西搞的鬼！"

原来桑林苏怕路上堵车，不到两点就离开了花店来到了学校。正好天气不错，她就想躺在车里小睡一会儿，结果看到林娇娇和另外一个女孩从旁边经过，她们一边走一边笑着说如何欺负素娜。桑林苏一听就炸了，但她没有直接拦住林娇娇质问，她还记得孔切尔托的教训。她立即打电话给白桃，正好白桃就在学校附近。所以她们两个就在学校侧门碰头了。

"哎呀，说什么呢？娇娇怎么可能欺负素娜呢？上次素娜还把娇娇推倒了，我都说算了，都是好朋友嘛。"

桑林苏看着白桃那装腔作势的样子和阴阳怪气的语调，积压在胸中的愤怒一下子爆发了。她忍无可忍地对着白桃大骂，说白桃自从认识就拿了她家多少东西，吃了她们家多少饭。说得白桃恼羞成怒，也不装了。于是她们越吵越凶，直接打了起来，路过的行人报了警，才把她们分开。

原来当时自己坐在出租车里，老远看到的一群人围在一起就是看妈妈和白桃打架！

素娜后悔自己没有多看一眼，如果她看到是妈妈在打架，肯定会下去帮忙的，妈妈就不会受那么多伤了！她从来没看到过妈妈跟人打架，连吵架都没见过。每次她抱怨林娇娇欺负她，妈妈总说不要跟她一般见识，躲着她点儿。

　　素娜当天又失眠了，但是她没有看星星，也没有感受到那个黑洞来临，她一直在忙着重启努力拼搏的模式。

第 14 章

阳光灿烂之后,还是阳光灿烂。

如果你拨开云朵,就会看到阳光。

素娜看到了阳光,妈妈不再唠叨她,也很少看到林娇娇了,偶尔在课间休息或午餐时间见面时也只是看她一眼,什么都没做,威尔逊老师对她态度也好了,还同意做她话剧俱乐部的监管人。

学校本身除了有辩论、音乐、运动之类的俱乐部,还鼓励高年级的学生自创俱乐部,但必须有一名老师作为监管人,先有了目标、规划,有了一定数量的成员,你才能具备申请的资格。素娜的"业务能力"自然不在话下,但是她不喜欢"招兵买马"——邀请同学们加入她的俱乐部,虽然她很有号召力,但到了十一年级却一下子对什么都提不起兴趣,不管桑林苏怎么劝说。现在她终于主动要做这个事了,虽然很晚了,但拥有组织一个俱乐部的经历,对申请大学还是有点儿帮助的。

素娜开始规划她的大学申请，她选择了艺术学院作为第一个目标，因为她有许多画画的比赛成绩；第二目标是人文或历史学科，毕业后可以申请法学院。在地点方面，她选择了多伦多大学和皇后大学作为保底。当然，她知道妈妈的梦想是让她拿到美国和英国的一些顶尖大学的录取通知书，只是她从十一年级开始成绩就不太理想，但如果拼一拼十二年级的成绩，还是有机会的。

为了增加亮点，素娜又加入了学校辩论俱乐部，虽然一年没来，俱乐部老师还是很开心她能回来。虽然参加辩论比赛有点儿晚了，但她的基础还是可以的。她早在六年级的时候就参加了辩论俱乐部，只是没有太专注，也没有参加过正式的比赛，不过接受了几年的训练，也算是俱乐部里面比较有实力的选手。

最大的问题是素娜没有固定的伙伴，因为辩论比赛必须有一个伙伴组成一组，她只能临时看谁适合。还有一个问题是素娜没想到的，林娇娇也在俱乐部里，但也不能因为她就放弃自己在申请前的最后一搏。林娇娇看到素娜颇为惊讶，不过她没有再来打扰素娜。素娜心想看来妈妈跟她妈妈白桃打了一架起了作用，确实不能太忍让。

其实妈妈也不是那么软弱的人，不然，她也不会一个人跑到人生地不熟的上海，也不会说移民就移民，只身一人带着自己来到加拿大。素娜知道妈妈感恩心特别重，受了别人的帮助总是念念不忘，总想也为别人多做点儿，并且出手很大方。她从外婆那里继承了一句话，总是记在心上挂在嘴上——"你对我好,我可以把身上的肉割下来给你!"可是并不是所有的人都需要你去割身上的肉给他们,一些举手之劳的事情,大家互相帮助就行了,而妈妈却对她们无条件友好和忍让,让自己小时候受尽委屈。

素娜知道她的妈妈也很难被说服。她好几次表达自己的看法,妈妈都特别反感,说自己就是那样,还拿秦蕊阿姨做例子。秦蕊阿姨就是那个可以让你"割肉"的人,她也愿意"割自己的肉"给你的呀!是是非非分不清!好在,妈妈最后还是清醒了。

为了更好地准备辩论比赛,素娜还注册了一些在线杂志网站,了解热门新闻、科学、历史等等。她每天都阅读所有相关信息,并做了很多笔记。素娜要赢,她必须赢!因为有了辩论比赛的成绩,就可以增加申请顶级大学的概率,特别是法律类学校需要这方面的经历。素娜还积极地帮助老师组织低年级学生进行辩论比赛,让自己有一些辩论方面的组织经历。

素娜终于同意让妈妈给她报名一个非常受欢迎的数学课后培训学校。妈妈说了几次那里的数学班不错,能很快提高数学成绩,可是素娜就是不同意去,说人那么多,地方那么差。无论妈妈列举出多少从那个培训学校出来的申请成功顶级大学的案例,素娜就是听不进去,因为她一听到"数学"两个字就烦躁。

第一天去那个培训学校,素娜给自己不停地打气,让自己做好十足的心理准备,适应那里的人多、嘈杂和破烂的教室。"排队吃饭的餐馆肯定都是好吃的！"素娜也同意这样的结论和评价。她需要快速提高数学，只能忍受了。可是素娜没想到，一进教室，一眼就看到了瓦莉娅！她跟瓦莉娅好久没见了，两人激动地抱在一起。

"你猜还有谁在这里？"

素娜顺着瓦莉娅手指的方向，看到了一个似曾相识的背影。瓦莉娅跑过去，一把把那个背影拉过来，竟然是孔切尔托！

孔切尔托瞪大眼睛，张大了嘴巴说不出话。他比以前高了很多，还是那么酷酷的。他的金色头发比以前长了很多，从后面看就像一个扎着马尾辫的女孩。他们两个都张着嘴，看着对方，像两个木偶，又像电影中被施了魔法的王子和公主，逗得瓦莉娅咯咯笑了起来，这才把"木偶"激活。两个人都红了脸，为刚才的举动感到害羞。

"对……对不起，上次……"素娜结结巴巴地说道。她为妈妈的行为感到羞耻。她以为孔切尔托再也不会原谅她了，因为她转了学之后，瓦莉娅说孔切尔托也紧跟着转走了。林娇娇一看到他就嘲笑他，引得其他同学一起笑。至于转到哪里，瓦莉娅没说，素娜也不好意思问。

"嘿，别再提那件事了，孔切尔托忘了，对吧？"瓦莉娅说道。

"对，别提了，早忘了！"孔切尔托使劲点点头，对着素娜笑了笑。然后三个人开始"叽里呱啦"谈论他们各自的学校、选的课程和即将申请的大学，一直聊到老师过来，开始上课。

数学课开始了，两人的座位挪到了一起。孔切尔托坐在素娜旁边，偷偷地递给她一张写着自己联系方式的纸条。素娜满脸微笑，虽然努力掩饰但怎么也掩饰不了自己的开心。她还神奇地跟上了数学老师的步伐，明白了老师讲的内容。

素娜第一次感觉数学课的时间过得那么快，两个小时竟一会儿就过去了。瓦莉娅跟孔切尔托一道走了，他们是邻居，家长可以轮流接送。素娜从谈话中得知他们两个都已经考过了SAT（学术能力评估测试），来上数学课只是想提高AP（美国大学预修课程）的成绩。他们还催素娜赶快报名，不然来不及了，也可能找不到考点。

"我数学真的很差，恐怕考不了好成绩。"素娜说。

"努力试试，我跟孔切尔托可以帮你。"瓦莉娅鼓励道。

素娜坐在车里，脸上露出了长久以来少有的微笑，甚至还低声哼起了歌。桑林苏看到了素娜的转变，终于松了口气，好像已经看到了胜利的曙光。她在心里暗暗为素娜加油，为自己加油。只要愿意，素娜还是那颗闪亮的新星，会弹钢琴、跳舞、表演戏剧、写作和唱歌。她就是桑林苏的骄傲，是多年心血培育的一颗无价之宝。

为了培养素娜，她们十几年过着"轮子上的生活"，因为她们大部分时间都在去上各种课的路上，汽车就是素娜的餐厅和卧室。英文里碰巧也有一个"轮子转了"（wheels up）的说法表示"开始行动了""动身了"。多伦多的那几条主要马路，桑林苏闭着眼睛都能走。这跟她刚来多伦多时哪里都不敢去真是天壤之别。要不怎么说生活能磨炼人，环境造就人呢?

素娜让妈妈取消了所有的才艺课,只保留了画画这一项。她要全力以赴学习,争取在十二年级和期末考试拿到好的成绩。除了上课,素娜就跑去图书馆里看书,连周末都不肯休息,有时候秦蕊阿姨喊她吃饭都找不到她。桑林苏和素娜为SAT和大学申请所需的所有分数制订了计划。她熬夜、早起,在车里看书,而不是戴着耳机听音乐,就连吃饭、上厕所嘴里都念念有词。她看起来像极了一个充满动力的小马达。

当然,孔切尔托是很大的动力。素娜想让孔切尔托看到自己的能力,看到她还是以前那个什么事都能做得很好的素娜。孔切尔托只要有空就来图书馆陪素娜一起学习,帮素娜准备SAT考试,然后一起去喝咖啡,一起散步。有时候他还给素娜带来他妈妈做的意大利传统蛋糕,带素娜去吃地道的意大利比萨,给素娜介绍意大利的罗密欧与朱丽叶密会的地方,带她神游威尼斯水城、罗马的教堂,狂欢节、米兰时装周,欣赏各种有名的古建筑和风土人情。

素娜看着孔切尔托在讲意大利时眼睛里散发出来的光,也被感染了。她赶快回去问桑林苏有关上海和其他城市的故事,中国美食和风景名胜,把孔切尔托听得心神向往,说他放假了就去中国看大熊猫,看江南水乡,看莫高窟,看兵马俑,当然要看长城和故宫!对于中国美食,孔切尔托更是听得几乎要流口水,他请求素娜先带他在多伦多尝一下。

说起美食,素娜还给孔切尔托讲了一个听来的玩笑——比萨是意大利旅行家从中国带走的葱油饼衍变的。孔切尔托听了一定要吃葱油饼,害得素娜还得问妈妈要一个烙好的葱油饼，说自己看书饿了吃。孔切尔托很喜欢吃葱油饼，但认真的他去查了资料，说素娜骗人，比萨哪里是从葱油饼衍变的，并让素娜看他查到的一大堆资料。素娜笑着打断他，说自己已经告诉他那是个传说。

"哎呀，素娜，你看起来就像个传说！"孔切尔托说道。

"哈哈！"素娜笑了。听到自己的笑声，素娜都觉得不习惯，以为自己不会笑了。孔切尔托说他们可以申请同一所大学，或者至少去同一座城市。他们过马路的时候，孔切尔托要拉素娜的手，素娜躲开了，说妈妈不让太早谈恋爱。

"哈哈，素娜，你都快18岁了！还像个小女孩一样说妈妈不让！"

"我也觉得我们只做好朋友比较好，我们对未来一无所知。"

"当然，我同意，那就做好朋友！"

他们谈得很开心，学习得也很专注，很多素娜不喜欢学的习题，在孔切尔托的帮助下变得容易多了。素娜没想到孔切尔托那么有当老师的天赋，很会讲解复杂的习题。素娜回到家，闭上眼睛，眼前浮现出一幅美好的画面：甜美的鲜花，绚丽的彩虹，跳动的欢喜，都是她的未来……

晚上，素娜打开窗，竟然没有看到黑洞。

第 15 章

素娜的辩论比赛又失败了。

当第六次辩论比赛失败后,素娜非常沮丧。她每一轮都做得很好,但她的搭档拉低了成绩。因为素娜参加比赛比较晚,其他成员都有固定的搭档,都已经非常有默契了。而素娜的搭档都是临时找的,有几个都是低两个年级的,根本不在同一个水平上。可是,她没有选择,没有人愿意放弃队友跟素娜搭档。

六场辩论是素娜在 5 周内可能参加的所有辩论。她尝试了,失败了,尝试了,又失败了。但她仍然想尝试!

我必须赢!

素娜暗自跟自己较劲。她擦干眼泪,看了看日历,离申请大学的截止日期不远了。最后一场辩论很快来了,素娜很早就起床,开始看一些材料,记录里面可能出现的论点,整理归纳一些反方、正方都可用的细节。一直到桑林苏敲门,她才去厨房吃了点儿早餐,马上又继续看书。

桑林苏摇了摇头,有些心疼,但她很高兴看到素娜回到了正常的频道。素娜虽然数学不太理想,但其他课程都很优秀,所以她相信素娜一定能被一些顶尖大学录取。桑林苏感觉已经胜券在握,看到了未来。

光明的未来!

半小时后,他们到达了辩论场地——一所大学校园,位于多伦多附近的一个小镇。她们停好车,一进教学楼大厅就惊呆了!没想到会有那么多学生参加比赛。当听到有人喊400多名辩手时,素娜不禁打了个寒战。这个拼命争取的大学申请前的最后一次辩论比赛获奖的机会,似乎希望渺茫。

素娜走到教室门口,在名单上找到了自己的名字和房间号。突然,她瞥见了林娇娇的名字,她在第一轮的队伍中!

"只是同一个名字,是她又怎么样……"素娜自言自语道。她之前没有注意林娇娇在名单中,或者是后来老师加上的。林娇娇朝她走来,穿着一件亮橙色的外套,脸上挂着得意的笑容。素娜迅速转过身,但在她走开之前,林娇娇喊住了她:"嘿,素娜!好久不见了!"

素娜推开林娇娇,跑到卫生间。她的头变得像木头一样,身体颤抖,眼泪顺着脸颊流下来。她坐在马桶上,问自己为什么看到林娇娇那么紧张。这是她的最后一次机会,为什么要碰到林娇娇?

只剩下5分钟就开始辩论了,素娜擦干眼泪,深吸了一口气。她走到洗手台,看着镜子里的自己,给自己打气:"你会没事的。加油！"

但素娜一进教室就开始感到恐慌，最糟糕的是，林娇娇一直向她挥手、眨眼。素娜闭上眼睛，捏着腿，深呼吸，想把搭档多莉拉到一边谈论她的策略，但她根本说不出话来！

"你还好吗，素娜？"

多莉担心地看着素娜，她和素娜同龄，但看起来像12岁，不仅因为她个子矮，还因为她有一张娃娃脸和听起来稚嫩的声音。多莉对素娜不太了解，因为她几个月前才加入辩论俱乐部。像往常一样，素娜需要在辩论前尽可能多地跟她的搭档沟通、练习。素娜很高兴多莉很聪明，能很好地跟上素娜的思路。经过了6次比赛，素娜信心很足，她们可以赢得最后一次机会。

"我……没事。"

很快，辩论开始了。一位评委宣布了比赛规则和赛程，然后提出了第一个辩题"你宁愿生活在21世纪后的世界还是成为一个穴居人"。素娜组抽中了正方，而林娇娇组抽中了反方。素娜对这个话题很了解，但她耳边传来一阵奇怪的嗡嗡声，吵得她头晕目眩。素娜强忍着头晕，给多莉写下了一些建议。林娇娇组的第一位辩手是个男孩。他看起来明显很紧张，给了多莉更多的信心，多莉很好地把所有的论点都解释得很清楚，他们在第一轮获得了最高分。

林娇娇在开始之前，朝素娜噘了一下嘴，眨了眨眼。让素娜惊讶的是，林娇娇竟然是一个优秀的辩手。她的观点非常有力，没有漏洞。这是素娜第一次认真地看着林娇娇。她看起来比以前高了一点儿,也更壮了,脸圆圆的,眼睛眯成了一条缝。人们对她的印象应该是她那染着绿、紫、粉和橘色的五颜六色的头发吧。她戴着大耳环,配着亮橙色的衬衫,真是一颗耀眼的星星。

"嘿,素娜!轮到你了!"

多莉把素娜从恍惚中推了出来。素娜吞了吞口水,奇怪的是,她感觉喉咙里堵着一个大肿块,心跳快得让她窒息,手掌被汗水浸湿,嘴唇变得苍白。她张开嘴,却发不出声音。

"哈哈!"林娇娇大笑了一声,然后夸张地捂住嘴,她的脸变成了一个大馒头。

"你还好吗?"一位评委问道,然后低声对其他评委说了些什么。评委给了素娜再试一次的机会。素娜用力捏了捏她的腿,但她的身体却像风中的树叶一样颤抖着。她试图再次张开嘴,但还是没有发出声音!她跑出教室,冲向洗手间,把自己锁在里面。

多莉追上她,敲了敲洗手间的门。她告诉素娜说她把素娜的包和外套放在门前了。素娜坐在马桶上,感觉脑袋麻木了。她看起来像一尊雕像、一根木头,也像一条冻僵的鱼。她的眼睛和耳朵都被某种黑暗的东西挡住了,把她推入一道深渊。一阵剧痛刺痛了素娜的心脏,也刺痛了她手腕上即将愈合的伤口。伤口联结着她的情绪,每当素娜心情不好的时候,伤口就会疼痛难忍。

"素娜!素娜!"桑林苏的声音让素娜打开了门,桑林苏拿着素娜的东西,脸上挂着一个巨大的问号,盯着素娜:

"你为什么躲在这里？多莉的妈妈给我发了一条信息。为什么……"

在桑林苏开始"审讯"之前，素娜走出了洗手间。外面正是休息时间，学生一下子少了很多，但林娇娇仍然在那里，素娜听到她欣喜若狂地向其他人展示她的成功。

"嗨，素娜！"林娇娇在远处挥舞着双手，她那五颜六色的头发随着她摆动的头舞动，让她看起来像一个来回跳跃的大橘子。

"好好休息，素娜！"素娜捂住头，跑向停车场。

冷！素娜不禁打了个寒战。没想到竟然下雪了！来的时候还朝霞满天。地面虽然已经被雪占领了，还是很不甘心，借着风的帮助，使劲把雪往外抖，有的地方的雪变成了水，渗入地面，地面变得湿滑湿滑的。素娜放慢了速度，尽量保持平衡，跟着桑林苏往停车场走去。

很快，她们到达了停车场，车子已经很稀疏了，车顶上的雪正往下滴着水。素娜一直希望桑林苏能回头给她一个大大的拥抱，但是没有，桑林苏打开车门，给了她一个沉重的叹息，她的叹息将素娜的心打得粉碎。

结果很明显，素娜又失败了，下一场的辩论比赛已经没有意义了！再花那么多精力去准备更是浪费宝贵的时间。桑林苏干咳了很多次，她努力忍着但还是没忍住问素娜怎么回事，可是她问话的方式却错了："林娇娇怎么那么厉害？"

素娜无力回答也不想回答，一回到家就把自己锁在房间，倒头就睡，一直睡到肚子咕噜咕噜把她叫醒。素娜起来到厨房去吃点儿东西，透过窗户看到外面已是繁星满天了。家里空荡荡的,她看到餐桌上留着妈妈的字条,说花店有个婚礼要准备,会很晚回来。

素娜热了一下饭菜,坐在餐桌前,眼泪止不住流。所有的辛苦都化作了泡影,她还输给了林娇娇!她大喊了一声,捶打自己为什么紧张得发不出声音。真的是自己没有出息,妈妈说的是对的,她就是没出息!

突然,素娜看到她的眼泪从碗里跳了出来,排成一长串,越排越长,一直延伸到天花板。素娜的头发都竖了起来,天花板上出现了一个黑洞!

"你到底想干什么?"

素娜的恐惧被怒气代替,她不再害怕,只盯着黑洞,她要弄清楚黑洞为何总围着她。可是黑洞并没有发出声音,只是一点儿一点儿把素娜的眼泪吃了进去。等吃完最后一滴眼泪,它迅速长大,形成一个深不见底的隧道,天花板竟然不见了。素娜感到了一股巨大的吸力,吸着自己的身体往隧道里去。

"放开我!"素娜拼命在空中乱抓,抓住了吊灯。她不能走,她跟孔切尔托说好明天在图书馆见面的,她还答应孔切尔托带他去吃一家拉面。

这时手机响了,素娜扑通掉了下去,黑洞消失了。

第 16 章

好安静啊。

素娜被噩梦惊醒。她急忙转过身,从床头柜上拿起手机,发现闹钟竟没有响,妈妈也没有像往常那样喊她。她竟然睡到了下午两点!幸亏还有1个小时,不然她就要迟到,让孔切尔托在图书馆等了。

素娜,辩论没有奖项也没关系,好好准备SAT考试!

孔切尔托昨天在电话中给素娜打气,说会帮她一起解题,然后请她去吃中国美食。素娜刚才又收到了孔切尔托的短信,说他会带一些最新的试题过来。

桑林苏不在家,应该去花店忙了,她们又承接了一个婚礼布置。也不知是谁的婚礼如此隆重,需要准备那么多鲜花,让秦蕊阿姨和妈妈忙了好几天了。素娜还想了一下,秦蕊阿姨将来会怎么为她自己的婚礼布置现场,肯定是世界第一漂亮的婚礼现场!

素娜很快忙完所有的琐事，还特地画了眉毛，涂了一点儿口红。估计孔切尔托看到了会吓一跳，她还从来没有在他面前化过妆。素娜留了一张纸条，说她去图书馆了。

图书馆离他们家只有15分钟的步行路程，桑林苏以前常常带素娜去那里做作业。多伦多有100多家公共图书馆，80%以上都是社区图书馆，是家长特别喜欢带孩子去的地方。大家每次可以借50本书，还有电影碟片可以借。有时候图书馆还免费为学龄前小朋友举办读书活动，图书管理员或者一些当地作家给孩子们读书，是个既省钱又氛围极好的地方。

不过滑稽的是，孩子稍微大一点儿都忙着去上各种课了。素娜自从三年级以后就很少有时间去图书馆了，最多周日没有才艺课或其他课外班的时候才去那里看一会儿书。

雪停了，太阳明显消极怠工，懒洋洋地从灰色的厚云中出来了，就像一个休假的人被抓回来工作一样。撒了盐的道路有些泥泞，素娜有点儿后悔没有穿雪地靴而是穿了一双漂亮的小靴子。穿靴子是为了配她身上的裙子和大衣。她还为此找到了保护鞋子不被路面上的盐毁掉的办法，即随时随地用湿纸巾把鞋子擦干净。

作为冬天下雪大、下雪多的城市，多伦多人自然在铲雪方面很有经验。他们不仅用铲雪车铲，还在路上撒满了盐，因为盐可以让雪化得快，但是到处都是盐，你走在路上就很难让鞋子保持好看了。穿着被盐损坏的鞋子，或者穿着一双防雪又防盐的雪地靴，你也就很难好看了。

很快，素娜到了图书馆。她拿出纸擦了一下鞋子，迅速扫了一圈。图书馆很安静，有很多空桌子。图书管理员热情地跟她打招呼，素娜进去找到了一张靠近窗户的桌子，孔切尔托一来她就能看到。她已经做了两套SAT卷子，有不少问题要问孔切尔托。她的手机有短信提醒，孔切尔托说他大概20分钟就能到。

素娜决定一边等一边先看看英语老师布置的要写分析论文的一篇小说。但她却很难集中注意力，不停地看时间，向窗外看。她不知道自己怎么回事，总有点儿魂不守舍。

没一会儿，有个人穿着棉袄短裤慌慌张张地走过来。素娜还在心里笑他真是加拿大穿衣风格，身体一半过的是冬天，一半过的是夏天。有的时候，夏天还有女孩反着穿，穿裙子和带毛的靴子。这个国家，主打一个随意，不过也因为室内温度一年四季都差不多。

"刚才地铁站附近有枪击！"

短裤男一进图书馆就大喊了一声，发现没有人反应，就"轰"的一声倒在椅子上，喘着粗气，用大嗓门在电话里讲述他刚才惊心动魄、死里逃生的经历："天哪，吓死我了！地铁刚停，我就看到一个人拿着一把枪对着人群一阵扫射，一大群人倒了下去！幸亏我跑去了厕所！天哪，天哪，真是太恐怖了！"

多伦多枪击案件越来越多，大家有点儿见怪不怪了。人们以前听到枪击案的新闻总是心惊肉跳好几天，但次数多了就变得习惯和麻木了。大商场、地铁站，人流密集的地方总会有枪击案发生。素娜偶尔在班上会听到男同学议论多伦多的治安和经济状况，他们学着大人的样子叹气，说一天不如一天了，以后都不能自由出去玩了，自由的国家没有自由之类的话。素娜看着他们小大人的模样，还在心里笑他们。素娜对政治经济不感兴趣，也不喜欢热闹，很少在节假日人多的时候去商场。妈妈也很少去凑热闹，主要因为花店周末会更忙，经常送完素娜去上课就直接去工作了。

"安全第一！"

桑林苏每天叮嘱素娜要注意安全，可是谁知道安全在哪里？有人走着走着就遭到了厄运，给生命画上了句号。也有人活着活着就发现人生失去了意义。或生或死，或喜或悲，也许都是一个安排好的局。

素娜也常常想很多问题。自己的命运到底是谁布置的局，是她的妈妈吗？那又是谁在妈妈的头脑里布的局呢？又是谁安排了她妈妈的命运呢？为什么她的妈妈会遇到她的爸爸？为什么她的爸爸娶了妈妈又冷落妈妈？什么是真正的安全？身体面临的危险可以让我们看到安全受到的威胁，可以让我们找到保护自己的办法。可是心理和情绪受到的伤害呢？

素娜想着想着又把自己带入那个死胡同了。她站起来四处走了走，看看已经过了20分钟了，就给孔切尔托打了个电话，结果是忙音。素娜想估计他正在地铁上，没有信号。过了几分钟，素娜又打了一次，还是忙音。

素娜开始不安起来，但还是安慰自己没那么巧，孔切尔托应该没有撞上刚才的枪击，估计因为枪击地铁暂停了。地铁经常会因为各种事故暂停一会儿，或者停几站，让大家出去转巴士。素娜记得一年前她跟瓦莉娅乘地铁，就被广播告知地铁前方停运，让大家出去坐大巴。后来看到新闻才知道前面一站有个女孩跳了地铁。素娜还在心里嘀咕了几天，不明白那女孩为什么跳地铁，多吓人啊！

素娜坐下来，胡乱翻看着小说。她想起来在一年级的时候第一次跟孔切尔托互相介绍自己名字的情形。

"你为什么叫这个名字？"

"我的家人原来是从意大利搬过来的，他们除了喜欢比萨还很喜欢音乐，我的爷爷就在一个交响乐团拉小提琴，我的爸爸后来也学了小提琴，还做了首席，我的妈妈是钢琴老师。"

"你的名字呢？"

"我叫Sona，跟我的中文名字素娜发音相似。"

"哈哈，Sona，Sonata，咱们都是音乐家族！"

听了孔切尔托对自己名字的评价，素娜更喜欢自己的名字了，感觉练琴的时候都没有以前那么枯燥了。音乐真是很奇妙的东西，一旦你理解了，它的灵魂就跟你联结在了一起，跟着你自由驰骋。

三年级的时候，素娜得知孔切尔托在拉小提琴，急忙让妈妈也帮她找一个小提琴老师。孔切尔托想让素娜跟着他的小提琴老师学，但素娜知道她的妈妈更喜欢找一个说普通话的老师。不久，素娜就跟一个会说普通话的老师开始学习小提琴了。她跟孔切尔托在课间活动的时候还经常讨论小提琴。

孔切尔托还说他们可以一起举办一场庆祝毕业的音乐会，他们两个合奏一首曲子。只是他们还没有想好拉什么曲子，只能等毕业以后再决定了。

素娜越来越不安，立即给瓦莉娅发了一条消息，询问孔切尔托的情况，可是瓦莉娅也没有消息。素娜干脆打了电话过去，发现是关机状态。

素娜突然看到一个人朝图书馆走来，立刻站起来，走到门口，准备给孔切尔托一个惊喜，但那人却是桑林苏。桑林苏其实不喜欢雪天走路，因为她讨厌穿雪地靴，说它们看起来很丑。

"素娜，该回家了，图书馆都要关门了。"

素娜回去拿了包，上了车。回到家，素娜在桑林苏的坚持下坐到了餐桌旁，魂不守舍地吃了起来。

桑林苏一离开，素娜就迅速回到了自己的房间，赶快给瓦莉娅和孔切尔托打电话。孔切尔托的电话还是打不通，不过瓦莉娅接起了电话："素娜，我正要给你打电话呢！"

"你怎么哭了？瓦莉娅。"素娜问。

"对不起素娜，我刚才去了医院，所以关了机。孔切尔托下午在地铁站附近遭遇了枪击，被击中了！我爸爸把我跟孔切尔托的父母送去了医院，我刚从医院回来。"

"那他现在怎么样了？"素娜声音颤抖，心提到了嗓子眼。她好害怕，第一次感受到那些传说中、新闻里的枪击离自己这么近！中枪的竟然是孔切尔托！

"怎么会这样？怎么会这样？"

"素娜，你也别急，我等会儿有了消息就告诉你。"

等待变得非常漫长而可怕！

素娜像只被关在笼子的小狮子，不停地转圈，摔打，撕咬。她拿出孔切尔托送给她的蓝色笔记本，跪在地上为他祷告，祈求他平安无事。

　　素娜忍不住又给瓦莉娅发了几条信息，询问情况。她把手机拿在手里盯着屏幕，手机没有反应；又把手机藏在笔记本里，好不容易熬了几分钟看，还是没有信息回复。素娜等得快要发疯了，又发了一条信息过去。过了好一会儿，瓦莉娅终于回复了，是素娜最害怕看到的几个字：孔切尔托没了！

　　素娜差点儿摔倒。她整个人像被电击了一样。她问了好几遍，电话那边肯定了好几遍，是真的。他真的没了！子弹击中了心脏，无力回天。

　　天哪，我怎么能熬过整个晚上？

　　素娜哆哆嗦嗦地找到了她帮助睡眠的药，里面还有三片。她一下子倒进了嘴里，让自己赶快睡着，说不定第二天醒来，一切都是个梦！

第 17 章

好像走了好长的路，素娜遇到了像土豆一样没有五官和四肢的人，长着蘑菇头的小马，会说话的喇叭花……又好像一直在找孔切尔托。她把嗓子都喊破了，还是没有找到。素娜感觉浑身疼得厉害，前面有一束光，刺得她的眼睛好难受。素娜醒了，看到秦蕊站在她面前，手里拿着一个娃娃。

"素娜，这个限量娃娃终于买到了！"秦蕊朝素娜挥了挥娃娃，说素娜需要锻炼身体，补充营养，不然老晕倒可不行。素娜这才注意到她又进了医院，手臂上在输液。

"我还给你带了蓝色玫瑰！"秦蕊指了指床头的蓝玫瑰。素娜转头看到了妈妈正在收拾东西。她抬头看了素娜一眼，满脸沮丧和疑问，但她只是叹口气，又低头整理东西了。素娜看了一下头上方的药水，看着秦蕊。

"素娜，输完液，我们就回去了。不过，你怎么……晕倒了？"

"我也不知道。"素娜重新倒在床上，侧身用一条毯子蒙住脸。她拼命控制自己因痛哭而抖动的身体。她怎么能不知道孔切尔托已经去世了，可是她又怎么能让妈妈知道孔切尔托的事，知道他们在一起学习，她会气疯的。她多希望自己能留在梦里一直找孔切尔托，永远别醒来。

孔切尔托再也回不来了，一切来得那么突然，说好一起学习，一起吃饭，一起申请大学，一起读大学的！他怎么就那么突然遭到了枪击？为什么子弹非要打穿他的心脏？素娜要去见孔切尔托最后一面，请求瓦莉娅发给她葬礼的地点和时间，从学校溜出去就坐车去了办葬礼的地方。但是，孔切尔托的妈妈不让素娜进去，对着她骂，说她害死了自己的儿子！本来那天要去跟家人一起吃饭的，他却独自跑走去见素娜。如果瓦莉娅和孔切尔托的爸爸不拦着她，孔切尔托的妈妈会打素娜的。

"走开！我不想见到你！"

瓦莉娅把素娜拉到一个安静的角落，泪流满面地抱着她，说她也没想到孔切尔托的妈妈从孔切尔托的手机里知道了他们见面的信息，不然她说什么都不会让素娜过来，让大家都难过。

6年前，因为妈妈的行为伤害了孔切尔托，素娜带着妈妈跟孔切尔托的爸妈道歉，得到了他们的原谅；6年后，孔切尔托竟因为跟自己见面失去了性命，恐怕这次很难用道歉得到原谅了。

瓦莉娅把素娜送到出租车上，看着她离开，才转身回去。

素娜一路不停地哭，哭得出租车司机都有点儿害怕，司机不停地问她到底怎么了，需不需要帮助。素娜努力止住了哭，说自己只是看了一部感人的小说。她突然决定先去图书馆，到他们那天约定的位置坐坐。

素娜下了车，慢慢朝图书馆走去。太阳透过云层眯着眼，看起来有气无力的。天空似乎太累了，无法承载厚厚的云层，不停地让云层下落，压得素娜喘不过气，她感觉天突然就黑了。

秦蕊阿姨告诉素娜，她们接到了图书馆打来的电话，说素娜晕倒在图书馆门口，已经被救护车送到医院了。妈妈跟秦蕊阿姨就急忙赶到医院，已经在医院里待了好几个小时了。等她们回到家，已经是晚上10点多了。秦蕊阿姨明天一早还要先去办事，就赶快回去了。

素娜拖着沉重的身体走进房间，从抽屉里拿出那个蓝色笔记本。她要把笔记本埋在后院，为孔切尔托举办一个只有自己参加的葬礼。

素娜拿出一个白色的布袋子，又找到了一个密封的塑料袋，找了一条白色的丝巾，仔仔细细用白丝巾把笔记本包好，装进密封袋，然后再装进那个白色布袋子。素娜看着不放心，又拖着铅块一样的腿去厨房找了一只蓝色的塑料袋和一个小铲子。

桑林苏已经熄灯睡觉了，连电视也没看，估计也累坏了。素娜穿上大衣，悄悄地走到后院。还好最近几天都没有下雪，地面没有上冻。素娜在那棵丁香树旁边挖了一个洞，拿出装着笔记本的袋子，轻轻地把袋子放了进去。她对着洞里的袋子鞠了三个躬，念叨着孔切尔托的名字，说着对不起，眼泪像瀑布一样倾泻下来。

生命的意义到底何在？为什么快乐总离自己而去？

素娜越想越伤心，越哭越伤心。她想到了妈妈对她的责骂，想到了自己在学校被欺负，想到了学习的各种辛苦，想到了爸爸对她们的疏远。她感觉周围都是哭泣声，都在跟着她哭。她生孔切尔托的气，气他不守信用，丢下自己就离开这个世界了。素娜突然想也许自己应该离开，离开每天的苦痛和悲伤。

素娜哭着哭着，感觉自己的眼泪在往上走。眼泪像是被串成了一条绳索，被拉扯着，闪着星星点点的光，往空中飘升。天空中出现了一个黑洞正把眼泪吸进去！素娜想起来了，就是上次那个爱吃眼泪的黑洞，它又来了！她急忙把地上的洞盖好，抬手拉住了往上飘的眼泪，身体竟然跟着眼泪往空中飞去。

四周一片漆黑，素娜什么都看不见。素娜伸手四处摸索，什么也没有，但是她听到了远处传来"扑通、扑通"的声音，像自己的心跳声。素娜等了一会儿，发现心跳声往远处去了，几乎听不到了。她又伸手四处摸索，慢慢挪动双脚，但是她的脚好像被什么吸住了，动弹不得。素娜急得哭起来，哭声好像打开了什么机关，到处都是素娜的哭声，心跳声又回来了，越来越近。

随着心跳声越来越近，她感到一股气流向自己袭来，逼着她往后退，一直往后退。素娜开始惊慌，感觉自己的脑袋要爆炸了，她捂着头"啊，啊"大叫。

气流越来越强，把素娜的身体冲向了另一边，各种挤压、摔打，直到素娜疼得感觉不到疼。她不再叫了，任凭气流把她抛上抛下，抛左抛右。她的大脑一片空白，好像被格式化的电脑，所有的信息都被删除了。

眼睛一点儿用处都没有，因为什么都看不到，素娜连自己的存在都看不到，看不到自己的身体，好像融化在了无尽的黑暗中。

素娜除了哭什么也做不到。但是她的眼泪让气流变得更加活跃，气流开始进入她的身体，揉搓她的内脏。剧烈的疼痛让素娜不堪忍受，让她疼得无法呼吸。素娜晕了过去。

气流终于慢慢停歇下来。不知过了多久，素娜恢复了意识，所有的疼痛又回到她的身体，让她忍不住发出"哎哟，哎哟"的呻吟。但是素娜记住了不要流眼泪，不要想难过的事，黑洞就会变得温和很多，气流就不会袭击她。

素娜试着深呼吸，让自己冷静下来。她感觉大脑变成了一个投影仪的屏幕，上面正在投放一张张图片。

她看到了很多自己，躲在各种各样的角落抱头哭泣。看到了蔫了叶子的花朵，无家可归的小猫，遭受虐待的小狗，失去宠爱的小熊，遭受排挤的小鹿……

"有谁在吗？谁在啊？"素娜大声喊着，那些图片让她难过，那么多的自己让她惊恐万状。她想逃，想赶快离开黑洞。可是随着她的喊声，图片消失了，整个黑洞剧烈摇晃起来。

正在素娜绝望的时候，她听到了妈妈的喊声。

"素娜！素娜！"门开了，桑林苏抱了一条毯子放到床上，说她怕素娜晚上冷，给她拿了一条厚的毯子。素娜睁开眼，发现自己躺在床上，她有点儿不明白自己是怎么到的床上。等桑林苏走后，她急忙拉开抽屉，笔记本不在！

素娜使劲挤压自己的脑门，可是她除了埋笔记本，什么都想不起来。

接下来的一周，素娜一直躺在床上。她日复一日地睡觉，怎么都睡不醒。桑林苏急得团团转，三番五次让她再去看医生。素娜说自己就是很困，没有别的问题。她也想去上学，可是她真的浑身无力，连起床上厕所都很吃力。桑林苏也不明白为什么一场失败的辩论就把素娜打倒了，而且她还忍住了没有因此责怪素娜。

"素娜，忘掉辩论，赶快准备考 SAT，妈妈求你了。"大学申请在即，桑林苏不允许任何事情阻止她实现目标。让素娜上一所顶尖大学，这也是她放弃一切为之奋斗的目标。为了她的目标，她已经在努力控制自己，忍受素娜的任性，尽力让她专心学习，拿到好的成绩。

桑林苏看不懂素娜看的那些探索人生意义的哲学。她只想素娜能进入好的圈层，有好的生活，嫁个好老公，比她过得好。

仅此而已。

第 18 章

每个人的生命都汇聚于某个中心
或已表达，或尚待表达；
存在于每个人的本性之中
一个目标，
也许它几乎不被自己承认，
过于美好
以至于难以相信
去冒险，
小心翼翼地被爱戴，就像易碎的天堂，
去到达
就像彩虹的衣衫一样遥不可及
去触碰，
…………

当素娜读到艾米莉·狄金森的诗《每个生命都会遇见一个地方》时，她的心被触动了。她喜欢读哲学、小说和历史，但除了老师布置的作业，她很少读诗。这首诗是威尔逊老师布置的，素娜立刻爱上了这首诗，开始了解艾米莉·狄金森和她所有的诗歌，惊诧她对死亡和不道德的独特解释。

"我的命运是什么，我将走向何方？"素娜第一次认真思考这个问题。她不知道自己真正想要的未来是什么，总是按照妈妈的计划行事。

现在，妈妈很高兴她能回到正常的生活，每天上学、做作业、准备考试。她跟素娜唯一谈论的就是她的分数，因为分数是申请大学的基本条件。

"千万不要懈怠！"

桑林苏每天不说这句话好像就放不下心，送她到学校时嘱咐一下，晚上睡觉前也说一次，甚至还发信息到她的手机和邮件里。她还要看到素娜点头才满意地笑了。她全力以赴为素娜做饭，给素娜买衣服，即使有的衣服素娜根本穿不着。

"这到底是谁的生活？"素娜开始疑惑。她从小就被妈妈安排好一切，根据妈妈的选择努力做好每一件事。虽然她也被妈妈称为"魔鬼叛逆青少年"，但她只是为了跟妈妈对着干而反抗，从未想过自己拥有什么样的生活，真正想要什么。

"素娜，该走了！"看到桑林苏穿着得体，素娜眼前一亮。一件简洁大方的蓝色连衣裙让桑林苏看起来精神很多，而且和她那一头黑长发很相配。素娜一直想不通一个那么爱时尚的人，为何突然邋遢了很多年。

"咱们走吧！太迟了，找停车位可不容易！"

多伦多的冬天，难得无风、无雪也无雨；路面好干净，阳光好明媚。对桑林苏来说，这是个非常重要的日子，因为她将成为那个优秀学生的母亲，像个女王一样接受其他家长的赞美和羡慕。桑林苏每年最快乐的一天就是学校的颁奖日。她像个孩子盼望圣诞老人一样盼望着颁奖日。

加拿大学校从来不给学生排名次，也从来没有像桑林苏小时候那样把学生的成绩和名次贴在学校的公告栏，但他们每年都有评奖。例如评单科成绩奖以及其他五花八门的奖。每年，素娜总是获奖最多的那一个。

校园里已经装饰一新，迎接圣诞节到来。停车场几乎满了。大厅里一棵巨大的圣诞树更增添了节日的喜悦气氛。她们提前40分钟到达，但几乎已有一半的家长在大厅里等着了。社交时间不适合桑林苏，她和来自不同文化背景的父母没什么可聊的。和来自相同文化背景的父母在一起时，桑林苏对谈论衣服和包包失去了兴趣，也不想谈论大学申请和补习班，会让她感到紧张。

素娜去了他们的年级区，桑林苏找了一个角落坐下来。她拿出一本时尚杂志，威尔逊老师正好路过就跟她打了个招呼。桑林苏站起来想要跟威尔逊老师聊几句，但桑林苏发现威尔逊老师看起来有点儿奇怪，她想要说什么但什么也没说。

典礼终于开始了，素娜读的是十二年级，要等到其他年级的奖都颁完，才能轮到素娜的年级。好在一年级到七年级在小学部，不在同一个时间段举行，不然不知要等到什么时候。桑林苏和所有家长坐在那里，不停地为那些获奖的学生们鼓掌。

两个小时后,桑林苏还没有听到素娜的名字。她稍微抬起麻木的身体,看到素娜坐在舞台旁边。她的许多同学都拿着奖品,互相低声说着什么。桑林苏皱起眉头,心想一定是出了什么问题。素娜怎么样也应该得到一些奖励,至少她的英语、音乐或绘画可以拿奖。

但是,直到校长宣布典礼结束,素娜什么也没得到。桑林苏呆呆地坐在那里,直到有些家长过来跟她打招呼。她站起来,不知道该往哪儿走。

"嗨,小苏,原来你在这里!我们一直在找你!"

雷鸣般的声音响彻大厅,吸引了家长们的注意。是那群家长。带头的是白桃。自从上次大打一架后,桑林苏就再也没见过白桃。白桃向桑林苏眨了眨眼,啧啧称赞地说桑林苏看起来像个仙女,其他家长也跟着说母女俩都是仙女。

"没看到素娜上台,她在哪儿?"白桃假装四处张望,拍拍自己的头,夸张地叫道。

"她还在医院吧?"

"素娜为什么在医院?她怎么啦?"

白桃跟其他家长一唱一和,像在演戏。桑林苏一点儿不想跟她们说话但又走不掉。

"妈妈!我们走吧!"素娜在不远处喊桑林苏,桑林苏立刻推开她们朝素娜走去。白桃还在后面一个劲地喊让她们想开点儿,没得奖有什么关系。

素娜直接跑到停车场,外面竟然下起了雪。桑林苏心里暗骂天气变化无常,从阳光明媚的早上到下雪的中午,感觉就像翻书一样。桑林苏为了漂亮只穿了一件羊绒大衣，冷风吹得她直发抖。

桑林苏气喘吁吁地赶来时，素娜正等在车前。她打开车门，立即发动车子让暖气开起来。她本来计划去一家不错的餐厅庆祝素娜获奖，但现在似乎没有理由了。

"为什么？"桑林苏问。

"不要问为什么，事实就是你看到的！"素娜粗暴地打断了桑林苏的问题。她戴上耳机，闭上眼睛，把脸扭向了一边。桑林苏被素娜的态度惹怒了，如果不在加拿大，她真的会打素娜一顿。

桑林苏把车停下来，不仅因为她累了，还因为她越想越生气。她冲着素娜大骂起来，骂她没有良心，骂她没出息，骂她笨……可是不管她喊得多大声，素娜一点儿反应都没有，气得桑林苏只能用力敲打方向盘。

素娜把脸转向外面，拼命忍住眼泪。她其实没有放音乐，听到了桑林苏骂的每一句。她从十一年级开始确实很难集中精力学习，每天失眠，每天被骂，每天都在煎熬。她知道成绩没有以前好但没有想到竟一个奖也没得。素娜也很惊讶和伤心，不知道哪里出了问题。

"可是得不得奖有那么重要吗？"素娜在心里问她妈妈，她知道桑林苏会回答她"是的"，因为桑林苏说奖励意味着人们的才能和进入顶尖大学的机会，顶尖大学意味着光明的未来，光明的未来意味着以后会有幸福的生活！

"也许我妈妈是对的。"素娜想。否则为什么一个学生去年在学校没有得到任何奖励后就自杀了。素娜记得桑林苏还为那个学生的自杀哭了半天，说没有什么比活着更重要。但现在她却因为自己没有得奖而大骂自己。

妈妈当观众的时候还正义凛然，可是当角色转换成了当事人以后，态度就完全变了！

她们两个不再说话，雪也越下越大，不一会儿路上就白了。等她们回到家，看到所有的圣诞装饰都被裹上了厚厚的雪。谁说加拿大节奏慢？下雪的节奏就很快。桑林苏很快停好车，径直去了卧室。桑林苏那件漂亮的连衣裙再看起来觉得很讽刺。

素娜跟在后面，看着桑林苏的背影，一步步往楼上移动。她的背影在泪眼中越来越模糊。似乎有一阵寒风吹来，眼前又一片漆黑，素娜又到了那个神秘莫测的黑洞！

冷，是一种从来没感受过的极冷，素娜一下子感觉全身的血液被冻住了，但奇怪的是自己的头脑还是清醒的，她的眼睛也能看到了！没想到黑洞里面竟然全是冰川雪山，还有一座座冰屋。

素娜试着挪动脚步，她可以动了！只是身体很僵硬，走路有点儿像电影里的丧尸，胳膊也不能自由地摆动，只能架在两边。

她慢慢地往前移动，每个冰屋都是空的。素娜想转身时，发现一个小冰屋里面有东西！于是她悄悄挪到冰屋前，看到在屋内一个角落里有一只长得像企鹅的大鸟。它有着黑白相间的羽毛，圆滚滚的身体。但它的头看着又不太像企鹅，有点儿像鸵鸟。它正蹲在地上，不停地用两个翅膀抹眼泪。

"你还好吗，小企鹅？"素娜也不知道怎么称呼它，觉得还是叫小企鹅吧！她也不知道企鹅能不能听懂她说话，反正自己喜欢跟小动物们说话。

素娜慢慢靠过去，刚想蹲下去，小企鹅突然抬起头，对素娜喊道："别蹲！你的身体会碎的！"

素娜吓得连忙后退，手指碰到了冰屋的墙壁，小拇指立刻就折断了，疼得她哇哇大叫。素娜突然想起自己手臂上的伤，挽起袖子看到了那个刚刚长平的伤疤，问小企鹅自己上次是不是来了这里，把手臂划伤了。小企鹅摇摇头，说："黑洞有很多，不知道你上次去的是哪个。"

"很多黑洞？"

"对呀，到处都有呢！"

"你怎么到这里来的？"

"我也不知道，我在找妈妈，想念妈妈的怀抱！"

"我帮你找吧！"

"不！你不能留在这里太久！"小企鹅说完，使劲往素娜身上撞去，把素娜撞了出去。

第 19 章

人躺在床上睡不着，就像被放在一个烤架上烤，翻来翻去，烤得滋滋冒烟。桑林苏一整夜都在床上翻来覆去的，怎么也睡不着。她不停地喝水，还是觉得嗓子冒烟。她的心像被一根绳子捆了起来，越捆越紧。她害怕，不知道自己该如何面对。不，她不要不好的结果！

白桃的嘲笑声一直响在耳边，让她更加难受了。有的人就像蚂蚁，一旦看到一点儿破绽，就呼朋唤友一起过来咀嚼你。

现在桑林苏有很多破绽供白桃消遣了：比如白桃的女儿林娇娇在辩论比赛上赢了素娜，不管林娇娇有没有进入决赛，她打败了素娜；素娜没有获得学校的任何奖项；素娜被家暴、企图自杀的传闻；桑林苏跟素娜爸爸的真实的关系。桑林苏记得她跟白桃说了一点儿。如果有人挖空心思想要打开一个"信封"，我们一不小心就让她得逞了。

但是那些跟素娜比起来都不是重点，桑林苏只希望素娜能把SAT考好，期末考试拿到好的成绩，一切还来得及。

想到SAT，桑林苏急忙给秦蕊打了电话，让秦蕊帮忙过来劝劝素娜，好好去考试。

"哎哟，你也太疯狂了吧？现在是凌晨3点，亲爱的！"

"哦，对不起啊，秦蕊。我忘记看时间了！"

"没事呀，明天正好周六，我早上带早点过来，咱们一起吃。"

第二天早上10点多，秦蕊就来了。她一进门放下手里的早茶点心，就去敲素娜的门。门没有锁，秦蕊直接开门进去了。素娜已经起床了，坐在窗前发呆。

"素娜宝贝，赶快去吃早餐，我带了你最喜欢吃的小笼包！"

"谢谢阿姨，我不想吃。"

"哪有不想吃的！阿姨相信素娜不仅能面对成功，还能面对失败。努力去考SAT，其他的别太在意，好吗，宝贝？"

素娜点点头，但是她没有站起来去吃早餐，秦蕊就拿了一些点心给素娜送到了房间，她知道素娜不想跟她妈妈一起吃早餐。

桑林苏坐在餐桌前，一夜没睡，头晕得厉害，也饿得厉害。难怪人说："人是铁，饭是钢，一顿不吃饿得慌！"她昨天饿了两顿，也不知道素娜有没有吃点儿什么。唉，当妈的再生气，心还是在孩子身上。

"小苏，别发呆，素娜没问题，都已经开始做题了！"

"不好意思啊,秦蕊,那么晚,不,那么早打电话给你。"
"就是啊,害得我没睡好!"
"唉,你能不能不要那么诚实?客气点儿不行吗?"
"那就不是我了!咱们赶快吃吧,今天天气不错,应该很多人会来订花,圣诞节了嘛。"

不一会儿,妈妈和秦蕊阿姨一起去花店忙了。

素娜看着早餐,想起孔切尔托说的"食物可以疗愈心情"的话,就强迫自己吃了一些。她脑子里还想着昨天黑洞里的冰屋和小企鹅,担心小企鹅找不到妈妈。她一下子意识到自己终于能记得黑洞里的事了!不知道还会不会进入黑洞,能不能找到更多的答案。

她必须强迫自己多加练习,为6天后的SAT考试做准备。要不是孔切尔托鼓励自己,她根本就没打算考SAT,因为根本没信心考得好。再说,也不是所有的大学都要SAT。除非要按照妈妈的意愿去申请那些挤破头的大学。

素娜又一次次地想起了孔切尔托!要不是她,孔切尔托也不会丧命!那个让她开心的男孩已经去了另一个世界,而她自己还在苦苦挣扎,只为了完成她妈妈的梦想。

6天的复习时间过得很快,考试的日子就要到了!只剩下一个考试地点哈利法克斯,因为在申请截止日期之前,大部分考试名额都已经报满了。桑林苏骂了半天,质问素娜为什么报名那么晚,但她也没有选择了,只能订了周五晚上飞往哈利法克斯的航班。

桑林苏接了素娜后,在外面吃了晚饭,然后直接去了机场。不出所料，她们在交通高峰期被困在了路上，但出乎意料的是，交通比平时更糟糕。她们根本看不到汽车在行驶。

"我们要错过航班了！"桑林苏惊慌地咒骂道。素娜想说点儿什么，但她放弃了。她有提醒桑林苏跟她老师多请两个小时的假，早点儿离开学校。

"不，我们会没事的！"桑林苏自信地说。她总是相信自己相信的，虽然总是重复同样的错误。毫无意外，她们错过了航班，不得不等晚上十一点半的下一班。桑林苏试图争辩为什么她们不能走快速通道，因为离起飞还有30分钟。值机人员摇了摇头，好心地为她们提供了下一班航班。

"但是……我们离起飞早到了30分钟！"

素娜阻止了桑林苏无谓的争论，就算工作人员同意她们办理登机牌，还要安检，肯定赶不上飞机。她们换了下一趟航班，去了候机区。在机场等待的两个小时对素娜来说是一种折磨，因为到了哈利法克斯已经很晚了，再去酒店办理入住，哪还有多少时间休息？素娜担心她的大脑会空空如也。

素娜拿出练习卷，想做练习，可是她很难集中注意力。

她们在凌晨1点30分左右抵达哈利法克斯，在酒店的床上躺下后，已经是凌晨3点。离考试只剩几个小时了，素娜强迫自己入睡，但她失败了。她不停地深呼吸，设法让自己放松下来。

在另一张床上，桑林苏用枕头包住头，但显然她也无法入睡。她没有责怪自己没早点儿出发，而是对素娜没有早点儿报名感到愤怒，否则她们就不需要来哈利法克斯了，又花钱又折腾。但她必须忍住怒火,让素娜先去考试。

就在她们终于睡着的时候,闹钟响了。桑林苏跳下床冲向洗手间,几分钟后,嘴里叼着牙刷出来了。她拉开素娜的毯子,素娜跳起来,然后又坐了回去。素娜揉了揉眼睛,才意识到自己在哪里。一阵剧烈的疼痛袭来。她转动脖子让肌肉休息了一下,按摩着头部。头晕目眩,疼痛难忍。

"快点儿!"桑林苏在洗手间里喊,并且出来再次催促素娜。20分钟后,她们在酒店吃了顿快餐,步行去考场。

天气晴朗,比多伦多暖和多了。她们从未来过哈利法克斯,虽然只有两个小时的航程,但天气却大不相同。桑林苏只是在多伦多机场候机时搜了一下哈利法克斯的信息,计划参观一下世界上最大、最深的天然不冻港之一,并品尝当地美食。她从来不做攻略,不管去哪里都是先出发,到了再查看当地信息。

很快,她们到了考场,考场在一所小型语言培训学校,有两间教室。

早上8点,考试开始前10分钟,一位女士和一位男士来了。他们开始检查学生的身份证,并给了他们储物柜的密码。轮到素娜时,她拿出了学校写的介绍信和学生证。

"不,你的官方身份证!"那位女士瞄了一眼素娜拿出的证件和介绍信,把它们推到一边,伸出手,等着素娜的正式证件。

"我只有这个。"素娜说。

"你的健康卡!"

"我的健康卡过期了,所以学校给了介绍信。"

那位男士听到对话走了过来,看着素娜的证件和介绍信,皱着眉说他们不接受介绍信和学生证,因为省份不同。最后,他说:"你的护照也行。"

"我的护照?"

素娜一边惊慌地搜寻她的口袋,一边回头看向在门外等候的桑林苏。

"你的护照在哪儿?"桑林苏冲过去,有点儿气急败坏。她急忙给酒店打电话,酒店急忙派人去查,回复说没有看到护照。

"请让我们参加这次考试,我们昨晚从多伦多赶过来的。"

桑林苏向那女士和男士乞求道,并责备地看了一眼素娜。那位男士让素娜等一下,在电话里和人聊了20分钟,然后挥手让素娜进了教室。

素娜坐在电脑前,手指抖得不听使唤。她努力不让自己想这是最后一次机会,考不好会有什么下场,但是她控制不住。好不容易敲对了键盘,按照指示一步步进入,输入了信息。

她看到了题目,可是感觉大脑开始肿胀起来,像是有谁在里面塞了一块海绵,又有人不停地往里面灌水。海绵越来越膨胀,让素娜的头皮越来越紧,头越来越重。眼前的题目开始旋转起来,越来越模糊,它们变成了一个黑洞!

黑洞里没有冰屋和雪山,但周围全是水。素娜害怕得发狂,她不怎么会游泳,从小看到水就害怕,像她妈妈一样不喜欢水，也总觉得水里有怪物。就在素娜以为自己要被淹死了的时候，她一转身看到自己的尾巴。她竟然变成了一条小鱼，可以自由自在地呼吸和游走！素娜这才放松下来，打量四周，发现到处堆满了都是大坑的石头，缺少四肢的家具，破洞的大筐，缺失眼睛、鼻子和耳朵的玩具，烧焦的树木，枯萎的花朵……完全就是个垃圾场。素娜不小心张了一下嘴巴，空气好苦！

素娜游来游去，她想找到那个小企鹅，但怎么也找不到，素娜想起来小企鹅说黑洞有很多，估计她这次来到了不同的黑洞。周围散发着一股奇怪的味道，让素娜忍不住悲伤，她哭了。

她的眼泪惊醒了那些残缺不全的物件，它们都开始哭起来，把素娜吓得急忙躲到那块大石头后面，她看到大石头也在哭，泪水汩汩地从那些大坑中喷出来。

"嗨，我很抱歉！你们别哭了！"

一个没有鼻子的玩具小熊漂了过来，它对着素娜鞠躬，摸了一下鼻子部位的那个小洞，让素娜靠近它。素娜有点儿害怕，但看到玩具小熊真诚的眼神，就大着胆子靠近了小熊。

小熊说："这里是眼泪的海洋，我们是因哭泣被黑洞魔怪抓到这里的，每天都被逼着流眼泪。你赶快跑，不要再哭了，不然你就回不去了。我们本来就是被丢弃的，待在这里没什么。"

"爱吃眼泪的黑洞？"素娜想起来那个吃自己眼泪的黑洞，原来是这个黑洞！素娜不明白黑洞怪为什么要吃眼泪，为什么那些物件要被丢弃。玩具小熊摇摇头，说自己也不清楚。玩具小熊的声音很低,一边说一边不停地朝一个方向看。突然它紧张起来,使劲往来的方向漂去。

"快跑!"好多声音一起对素娜喊。素娜一看是一个黑影从远处飞过来。她马上明白是黑洞怪物来了,急忙转身往前游去。

素娜拼命地游,往前游,她不想留在黑洞里,她还要参加考试,申请大学。

"喂,时间到了!"考试中心的人来到素娜面前,看到素娜呆坐着,电脑里的题目大部分都没有做。他露出不可置信的神色,让素娜拿好自己的证件赶快离开,下一场要开始了。

桑林苏等在外面,看到素娜低头从教室冲出来,急忙追上去问考得怎么样。素娜没有说话,背起背包往楼下跑去,由于跑得太快,没看到前面有一个大水坑,摔倒在水坑里。

桑林苏跑过来把素娜从水坑里拉出来,用纸巾擦去她衣服上的水,但并没有多大帮助,因为素娜全身都湿透了。

第 20 章

一样冷,一样堵车,一样乱糟糟的家。

她们回到了多伦多。

桑林苏取消了去港口游玩、吃当地美食的计划。她们直接从酒店去了机场。素娜在那里找回了护照,原来护照掉在了洗手间被人捡到交给了办公室。

她们在机场从下午到晚上,等了10个小时。两人都没有说话,甚至没有看对方一眼。素娜戴着耳机坐在角落里,桑林苏在商店里走来走去。显然,她在努力压抑着自己的怒火。

"好了,素娜!现在告诉我你为什么放弃了考试?"桑林苏刚把行李放到地上,就拦住素娜,不让她进卧室。素娜不理她,试图推开桑林苏,但是桑林苏坚决不让她走。

"我没什么可说的!"

素娜一边喊,一边甩开桑林苏的手。她一推,桑林苏就摔倒在地。素娜在卧室门前停了一下,头也不回地走了进去,

"砰"的一声关上了门。

桑林苏坐在地板上,像往常跟素娜吵完架那样大哭起来。愤怒像蚂蚁一样吞噬着她的内心,像火一样燃烧着她的身体,像雷一样敲打着她的神经。她生气自己付出的所有努力没有得到期待的结果,达成目标的希望越来越渺茫。她不明白为什么素娜会变成这样,她给了素娜自己的所有啊。

桑林苏越想越气,气得把面前的行李扔了出去。一声巨响传来,是花瓶破碎的声音。桑林苏跑过去,发现她打碎了自己最喜爱、最难忘的礼物——一个最特别的花瓶,桑林苏看着碎了一地的花瓶,号啕大哭。

那是一个非常精致的瓷花瓶,也是关于一个男人的秘密。桑林苏是在五年前遇到的那个男人。某天早上,桑林苏知道了素娜的爸爸和他的助理有染。虽然她知道被背叛是早晚的事,但她仍然感觉像被雷击中了,悲痛难忍。

桑林苏把素娜送到学校后,去了公园,站在河边。她不知道自己在那里哭了多久,直到感到有人轻轻地拍了拍她的肩膀。她转过头,看到一个40多岁的男人手里拿着手帕对她微笑。

"对不起打扰你了,我看到你在哭,怕你……"那个男人直接把手帕递到了桑林苏的手里,接着把桑林苏拉到树下的长椅上。

"对不起,吓着你了,我……担心你,在河边……"那个男人做了一个溺水的手势,指着桑林苏的眼睛。桑林苏快速看了他一眼。他有着灰色的卷发、蓝色的眼睛,中等身材,穿着一件宝蓝色短袖衬衫、一条白裤子和一双白色的休闲皮鞋。

"对不起,我叫海弗恩(Hyphen),画画的,来自意大利。"

三个"对不起"和这个有趣的名字让桑林苏忍不住笑了起来。她擦了擦眼睛,看了看手帕,然后把它放进了包里。桑林苏很少单独跟外国人聊天,显得很不自在,神情有些慌张。

"别担心,或者请我喝一杯咖啡就行。哈哈……"

他们互相介绍了一下自己。桑林苏觉得海弗恩挺幽默的,他身上确实有一种艺术家的气质。尽管桑林苏的英语有限,海弗恩总能明白她的意思。

海弗恩不是一个特别出名的艺术家,但在圈内还是有一定的知名度。桑林苏到处都能看到他的名字,他的油画作品还被一些大型美术馆和博物馆选中。他说他从未结过婚,全部心思都花在了追求梦想上。

意外的邂逅抹去了桑林苏的忧郁日子。她几乎忘记了丈夫的婚外情。两个月里,她把所有空闲时间都花在了跟海弗恩在艺术工作室、咖啡馆、小径和电影院见面。海弗恩给她带来了梦想中的浪漫、她热爱的艺术和她需要的新生活。在海弗恩面前,她感觉自己就像个公主一样。

也是第一次,桑林苏没有告诉秦蕊她与艺术家的偶遇,只是说她在上油画课。秦蕊大部分时间都在忙着开一家新的花店,也没注意到桑林苏的变化。素娜很高兴桑林苏没有时间骂她,管她。

也是第一次，桑林苏找借口不跟秦蕊、罗登和素娜一起庆祝她的生日。她和她们说她想跳过一个生日来忘记自己的年龄。之后，她在一家意大利餐厅度过了第一个难忘的生日。海弗恩给她买了玫瑰花，还给她带来了一个特别的花瓶。桑林苏对那个花瓶很着迷，不仅是因为它做工精良，还因为上面画着一只可爱的兔子。

"你喜欢吗？这是我的一幅画，下次我给你看那幅画。"海弗恩看着桑林苏，他的眼睛闪闪发光。他拉着桑林苏的手亲了一下，桑林苏急忙抽回了她的手，脸红得厉害。这让海弗恩大笑起来。突然，海弗恩止住了笑，认真地看着桑林苏。

"苏，你愿意和我一起开始新生活吗？"

"什么？"

桑林苏听得很清楚，但她不敢相信海弗恩说的话。海弗恩又笑了，又拉起了桑林苏的手："对不起，希望我没有吓到你，但我是认真的，我希望能给你幸福。"

桑林苏一直到回家都没有怎么说话。她和海弗恩在一起的时候很愉快，但她没有准备好开始新生活。素娜的爸爸正等着跟她离婚，但是她害怕素娜受到伤害，不敢尝试。

"我可以吗？"桑林苏坐在客厅，看着墙上挂着的素娜小时候的照片。她一遍遍问自己又一遍遍地回绝了自己。她看着那个花瓶和玫瑰花，含着泪给海弗恩发了一条信息。一秒钟后，她接到了海弗恩的电话。

"对不起苏，我吓到你了。"

"不，对不起，海弗恩。我们还是不见了……"

桑林苏关掉手机，埋在被子里哭了一整夜。为了素娜，她可以放弃一切。桑林苏永远不会忘记素娜在6岁时说她的妈妈是世界上最好的妈妈,她要做素娜心目中最好的妈妈。

连续一个月,桑林苏咬紧牙关,没有接听和回复海弗恩的电话和信息,直到海弗恩放弃,说他尊重桑林苏的决定。

出乎意料,素娜的爸爸第一次在暑假前来看望她们;意料之中,他来跟桑林苏谈离婚,但是让桑林苏不要声张,因为他快要升职了。他答应给她们多一点儿补偿。桑林苏答应了离婚,也答应了不声张。素娜跟着爸爸回去过了一个暑假,让她稍微得到一点儿缺失的父爱。

桑林苏嘲笑自己,名存实亡的婚姻终究亡了;她也嘲笑那个让自己痛苦多年的马医生,希望他找到让自己妈妈满意的女人;她还嘲笑生活,满是陷阱。

秦蕊和素娜得知她放弃油画课还嘲笑她,不过她们终于注意到了楼梯附近吊灯下控制台上的花瓶,对着花瓶尖叫起来:"好别致的花瓶!哪里来的?"

"外面随便淘的。"

桑林苏的脸颊上浮现出复杂的表情,找了个借口跑到浴室,赶快洗去汹涌的泪水。保留花瓶是画家的恳求。他说如果桑林苏能保留他的花瓶,他会感觉好些,因为花瓶上画的那只兔子是他母亲养的,有特殊的意义。

桑林苏不仅放弃了绘画课,而且对自己优雅的生活方式失去了兴趣。她变成了素娜口中的邋遢妈妈。虽然桑林苏离了婚,但是她答应了马医生在他升职前不能开始新生活,她更不想影响素娜和她的学习。

桑林苏坐累了,也哭累了,她的双腿都麻木了。她吃力地站起来，一瘸一拐地走到卧室拿了一个袋子，捡起破碎的花瓶，把碎片放进一个袋子里。她又哭了，花瓶碎了，人生好像也碎了。

第 21 章

素娜回到房间，扑倒在床上，浑身抖个不停，感觉身体变得像玻璃酒杯一样脆，稍微一敲，就会变成碎片。

她很冷，需要一个怀抱；很孤单，需要一个怀抱；很害怕，需要一个怀抱。

虽然她学会了画画，掌握了透视，了解了物体所在位置不同，显示的比例和形式不同，可是她总在失败！时间难道真是一个陷阱吗？为什么自己卡在了里面？不管怎么努力都走不出失败的禁锢？

她宁愿生活在二维空间，让眼睛嘴巴变成一张白纸，让大脑失去想象的能力，不再有情绪的反应。可那只不过是一个奢望，就像她想赢辩论比赛，想通过 SAT 考试，想每天晚上都能睡着，想集中精力学习……这些都是奢望！

明明知道会失败还要去做，也只能让自己多遭受一次失败的痛苦而已。

素娜的头好疼!

桑林苏的哭声让她感到厌烦,却不再像往日一样让她感到恐惧。她听到哭声也不会像以前那样屈服了。以前,只要妈妈脸色一变,素娜就会乖乖地顺从,她怕妈妈不要她,不喜欢她,把她送到爸爸身边。她跟那个爸爸不熟悉,还天天见不到,那个爸爸的妈妈更可怕。素娜5岁的时候见过她一次,她的眼神好可怕,吓得素娜躲在妈妈背后不敢出来。

听到外面花瓶破碎的声音和桑林苏紧接着号啕大哭的声音,素娜戴上了耳机,把音量开到最大声,放着最劲爆的音乐,跟着音乐狂蹦乱跳,一直跳到她口干舌燥,筋疲力尽。

可是心情依然在冰点。

素娜躺到地板上,望着那扇自己加了两把锁的窗户,她笑了。但随即眼泪就淹没了笑容,她哭了,在劲爆音乐的伴奏下,无声地大哭起来。

锁什么?能锁住什么?都是自欺欺人罢了。

难道只有孤独症的人才只肯生活在自己的世界里吗?

妈妈已经给了她一个很好的例子。只要素娜达不到她的期望,她总是认为素娜不懂珍惜,"身在福中不知福",不懂她为了素娜付出的辛苦。

福是什么?如果我身在福中,为何感觉不到呢?福难道不是让人快乐的吗?

素娜喜欢哲学,可是她觉得自己还达不到哲学家的高度,想不通这个问题。她的头很疼,长时间大哭把她的鼻子堵塞了,让她很难呼吸。她坐了起来,一边张开嘴巴大口喘气,一边擦拭淌进耳朵里的泪水。

抬头的一瞬间，她发现紧闭的窗户开始晃动起来，从窗户后面传来了巨大的"嗡嗡"声，听着像吸尘器的声音。素娜还没有弄明白是怎么回事，就被什么东西吸了进去。

巨大的吸力把素娜的身体吸到一根管子里，又通过管子使劲往上吸。素娜感觉她的身体都要四分五裂了，疼得失去了知觉。

等睁开眼的时候，素娜看到自己躺在一个陌生的地方，看不见天空，看不到土地。周围布满了密密麻麻的管道，正在"扑哧、扑哧"往里面倒各种吸过来的东西，散发着很浓的酸涩味道，让素娜忍不住想要捏住鼻子。可是，她发现自己的手臂没有了！两条腿也不见了！

黑洞！一个吃人四肢的黑洞！

素娜吓得闭上眼睛，浑身直哆嗦，但是又不敢喊叫。她不停地深呼吸，尽快让自己冷静下来。素娜发现自己虽然没有四肢，但也没有感到疼痛。她试着挪动一下身体，没想到她一动，对着她的管道口就"嘭"的一下喷出来一个东西，"啪"的一声套在了她的身上。

她感觉这个东西像一个橡皮外套，把她从头往下套得紧紧的。素娜没法冷静了，大喊大叫起来。喊着喊着素娜发现自己能立起来了，她看到从四周走过来好多她从来没有见过的面孔。他们都穿着橡皮外套，都没有四肢，像游泳池里漂浮的球一样浮在半空。有的嘴巴很大，大到看不到眼睛和鼻子；有的眼袋很大，从眼睛一直垂到下巴；有的根本没有眼睛和嘴巴，只有两个鼻孔。

"嗨，救救我！"

素娜继续大喊着，但是他们都没有反应，也都面无表情，甚至都没有看她。素娜挪动自己的身体，朝一个管道靠近，但是她被一个什么东西扯住了。低头一看，一个如南瓜大小的"橡皮人"立在自己面前，正跟她说话，声音像机器人："嗨，别喊了，没人救你的。"

"为什么？"

"因为他们的大脑已经进入了二维空间。"

素娜心里一惊。她在进入黑洞之前还想着进入二维空间，让自己停止思考，没想到真的看到了头脑进入二维空间的他们。素娜不太清楚他们是否可以看到自己的全部，如果他们只能看到一个平面，那超出平面的部分对他们来说应该不存在！他们为什么要活在二维空间呢？难道就像自己想的那样厌倦了思考？

"我能问你一下这是什么地方吗？顺便问一下你叫什么名字？我叫素娜。"

"我们这里是黑洞呀，黑洞家族中排行第3883。"

"啊？那总共有多少黑洞？你是这里的管理人员吗？为什么你没有像他们那样？顺便再问一下你叫什么名字？"

"我哪里知道有多少黑洞，反正很多，到处都有！我叫盆，是这里的园丁，照顾他们的日常生活。"

"他们为什么来这里，盆？"

"他们是被吸到这里的，不是他们自己来这里的。"

"为何变成这样？"

"我不知道啊？我也不记得自己是怎么来的。"

就在盆转身离开的一瞬间，素娜感觉自己的头被橡皮外套越勒越紧，感觉大脑的记忆慢慢减少。她害怕极了，大喊着盆的名字，让他帮帮自己，她不要待在黑洞里，她要回去参加考试。

盆转过身，看着她笑了，按了一下身上的按钮，素娜就被吸进了管道，又经历了一顿翻江倒海、抽筋剥皮般的折腾和疼痛，素娜听到了耳机里的音乐声。她回到了房间。

夜还是那样安静，偶尔有树枝被冻得"噼啪"裂开的声音。素娜仍旧在地板上躺着，她还在惊恐之中，心还在"扑通、扑通"狂跳。一切都历历在目，那么真实，但一切又那么扑朔迷离，像是一个梦。为什么会有那么多黑洞？为什么到处都是？怎么样才能躲避它们不被吸走？名叫盆的南瓜人，橡皮人，小企鹅，他们为什么要待在黑洞里？

算了，别想了，明天还要去学校，圣诞节前最后一天。

一到5点30分，桑林苏照常起床准备早餐。她把双眼哭得肿成了桃子，嗓子都哑了，只能发信息给素娜，然后去敲门提醒她起床。

素娜第一次没有那么拖拉，很快准备好，在门口等着上车。她们互相看了一眼都没有说话，开车的开车，坐车的坐车。车子开出家门没有多远，桑林苏回头看了一眼素娜，还是忍不住说："素娜，你以后每周多加几次数学课，全力以赴去申请，准备期末考试！"

素娜没有吭声，她不想再跟妈妈争辩什么。控制是一种力量，妈妈一直都在显示她的力量，可是妈妈不知道太想要了也是自己的弱点，更容易受到伤害。

　　第一堂课是威尔逊老师的英文课，她让大家先阅读然后分享读书体会。素娜读着读着打起了瞌睡，被威尔逊老师敲了桌子，开玩笑问她晚上干什么去了，惹得大家哈哈大笑。
　　好不容易熬到放学，素娜刚刚走到教室门口就看到林娇娇和几个女孩走了过来。她并没有像以前那样假惺惺地对素娜很热情，而是跟别人大声说她闻到了一个"废柴"的味道！其他几个女孩看着素娜大笑起来。
　　她们的笑声是那么刺耳，穿透耳膜直击心脏，刺得素娜浑身颤抖。她觉得自己就是动物世界中那个被猎杀的小鹿，无论多么拼命奔跑还是被围攻，被捆绑，被撕咬……不仅有凶猛的狮子、老虎，还有伺机而动的鬣狗。
　　雪下得好大！
　　素娜开始怀念那些黑洞了。

第 22 章

愤怒，狂怒，暴怒！

桑林苏刚刚大骂了一顿素娜，她看到素娜天天懒洋洋的就生气！问题是现在无论怎么说，她都没反应，甚至都不会抬头看她一眼！

节日问候的短信如期而至，桑林苏给罗登回了短信，他们已经有好长时间没见面了。自从她们从ESL（英语作为第二语言课程）学校毕业，除了偶尔小聚，还真的很久没有见面了。桑林苏突然很想邀请他到家里过圣诞节，她还从来没有单独邀请过罗登。

"我度假回来后会来看你和素娜，苏，节日愉快！"罗登说。

桑林苏把手机扔在桌子上，叹了口气。她想给秦蕊发短信，告诉她素娜多么让她感到沮丧和生气。她想了想还是决定不打扰秦蕊了，再说秦蕊邀请她一起去旅行，而她说素娜可以利用假期来专心完成大学申请，提高数学和其他课程的成绩，拒绝了秦蕊。她恳求数学家教给素娜安排了满满的日程，让她多上几节课。

数学家教好不容易答应假期给素娜上课，可是素娜却一点儿不上心。桑林苏问素娜大学申请得如何，素娜根本没有回应。练习题都不做！桑林苏看到数学家教发给她的短信，真是火冒三丈！她等素娜出来吃晚饭的时候，把一直以来压着的怒火一股脑儿发泄了出来，骂了素娜一个小时。

"你现在还有什么？只有一个期末考试的机会！还不努力！真的要做一个'废柴'吗！"

桑林苏骂得畅快淋漓，骂得实在骂不动了，就挑了一些最重要的要点提醒素娜。等素娜走回房间，她又把那些要点发了短信给素娜，这才叹了一口气，回去厨房收拾。

桑林苏一边洗碗一边抹眼泪，她不明白素娜为什么要让她抓狂、伤心？虽然没有SAT成绩，但素娜有很多获奖的才艺。如果她能在期末考出好成绩，写好申请信，还是有机会的。

可是素娜没有反应，就像一个木头人，任凭桑林苏怎么骂都无动于衷。桑林苏洗不下去碗了，她还是不放心，猛地把碗一丢，像射出的箭一样，飞进素娜房间，果然素娜在看电影！

"你还看电影？"桑林苏真的抓狂了！她怎么也想不到素娜竟然还有心情看电影！可是她却毫无办法！只能摔碗打盆，重复上演一骂二哭三哀求的传统剧情。

她还是给秦蕊发了短信问她什么时候回来，她再也忍受不了了。她有太多的焦虑，太多的悲伤，太多的愤怒，太多的难以形容的感受。

秦蕊回复说，她订的航班是1月6日，但她给了桑林苏一个解决办法，让素娜出去住寄宿家庭。她们花店的一个客户，刚在素娜学校附近买了房子。

"小苏，这是个好办法！让素娜去寄宿家庭待最后几个月，换个环境，你也不用天天跟她生气，也不用天天送了。"

"哪个客户？我怎么没见过？"

"就是上次我跟你提起的那个客户，英国移民来的，人很好，她来的时候你都不在，我还说要介绍你们认识。"很快，秦蕊又回信说她已经联系了那个客户，她假期就在多伦多，很高兴素娜和他们住在一起，让桑林苏直接给那个客户打电话。桑林苏想也没想就急忙拨通了电话。

"请叫我爱玛（Emma）。"

桑林苏听到电话里传来一个温暖的声音。爱玛邀请她第二天下午两点左右到他们家见面，和他们一起庆祝圣诞夜。挂断电话，桑林苏敲了敲素娜的房门，素娜没来开门。她只好隔着门喊道，她带素娜去朋友家过平安夜。

"不！你自己去吧！"

素娜终于有了回应，但好像跟没回应没太大的区别。不管桑林苏怎么劝说，再也得不到回应了。第二天，桑林苏只能气恼地独自带着一些圣诞礼物去爱玛家。

街道非常安静，整座城市看起来好像一个空城，人们再也不用为堵车焦虑了。桑林苏想起来她们刚搬到多伦多的第一个圣诞节，她带着素娜兴冲冲地去逛街，却发现街上空无一人，所有的商场都关着门。她们只能在大街上溜达了一圈，拍了几张与圣诞树的合影，垂头丧气地回到家。

后来桑林苏才知道为何圣诞节当天外面没人，因为大部分人都去度假了，留下来的人也是在家里跟家人聚在一起，享受家庭时光。

说起度假，桑林苏来加拿大之前一直对度假没什么兴趣。她去过一些东南亚国家，去过一次西安，都是跟着公司的大部队一起去的。在那种场景下，度假跟观光旅游没有什么差别。大家跟着导游四处奔波，"上车睡觉，下车拍照"，去景点打卡。

来到多伦多才发现，西方家庭每到假期真正在度假。全家人跑到一个喜欢的地方，待上几天或几周，自己安排行程，想睡就睡，想走走就出去走走。有的人甚至每天拿本书坐在一条河的岸边看书、发呆。

桑林苏感觉度假也好像是衡量一个家庭档次的工具。同学之间谈论的都是他们去了哪里，做了什么，老师见到你也总是问"打算去哪里""去了哪里"。所以一到假期，桑林苏跟其他家长一样，总要带着素娜去一个没去过的地方。她可不想让素娜觉得难堪。

度假多了，桑林苏也慢慢体会到假期度假不完全是为了炫耀或随波逐流，而是一个真正的家庭聚会和放松的方式，也是让孩子打开视野、增长见识的机会。她很自豪她努力做了一个好妈妈应该做的一切，过去13年，她带着素娜走遍了欧洲和美洲的各个国家。

桑林苏想着想着眼泪就下来了。她怎么也想不到自己为之努力、盼望的竟是现在的局面！她还要把素娜送到一个寄宿家庭，女儿跟自己明明住在同一个城市，但非要分开。

意外总是在意料之外，谁能料到呢？

出其不意的是多伦多竟然没有下雪，没有白色圣诞节，街道不仅安静还很干净。桑林苏不知道西方文化有没有讲究，像"瑞雪兆丰年"之类的，如果圣诞节该下雪但是不下雪是不是不吉利。反正桑林苏喜欢不下雪，她每年冬天都想搬离多伦多，受不了在雪地或冰面上开车，每次都很紧张。但她总是在夏天和秋天改变主意，因为多伦多夏天不热，秋天太美。

素娜更喜欢冬天，因为她喜欢滑雪，喜欢在滑雪场飞奔而下的畅快，说感觉自己像自由飞翔的鸟一样。每年冬天，桑林苏为了素娜滑雪都要屏住呼吸开车去滑雪场。刚开始在练习场拉着素娜的手陪她玩，后来站在那里看她玩，再后来素娜自己学会了，也长大了，桑林苏可以在餐厅里等她了。她每次都在滑雪场等一整天，等了多少个一整天，桑林苏没有算过。

唉，只要素娜能有一个好的未来，她什么都愿意做！

桑林苏长叹一口气，转了个弯，看到了爱玛家的门牌号。那是一栋红砖砌成的英式房子，前院里挂满了圣诞装饰。从院子里，桑林苏看到了素娜学校的校园。

桑林苏下了车，按响了门铃。开门的一看就是爱玛。她有一双绿色的大眼睛，棕褐色的头发向后缩着，皮肤白净，墨绿色的宝石大耳环配着一身墨绿色英式传统长裙，看起来很优雅。

爱玛身后跟着两个女孩，她们都微笑着向桑林苏问好。桑林苏被她们簇拥着来到客厅坐下。她还没有真正去过英式的家庭，发现他们家里每一个地方都布置得很精致、典雅，连挂在壁炉旁边的铲子都很精巧。爱玛的先生也是典型的英式绅士风格，虽然在家，也穿得很是讲究。

唯一可惜的是爱玛的两个女儿没有看到素娜，桑林苏只得解释说素娜有点儿感冒，来不了。

爱玛来自苏格兰，大学毕业后在埃及旅行碰到了同样来自苏格兰的丈夫。他们一起来到多伦多打拼，结婚生了两个女儿，一个8岁，一个10岁，跟素娜在同一所学校。爱玛已经把素娜的房间布置好了，准备了米色加绿叶的墙纸和木头床。爱玛说她很喜欢秦蕊，喜欢她们的花店，可惜去了几次都没有见到桑林苏，没想到在家里见到了。爱玛还说："我们的姑娘们得知能跟素娜一起上学好开心！她们也跟素娜一样喜欢画画和音乐。"

桑林苏在爱玛家吃过晚饭就赶紧说要回去看看素娜，这里温馨的家庭氛围让桑林苏五味杂陈。她一边开车一边回味着爱玛一家幸福的画面。

桑林苏也曾努力营造一个温馨的家。虽然素娜的爸爸从来没有跟她们一起庆祝节日，甚至连中国新年都没一起过，她也总是把家里布置得很有氛围。特别是她们来到加拿大后，桑林苏每年都会精心准备礼物，头一天晚上等素娜睡着了，偷偷把礼物放到壁炉旁边，或圣诞树下，或床底下，尽量掩盖自己的落寞和悲伤，让素娜多一份快乐。

"素娜，我回来了！你要去的那一家非常棒！你……"

桑林苏一进门就看见素娜在厨房吃东西，但是她话没说完就停住了，因为素娜起身离开，直接回房间了。桑林苏气急败坏地又在素娜门口骂了一会儿。

秦蕊在素娜开学的头一天回来了。她的脸被墨西哥的阳光晒黑了，她的到来也温暖了寒冷的气氛。素娜看到秦蕊带来的礼物，露出了难得的一丝笑意。桑林苏在秦蕊的帮助下准备了晚餐，算是补上了她们迟到的庆祝新年的仪式，也祝贺了一下素娜即将开始的寄宿生活。

"明天将是你的新生活，素娜！"

素娜没有任何疑问，她同意了寄宿。第二天一大早，她就收拾好行李放在客厅里。桑林苏和秦蕊一起开车送素娜去爱玛家。素娜一路上没有说话，一下车就拎着东西进了爱玛的家。

"不给你妈妈一个拥抱？"爱玛半开玩笑地说，但素娜没有停下脚步。桑林苏摆摆手，尴尬地解释说素娜对新家太兴奋了。秦蕊跟爱玛聊了一会儿她的墨西哥之行，又聊了一会儿插花，才跟桑林苏一起离开。

她们回去的时候开始下雪了，憋了一个圣诞假期的雪终于从天空倾泻而下，一会儿就染白了地面和房顶。气温也骤然下降，冻得她们两个直哆嗦。

桑林苏坐在车里一直看着窗外不说话，感觉很失落。如果每个人的人生都是一部电影，她一直以为自己是个天才导演，现在她很害怕自己这个导演导了一部很烂尾的电影。

"哎呀，不要太担心啦！反正素娜早晚会离开你的，正好你早点儿适应。再说爱玛家的氛围特别好，对素娜很有帮助，你也不用天天看着素娜着急生气了。"秦蕊说得很有道理，这也是桑林苏同意素娜去爱玛家住的原因。自己闲着，却要付一个月2000美元给爱玛，肯定是万不得已的。她也希望素娜离开自己能更加努力地学习，把最后的期末考试考好，所有的一切不都是为了这最后的几个月吗？

晚上，桑林苏回到家，看着没有素娜的房子，她感到空虚，而不是解脱。素娜除了去夏令营的时候在外面住过，从来没有和她分开超过两天。

好吧，希望是一个新的开始，有一个好的结果。

第 23 章

素娜自从搬进爱玛家后,"家庭"这个词就一直刺伤着她。他们家的幸福没有让素娜觉得温暖,反而让她从中看到了自己家庭的不完整,给她平添了很多的悲伤。

看到爱玛和她先生的恩爱,看到他们对两个女儿的尊重,他们的每一个互相问候,每一个拥抱,每一句爱的表达,都让素娜想起了她自己,她的爸爸和妈妈。

她很少看到妈妈脸上的笑容,从来没有听到妈妈嘴里说"甜言蜜语",长大后从来没有被妈妈拥抱过,也没有跟爸爸和妈妈一起度过亲子时光。爸爸下班回家很晚,妈妈购物回家也很晚。她唯一担心的是保姆会离开她。

尽管保姆经常用"如果素娜不够好我就走"之类的话作为"武器"来"管理"她,但素娜跟保姆更亲近,因为她们在一起的时间更多。但最后那个保姆还是回了她的家乡结婚。素娜记得她哭得很伤心,并抱着保姆的腿不让她离开。

新的保姆来了,素娜也被妈妈塞进了各种各样的课程里,她变得比爸爸和妈妈更忙。

爱玛的家像一面镜子,让素娜看到了自己不健全的成长过程,她更加讨厌她的妈妈,讨厌自己被安排的生活。她越来越焦躁,晚上更难入睡,早上刚刚睡醒闹钟就响了。

按时起床对素娜来说变得很艰难,爱玛的两个女儿总是等不到素娜一起去上学。素娜只能着急忙慌起来,抓起一块面包,向学校跑去。

"素娜,你能早点儿起床吗?你那样对身体不好。"爱玛每天等素娜放学回来就跟她说这件事,但第二天早上她还是没有看到素娜按时起床。而且素娜还总错过晚餐时间,因为她放学回来后就去睡觉了。

两周后,爱玛打电话给桑林苏谈了素娜的作息时间,表达了她的担忧,并说她不喜欢浪费食物,但是她不知道素娜哪顿饭不吃。她发现素娜睡得很晚,但是她无法得知素娜晚上不睡觉在干什么。

素娜很快接到了桑林苏的电话,听到了她声嘶力竭的责骂。素娜听完什么都没说。第二个周末,桑林苏说要来接素娜回家,但素娜拒绝了,她不想回去接着听她的责骂,说要去图书馆写作业。

四个星期后,桑林苏又打电话和素娜说她收到了学校办公室发来的关于素娜缺课的电子邮件,以及老师发来的关于她没有按时交家庭作业的电子邮件。

"素娜,你到底在干什么?"

素娜真是烦透了，她就是没有去上课，而是去图书馆写作业了，因为落下了很多作业。可是她不想做更多的解释，只是说她去上课了，但老师没看到她。很快桑林苏从老师的邮件中得到证实，素娜根本没有去。

　　"素娜，你在想什么？素娜，你怎么还不清醒？素娜，你看看都什么时候了？素娜……"

　　素娜每天都会收到好多桑林苏发的信息，看不到素娜，她就通过短信和电话管控素娜。素娜一看到桑林苏的名字就把信息删了，她的大脑一片空白，感觉整个身体都失去了平衡。她什么都不想做，经常在图书馆呆坐几个小时。

　　素娜很害怕，感觉身体里有个怪物，把她的神经绷得好紧。她感觉这根弦随时会断裂。她看到什么都觉得伤心想流泪，对什么都不感兴趣。她越来越害怕，赶快发了邮件给墨悠老师，问自己能不能马上见他。墨悠老师很快回复，让素娜10分钟后去他的办公室。

　　走进墨悠老师的办公室，还在那张漂亮的椅子坐下来，素娜显得有点儿不知所措。上次墨悠老师告诉她每周都要来，但素娜说她可以调整好自己的。素娜想到自己说过的话，突然想笑，但接过墨悠老师递给她的一杯水时，她却哭了。她的眼泪滴在杯子里，融化在水中，泛起一圈圈涟漪。

　　过了几分钟，墨悠老师拿出一些问卷让素娜填写，等素娜做完所有的题，墨悠老师眉头紧皱，说会打电话给素娜的妈妈，需要家庭医生开一点儿药给素娜。

　　"素娜，试着放松自己。保证充足睡眠，多锻炼身体。"

素娜点了点头,从墨悠老师的办公室走出来,又去了图书馆。她想努力写完历史作业,但是自己那么喜欢的历史也让她感到厌烦,根本无法思考。素娜看看时间,已经5点多了,又忘记跟爱玛说自己晚上不吃饭了,恐怕妈妈知道了又要打电话骂自己了。

素娜背着沉重的书包,慢悠悠地走在路上。已经三月了,但雪却还一直下个不停。路上的积雪正在被盐融化,变成了泥水,而新的雪花又在源源不断地落下来,盖在泥水上面,让路变得非常湿滑难走。

素娜望向越来越暗的天空,飞落的雪花飘到她的脸上,顿时化作了一滴滴冰凉的水。雪花就那样消失了,不知道它们在云层那个家里可曾有过美丽的梦想?不知道它们在纵身跳下云端的时候可曾知道自己的命运?小雪花生得那么晶莹剔透,那么独特美丽,却非要堕入泥泞不堪的人世,难道这是它们自己的愿望吗?还是无可奈何的宿命?

素娜哭了,但眼泪立刻变得冰凉,紧紧贴在脸上,她急忙擦去眼泪和融化的雪花。她深吸一口气,继续走着。天空越来越低,好像要塌下来,压得素娜喘不过气来。

雪越积越厚,素娜每走一步,脚底下就发出"咯吱咯吱""扑哧、扑哧"的响声,地面就出现一个个小深坑。素娜觉得好累,停下来回头望着那些深坑,突然感到地面开始晃动,那些深坑聚集起来,越来越大,变成了一个黑洞!

素娜明白黑洞又来找自己了,索性闭上了眼睛,任由黑洞把她带走。

看不见的黑,飞速旋转,无休止翻转,透骨的冷向她袭来，但素娜不再害怕，也不再感到疼痛。她麻木了。

终于安静了下来，素娜感觉自己的身体从一个像杯子一样的东西里倒出来，"扑通"一声摔了下去，身体又跟着滑出去好远，才慢慢停下来。过了好长时间，素娜才能挣扎着爬起来，她全身好痛，四周又好冷。

等素娜缓过神，她看到了上次熟悉的冰屋。

小企鹅呢？素娜一边想一边爬起来，慢慢地向冰屋滑去。可是她一间一间冰屋都找遍了，还是没有看到小企鹅的影子。她想起了小企鹅说，每次黑洞都不同，大家很难碰到，就沮丧地往前走去。她不知道自己要做什么，除了冰屋，她什么都看不到。

等素娜走到一个拐角，她的眼前出现了一望无际的蘑菇。那只小企鹅竟然在那里对她招手！

素娜兴奋地迎上去，一把抱住小企鹅，抱了好久才放下来。她满脸疑惑地看着那个鸵鸟头的小企鹅："真的是你吗？上次我们见过的。"

"对，我也记得你，漂亮女孩！"

"没想到我们真的可以再见。"

"真的没想到呢，在这里很难重复见到同一个人的。"

"你为什么又来这里？"

"我来找妈妈。"

"找到了吗？"

"找到了。"

"在哪里呀？"

"就在这里。"

小企鹅低下头,指了指地上的一个蘑菇。素娜弯腰仔细看,原来地上的蘑菇都不是真正的蘑菇!在一个个蘑菇外形下面都有一个个被冰冻的缩小的身体,小狗的,小猫的,小兔的,小女孩的,小男孩的,还有像妈妈的,像去年学校那个自杀的男孩的……小企鹅的妈妈也跟他们一样变成了缩小版的冰冻企鹅。她低垂着头,眼睛紧闭,脸上带着很明显的悲伤。

"他们……你妈妈怎么……变成了蘑菇?"

"他们应该都是跟我妈妈一样,总是不开心,就被黑洞带到这里来了。"

"你妈妈为什么不开心?"

"唉,她不满意族群的生活,不满意我的表现,不满意天气变暖……没有事情让她开心的!"

"你怎么知道黑洞的?"

"只要变得不开心,天天非常不开心,到了一定时间,黑洞就会找来了。"

"那你妈妈怎么会变成蘑菇呢?"

"那是她自己选的,只要你愿意,你也可以。"

"那你也会变成蘑菇吗,小企鹅?"

"嗯,我要陪妈妈!"

素娜开始舍不得小企鹅也变成蘑菇,它看起来那么可爱,要是变成被冰冻的蘑菇,常年待在这里,该多么可惜!素娜又想起了自己的妈妈,有点儿担心妈妈会不会因为自己不开心也被黑洞带走,而自己还不知道有没有办法像小企鹅那样找到她。

"这些蘑菇能恢复吗?"

"我不知道!"

一阵冷风吹来,素娜跟小企鹅站立不稳,倒在了冰面上。小企鹅急忙起来,重新回到它妈妈的身边,它伸开翅膀把它的妈妈抱在了怀里。

"小企鹅,我们离开这个黑洞吧!我们马上要被冻僵了!咱们不要变成蘑菇!"

突然,冰面裂开了,那些蘑菇一个接一个掉了下去,素娜拉起小企鹅往冰屋的方向跑去,可是冰屋也一个个塌陷下去了。

"漂亮女孩,别管我,你赶快走!"

"我们一起走!"

"你先走吧,漂亮女孩!"

素娜还没有反应过来,就被一个巨大的力量猛地一推,跌了下去。

"素娜,素娜!你怎么站着不回家?"素娜听到了爱玛的声音,看来自己又回到了泥泞的人世。

第 24 章

周末到了,素娜一直睡到中午才醒。她看着面前的闹钟,发现还有 5 个小时就吃晚饭了,属于她的周末就剩半天了。素娜把闹钟扔进了垃圾篮,想知道是谁发明了时间的概念,每一天的每一秒都让她疯狂,逼得她喘不过气。

还有一周就到三月份的春假了,离毕业还有两个月!

素娜不敢跟桑林苏说她根本没有申请美国和英国的任何大学。她根本不敢申请。

她不敢面对结果。那些耗费自己童年快乐时光的才艺证书,没有好的功课成绩加持根本发不了光。她在大学申请辅导老师的督促下才勉强申请了加拿大的两所大学,她很清楚桑林苏知道了会发疯的。

一周的时间竟然真的是一眨眼,好像还没有眨眼已经到了。素娜刚从学校出来,桑林苏的车就到了。

"祝你春假愉快!随时来我们家玩,素娜。"爱玛拥抱了素娜，但她的两个女儿却躲在屋子里没有出来。爱玛尴尬地解释说，她们不想让素娜离开。素娜看到桑林苏把她所有的东西都放进了车里，脸色很难看，才意识到爱玛不让她再回来住了。

也是，爱玛早就对自己的行为不太满意了。

素娜有种说不出的难受，她不知道后面的日子怎么过，该如何应对妈妈每日的责骂，每时每刻的监督，无止无休的催促和警告。

素娜早就厌倦了无休止的学习，一打开书就头痛难忍。她对任何事情都没有兴趣，讨厌见到别人，讨厌跟他们说话。她知道妈妈希望她成为一名律师或医生，但她再也不想忍受这些了，就算能进入顶级大学又怎样？还不是继续面临一样的压力？别人眼中美好的将来对素娜只是现在痛苦的重复。

"素娜，你在干什么？"

从早上7点开始，素娜听到了十次敲门声。妈妈第一次敲门是叫她吃早餐，但她还在睡觉。第二次敲门又是叫她吃早餐，但她不想吃。然后，响起第三次、第四次敲门声，妈妈每隔半小时就敲一次门。她知道这是妈妈在警告自己赶快起来学习。

才放假的第一天！

素娜忍无可忍，但她还是选择忍着，因为她不想把仅存的一点儿力气花在跟妈妈的争吵上。她对妈妈已经万念俱灰，甚至憎恨她为什么要生下自己，还要把她所有的精力和金钱都花在自己身上。每一次带自己上课，每一次给自己买东西，妈妈都会加上一句"别辜负妈妈"。

门外持续的敲门声让素娜再也无法入睡，她从床上起来，坐到书桌前，打开了一部她上次没看完的电影。起初她只是想利用电影和视频让自己忘掉烦恼，但是电影和视频却让她忘记烦恼的同时也忘记了学习，经常一看就停不下来。

"嘿！素娜，你在干什么？"

突然，桑林苏闯了进来，对着素娜大喊大叫。素娜立刻关掉电影回到床上。桑林苏把素娜从床上拉了起来，坐在她床前的地板上大哭起来。

"你这是干什么？"

素娜没有说话。

"你以后想要干什么？"桑林苏继续问。

"你以后真的想要去讨饭？"

吵架如果没有对手，吵的人很快就会才思枯竭，言绝词穷，无法再说出更激烈的话，只能悻悻放弃。桑林苏无论怎么质问，素娜都没有回应，桑林苏也只能退出他方领地，关门走人。但是，桑林苏转过头推开门又骂了几句让她解气的话，"啪"的一声关上了门，总算感觉气顺畅一点儿。

等门关起来，素娜终于气极而泣，把书和电脑摔在地上，使劲击打自己的头，直到耳朵"嗡嗡"作响才住手。她的喉咙在冒火，胃在扭曲，脸在抽搐，心脏狂跳不止，肺在膨胀。她感觉自己正从高处飞速下落，正迅速掉入一个万丈深渊！

素娜急忙打开窗。望着厚厚的云层，她第一次盼望黑洞到来，赶快把她带走。她后悔自己从黑洞中返回来了，她宁愿待在黑洞中变成冰冻的蘑菇，变成没有四肢的橡皮人，变成一粒看不见的尘埃。

几只小麻雀飞了过来，它们站在光秃秃的枝头叽叽喳喳地叫着，不知道在讨论什么。是准备庆祝即将到来的春天吗？可是房顶上还盖着厚厚的积雪，冬天似乎没有很快离去的打算。

素娜站在窗口站得腿都麻了，云层一点儿反应都没有，黑洞也不知所踪。

黑洞没来，秦蕊来了。她敲门进来，把素娜抱在怀里，用手指梳理着她的头发，低声对她说，她带了素娜最喜欢的蓝玫瑰和珍珠奶茶。

秦蕊阿姨就是桑林苏的救命稻草，只要她跟素娜吵架，一定把秦蕊喊过来调节她们的矛盾。素娜自然要给秦蕊面子，她知道秦蕊阿姨对自己好。她跟着秦蕊出了房间，来到客厅。

"少糖少冰，原味珍珠，对吧？"秦蕊把奶茶和蓝色玫瑰花拿给素娜，素娜点头谢谢秦蕊阿姨，立刻把奶茶的吸管戳进去，喝了一大口。可是，奶茶的味道并没有给素娜带来久违的幸福感，反而让她陷入了悲伤之中。素娜急忙放下奶茶，跑回房间，用枕头包住了脸，包住了汹涌的眼泪。她想起了孔切尔托，想起了他们第一次喝奶茶的情形。

"这些黑色的球球是什么？"孔切尔托把素娜买给他的那杯奶茶推到一边，睁大眼睛问道。素娜喝进了几粒黑珍珠在嘴里嚼起来,告诉孔切尔托说那是兔子的屎。

"什么?你们真的什么都吃?太不可思议了!"

孔切尔托眼睛瞪得更大了,用手捂住嘴,看着自己面前的奶茶,向后退了几步。素娜笑得前仰后合,好不容易才止住笑,又吃了更多的黑珍珠,说自己从小就喜欢吃这个。

孔切尔托一脸的不可思议,劝素娜不要再喝了,但是素娜越发喝得津津有味。孔切尔托捂着脸,嘴里不停念着"天哪,天哪",惹得素娜笑得更大声。

终于,孔切尔托意识到了素娜的鬼把戏,他急忙在网上搜索了一下,原来黑球球是用红薯粉制成的,他也哈哈笑起来:"素娜,你真是的,差点儿骗了我!"

可是,再也看不到孔切尔托了。那个在自己最沮丧、最灰心的时候鼓励她、帮助她的孔切尔托!

都是因为我才让他丢掉性命!

素娜又开始自责起来,她不明白为什么命运如此残忍,要夺取自己仅有的一点儿快乐?要阻挡她灰色世界里的一点儿光?让她回到自己厌烦的枯燥的世界。

"素娜宝贝,晚饭后我们去看电影吧!"秦蕊隔着门问素娜,素娜没有回应。桑林苏的声音马上在整个房内爆炸,她说素娜越来越不像话了!一点儿礼貌都没有!秦蕊赶快让她小点儿声,别让素娜听到。

"小苏,素娜看上去不对劲儿,你不是说学校的心理咨询老师告诉你要让家庭医生给素娜开点儿药吗?"

"我还没有约家庭医生,她哪里有什么问题?她就是懒惰，还沉迷上了电影和视频！"

桑林苏说完，用力把一个煎锅扔到一边，发出很大的声音。然后她又开始哭，咒骂自己的生活为什么会变得如此混乱，为什么会发生在自己身上。她说自己付出了半条性命，却整日被素娜气得活不下去。

秦蕊安慰着桑林苏，突然眼睛一亮，说她明天会带一只小猫来给素娜。她刚刚看到她们的一个客人在社交媒体上贴了几张小猫的照片。养个宠物应该会让素娜心情好一点儿。

"小猫？不，不！我不想让毛发在屋子里飞来飞去！而且，我对动物的毛过敏。"

桑林苏擦着眼泪，摆着手，想起了她们养小狗的那些日子。

那是在8岁的素娜无数次哀求和桑林苏无数次下定决心之后，桑林苏为素娜买了一只八周大的黑色拉布拉多小狗宝宝。第一天晚上，小狗叫个不停，在新床和笼子里拉得到处都是。桑林苏不得不抱着满身是屎的小狗一起去洗澡，狗屎的味道让桑林苏好几天都吃不下饭。

过了几天，小狗终于习惯了新家。尽管只有八周大，但它已经能听懂桑林苏和素娜的话，让坐就坐，让过来就过来。它看起来很喜欢这个新家，经常在她们面前打滚、撒娇。它那大而肥实的爪子走起路来震得地板"咚咚"响。小狗宝宝跑得像箭一样快。不管素娜把球扔多远，它总能很快找回来。素娜给它起名叫洛基，希望她的小狗宝宝像岩石一样坚韧。

洛基给素娜带来了很多快乐,素娜每天放学都迫不及待地赶回家,跟她的小狗弟弟一起玩耍。但是,小狗给桑林苏带来了很多额外的工作。每天清晨,桑林苏一听到洛基的呻吟声,就不得不冲下楼去看它。有时在凌晨4点钟狗就醒了。而且桑林苏整天都不能离开家,因为小洛基必须在外面解决拉屎、撒尿的事情。有一天,桑林苏出门回来晚了,洛基急得把家里的沙发都撕烂了。

桑林苏感到筋疲力尽,素娜"自己要照顾小狗"的承诺一次都没有兑现。不是因为她不做,而是因为桑林苏说她做不好。在她们养了洛基3周后,桑林苏开始咳嗽起来。她一看到狗狗就咳嗽:"看来我们不能再养狗了,我过敏!"

"不!不要把洛基送走!"素娜紧紧地抱着洛基,哭了起来。她急忙把洛基带到地下室,放进壁橱里。洛基很紧张,一直在壁橱里叫。桑林苏愤怒地对着素娜大喊,说她对狗的毛发过敏,问素娜是不是即使妈妈死于狗毛过敏还是要留下狗狗。素娜哭了一会儿不哭了,静静地离开了地下室。她放弃了,她当然不想失去妈妈,尽管她舍不得狗狗。

洛基被送走了,素娜每次在街上看到其他狗,每次看到洛基的笼子、碗和玩具,每次听邻居问起洛基,都会哭很久。桑林苏不得不把有关洛基的东西收起来,但即使看不到狗狗的东西,桑林苏还是经常看到素娜在房间里哭泣,一直到两年后素娜才慢慢好起来。

"小苏……别担心,你并不是真的对宠物的毛发过敏,只是心理作用。"

秦蕊的话让桑林苏看起来很尴尬,因为她记得自己告诉过秦蕊她把洛基送走只是因为她厌倦了照顾它。

看来谎言有时候是被撒谎者自己戳穿的。

第 25 章

小麻雀们飞走了，留下光秃秃的树枝在空中摇晃，看着很落寞。没有树叶就没有虫子，没有虫子就没有小麻雀。难道世间万物总是相互环绕交织，很难独立存在的吗？

没有风，厚重的云层很难移动；云层不移动，太阳就很难出来；太阳不出来，大地就阴冷灰暗。这又是一个证实理论的例子，世间万物好像真的是互相交织存在的。

素娜望着一动不动的云，叹了口气，重新关上窗户。

她对自己的发现感到沮丧，她不想跟妈妈这样交织下去，不想自己的生活里全是妈妈，妈妈的生活全是素娜自己。妈妈相信不知从哪里听来的"存在即合理"，相信她做的一切都是对的，而她从来没有读过真正的哲学。就像她盯着自己申请世界顶级大学，但她从来不去了解那些大学的要求。

家里的叫骂声变成了窃窃私语，然后悄无声息了，妈妈应该跟秦蕊阿姨去工作了。素娜重新坐回书桌前，还有好多作业没完成，还要准备期末考试。可是素娜一打开电脑里的作业，耳边就传来一阵嗡嗡声，像一大群蜜蜂在她头上盘旋，让素娜心烦意乱。

素娜只好站起来。她感觉肚子饿了，才想起来自己还没有吃早餐。她来到厨房，看到了餐桌上的早餐，还有一张纸条，让素娜好好准备期末考试。素娜顿时没有了胃口，她又回到了房间，重新在书桌前坐下。

她共选修了5门课程，只有1门环境科学要考试，其他都是写论文。音乐、历史和英文都是比较拿手的，但是她想把最难的数学论文写完。妈妈第一次听说数学作业竟然是一篇论文。她实在无法相信，就像她无法相信历史作业也要写论文一样。

教育模式不同，学习的思路也不同。加拿大的教育是引导学生思考，找到自己的创新点并进行论证而不仅仅是记住历史事件和数学公式。

素娜喜欢音乐，她选择了一个论题是"三角函数和音乐节奏的关系"，但是她对三角函数并不是很懂，需要补以前的课。数学基础性太强，以前的课程听不懂，后面的很多课程都不懂，素娜很难在短时间内补齐那么多缺失的内容。素娜实在做不下去了，可是数学做不出，她就没有心情做其他3门功课。

不想做，不想做！

素娜烦躁不安，站起来坐下，坐下又站起来。她越来越做不到让自己平静了，情绪有时像脱缰野马般奔腾，像汹涌的浪涛咆哮，像火山爆发，折磨着素娜，让她几近疯狂；有时又如岩石般沉寂，让素娜对什么都没有兴趣。眼看老师给的截止日期越来越近，素娜忍不住想：完不成作业就没有成绩，没有成绩就不能参加期末考试，不参加期末考试就没有毕业证，没有毕业证就上不了大学。

"这种现象有意思吗？一点儿都没！可是却是事实！"

"怎么办？怎么办？"

素娜在房间里转圈，转着转着眼前一黑，倒在了地上。

那不是黑洞吗？素娜朝黑洞使劲儿挥手，她等了好久，终于等到了！

黑洞一到素娜面前，素娜就跳了进去。黑洞没有以前那么可怕，倒像一片平静的大海，卷起一阵阵看不见的波浪，温柔地把素娜的身体推来推去，推上推下，最后把素娜放在了一个盒子形状的地方。素娜闭上眼睛，使劲舒展了一下四肢，觉得轻松了很多。

她刚想说自己终于摆脱了妈妈，终于可以独自生活了，却听到从远处传来了一阵哭声。没一会儿，哭声变成了妈妈的喋喋不休、喧闹和号叫。然后素娜看到了11岁的自己拿着小提琴站在角落里。妈妈的喧闹声如此之大，以至于她什么也听不到。之后妈妈变成了一个长舌怪物，伸出舌头把她卷了起来："上去！去拉一个曲子！"

素娜被推到了一个嘴巴形状的舞台上，舞台下面是一群没有眼睛的人，望着素娜傻笑。他们坐在地板上但看着像从地板里长出来的，因为根本看不到他们的腿和脚。不管妈妈怎么吼她，她就像雕像一样站在舞台上一动不动。她心里恨死妈妈了,凭什么没经过她同意就让她拉琴?

"培养你那么多年,算是白搭了!"

素娜还是一动不动。

没多久,素娜闻到一股烧焦的味道。她低头看到自己的脚在冒烟。她尖叫着求救,但她的妈妈只是站在那里,跟着那些人一起看着她笑,就连像嘴一样的舞台也开始笑起来。素娜的身体被烧着了,疼得她哇哇大叫。她发疯似的跑下舞台,拿起一个铲子去铲那些地板里长出来的人。

那些人不见了,舞台变成了一个火车站。素娜看到孔切尔托朝她跑来!她挥舞着双手,叫着他的名字,但孔切尔托看起来并不认识她。他一直跑,从她身边经过。素娜跟着孔切尔托,在后面喊他的名字,但孔切尔托很快消失在人群中了。

"素娜,素娜!"素娜转身,看到她的妈妈从远处朝她走来,大声责骂她为什么躲在这里。素娜急忙逃跑,但是妈妈突然变成了一个扩音器,一直跟着她,大声嚷嚷着,让她回去学习。

素娜停了下来,用尽全力去砸扩音器,扩音器又变成了她的妈妈,素娜一边大喊一边用力推了妈妈。妈妈突然又变成了一条大蛇,咬住了她的胳膊。一阵剧痛穿过素娜的手臂、全身。素娜尖叫起来,疼得在地上打滚。

"素娜,素娜!"

素娜睁开眼睛,看到秦蕊站在眼前,原来她睡着了,做了一个梦。

"宝贝,你怎么睡到地板上了?快起来,罗登来看你了。"

秦蕊叫她。

素娜好久没有看到罗登了,他带着标志性的微笑递给素娜一束蓝玫瑰。他看起来老了很多,头发花白,脸上开出了皱纹之花,但仍然很帅。当他脱掉外面的外套时,素娜第一次注意到罗登藏在他的短袖T恤里的大肚子。罗登笑着指着自己的肚子,开玩笑说要生宝宝了。

"哎呀,时间可过得真快呀,素娜已经是大姑娘了!"罗登笑着看着素娜,素娜拿着花,谢过罗登。她知道一定是秦蕊阿姨告诉了他自己喜欢蓝玫瑰。素娜5岁就跟着妈妈在ESL班学习,对罗登的印象一直很好,喜欢他的幽默。她也曾像妈妈那样期待罗登能跟秦蕊阿姨在一起。但是,他们就是没有在一起。

罗登道歉说圣诞节他一直没能来看她们,因为他一直在陪自己的父母。他说父母年龄大了,过节日的时候父母希望自己多陪陪他们,因为他们也没有别的子女,身体健康状况不是特别好,也不知道还有多少天可以享受生活。另外,他还在忙着开办一所语言学校。

"你办了一所自己的学校?"桑林苏和秦蕊同时问道。罗登点点头,叹了口气,说他也该有个自己的事业,安顿下来了。

素娜没想到看上去不问人间琐事的罗登竟也回归社会普遍认可的轨道了。他是顿悟了?还是因为年龄大了?

罗登聊着聊不完的话题,突然转过脸看着素娜,惊呼素娜应该申请完大学,开始收录取通知书了。他还用戏剧表演的声音,夸张地说:"素娜要开始收录——取——通——知——

书了!"

桑林苏的脸色顿时难看起来,秦蕊急忙打圆场说"当然……肯定……那是……"她都有点儿语无伦次了。

罗登有点儿惊愕,因为他知道素娜一直都很优秀,不过他很快转移了话题,又聊了几句闲话就走了。桑林苏立刻问素娜她的大学申请怎么样了,作业做了没有,期末考试准备得怎么样了。素娜没有理她,头也不抬地回到自己房间,关上了门。

"生活的意义到底在哪里?"素娜躺到床上,茫然地问自己。

罗登教育背景良好,热心,勤奋,帅气,但无法过上像样的生活。从认识第一天到现在,他一直住在租来的小公寓里,没有好的车,没有好的衣服,身上背的包都裂开了,外套也破了个洞。他一直没有结婚,估计他现在不可能买得起房子,房价已经涨到天上,所有东西都比13年前贵了很多。是什么让一个优质男人变成这样?这是他曾经梦想的生活吗?是他为之奋斗的结果吗?

还有秦蕊阿姨。她那么善良,那么勤奋,那么擅长做生意,但她失去了婚姻,独自一人住在多伦多。她对生活很满意吗?她对自己的未来有很好的计划吗?她的生活会是什么样子?她为什么不和罗登结婚?真的是因为她无法忍受文化冲突吗?罗登太抠的习惯真的让她很烦恼吗?

还有妈妈,她的理想生活就是所谓的培养自己吗?

最后,素娜得出了一个结论:生活毫无意义!

第 26 章

　　素娜越发不言不语。这让桑林苏越来越焦虑。为了自己不疯掉,她赶快给素娜约了家庭医生,带着素娜去让家庭医生开了氟西汀这种治疗抑郁和焦虑的药回来。

　　桑林苏春假第一次没有带素娜出去旅行,第一次如此害怕希望落空!看着素娜的状态,桑林苏总有一种不祥的预感。

　　家庭医生早就收到了学校墨悠老师发给她的报告,对素娜的情况已经了解。她说可以先少剂量服用,注意自己调整状态。

　　看到家庭医生给开了药,桑林苏气不打一处来。她把自己的一切给了素娜,素娜还一天到晚这里不好,那里不对,就是作!

　　回家的路上,她们又遇到了堵车。桑林苏叹了口气,记得 10 年前,上午十点半后几乎没有车。桑林苏那时经常在十点半以后买东西,然后去店里上班,下午两点半左右去接素娜，因为她要在下午3点堵车之前带素娜参加各种课外活动。

现在桑林苏越来越不了解多伦多的交通了，她不知道什么时候堵车，就像她越来越不了解素娜。如此不辞辛苦带大的女儿竟然抑郁了！如此优秀的女儿竟然在升学最后的关口前途未卜！

为什么抑郁？生活得太好了呗！如果天天饿肚子看看？

她以为自己懂孩子教育，以为自己就是别人眼中的成功妈妈，以为自己无所不能，可是遇到一个不争气的孩子能有什么办法？

桑林苏越想越生气、伤心，泪水模糊了视线。

"嘿，你在干什么？"

桑林苏被素娜的叫喊声吓了一跳，她急忙回过神来，发现差点儿撞到道路施工的标识牌上。

"讨厌！"桑林苏在心里咒骂了一句，那是她永远不想走的路。她不明白为什么一条路已经修了13年多了，还是看起来不像很快就能完工的样子。她叹了口气，瞪了一眼素娜。

她们一路上都没有再说话，素娜回到家吃了药就去睡觉了，桑林苏看看时间还早就去花店上班了。

第二天，桑林苏刚收拾完厨房，秦蕊就带着一只小灰猫来了。她把大包小包的东西拿给桑林苏就直接去敲素娜的房门。

"素娜，这是我给你的礼物！它是个小女生，叫它发发好不好？"

素娜知道，这个名字和普通话"发财"发音相近，意味着能发财赚钱。秦蕊是做生意的，所以取这个名字并不奇怪。素娜不在乎赚钱，但她喜欢这个名字，因为它听起来像粤语里的"花花"。女孩子像花一样漂亮、快乐，真是太好了。

发发蜷缩在秦蕊怀里，蓝色的眼珠子流露出胆怯的眼神。它对着素娜"喵喵"叫了两声。素娜看着小小的发发，眼泪差点儿掉下来。她觉得发发好可怜，如此脆弱、如此渺小，如此忧心忡忡，它必须通过取悦新主人才能生存下来。它还是个婴儿小猫，但它已经离开妈妈温暖的怀抱了！

"素娜！抱一下发发，你会喜欢它的。"

秦蕊说着把发发放在了素娜的胳膊上。发发在素娜的怀里喵喵叫着，颤抖着，但它还是努力舔了舔素娜的手。素娜有点儿不习惯，把发发还给了秦蕊。

"素娜，发发很喜欢你，它已经舔了你的手，表示接受你了哦！"秦蕊又把发发给了素娜，桑林苏回来了。还没等桑林苏开口说话，素娜就接过发发，立刻关上了门。她知道桑林苏要说什么。

"哎呀，秦蕊，小猫会把家里搞得到处都是毛。我们又得清洁房间，又得花钱买猫粮、猫砂。"

"小苏，别担心。这些都算我的！"

秦蕊把桑林苏推到厨房，让桑林苏看她买的螃蟹、豆腐、一整只鸡和一些蔬菜。她们说好了不去上班，要一起给素娜做点儿好吃的。秦蕊说："今天，我让你们见识一下什么是顶级厨师。我要做咖喱螃蟹和豆腐，还有我们传统的鸡汤。助手，动起来！"

秦蕊把一些蔬菜递给桑林苏清洗，然后转身去刷螃蟹。桑林苏钦佩地看着秦蕊拿着螃蟹。她永远都不敢碰那些螃蟹，它们看起来好吓人，但对秦蕊来说，非常容易。实际上没有什么事能难倒秦蕊的，她能帮助桑林苏做任何事，在过去13年里像个随叫随到的士兵一样全力支持着桑林苏。想到这里，桑林苏的鼻子一阵酸痛。

"秦蕊，你为我们做得太多了……"

"嘿，说什么呢？我的命都是你救的！"

"没有啦，秦蕊，不要总提那件事了，我只是做了一个朋友应该做的事。"

"小苏，没有你，我早就死了，是你打了911救了我的命！"

"秦蕊，没有你，我跟素娜都不知道该怎么办了。对了，我想问你为什么不考虑罗登？你应该在这里有个家。"

"再说一遍。我告诉你我们不合适！他太抠，又不会存钱，挣多少花多少。"

"其他人不考虑吗？你还年轻、聪明、时尚。"

"小苏，你呢？别总是劝我。你的马医生什么时候来？还是等素娜去上大学后你再回去？"

"不知道……"桑林苏一听到秦蕊提到她所谓的丈夫和素娜，就泄气了。他们两个都是桑林苏心里的痛。她不能告诉秦蕊五年前就已经和素娜爸爸离婚的事。她必须假装素娜不是单亲家庭的孩子。秦蕊太直率了，怕她不会保守秘密。

为了保护素娜，桑林苏把她的伤口掩藏得很好。每当别人夸她嫁得好，老公有钱有地位时，她都会在心里苦笑。每当素娜向其他孩子炫耀她的爸爸时,她都会在心里哭泣。她表面光鲜亮丽,有谁又能知道她的苦楚呢?

"嘿!你在想什么?"秦蕊推了推桑林苏,对她眨了眨眼。阳光透过窗户照进来,照在秦蕊的头上,照得她额头上的汗珠闪闪发光。秦蕊的上身随着刷螃蟹的节奏而来回摆动,她那专心的样子看着好温馨。几只麻雀在窗外飞来飞去,爪子碰到窗户"当当"响,它们也许在为春天的到来准备一个庆祝聚会。桑林苏看着看着,不觉流下泪来。

"别担心,小苏。素娜不会有事的。你总是担心太多。"秦蕊把洗干净的螃蟹和姜葱蒜一起放进锅里,忙着准备其他材料。就在这个时候,桑林苏的手机响了。

"是白桃!"

桑林苏一脸惊讶,不知道白桃突然打电话给她会有什么事。她拿着手机,犹豫着要不要接。

"白桃?打开免提!"秦蕊说。

桑林苏按开免提,白桃那假装的甜美声音传来:"嗨,小苏,你好吗?素娜怎么样?我们有一段时间没见了,有点儿想念你们。"

"嗨,我们很好。"

"你们在旅行吗?"

"没有。"

"哦,我们在美国。我们收到了布朗大学的录取通知,娇娇想看看那所大学。素娜怎么样?她收到了多少份录取通知啦?"

"小苏,挂掉电话来帮我!"秦蕊一边喊,一边直接过来挂了电话。桑林苏摇摇头，走到客厅，跌坐在沙发上。她耳朵嗡嗡作响，喉咙里哽咽着。白桃来示威了，她终于找到了一个炫耀的机会。桑林苏怀疑这通电话是不是真的。她拿出手机，查看号码，的确，这是白桃的号码，但感觉真的像做梦一样。她记得林娇娇的成绩非常一般，除了在辩论中赢了一次素娜，没有什么比素娜更优秀的了。

"如果你有问题但不需要答案，那就不是问题。"当桑林苏在一本小说里看到这句话时，她不太理解。英文小说对她来说太难读了，而且由于要照顾素娜，她也很难坐下来读书。她越来越怀疑自己，为什么要放弃婚姻和事业，搬到加拿大？为什么素娜离她和她的梦想越来越远？

这确实是个问题，但她不想知道答案，因为答案可能会告诉她，她做了一个错误的决定。这是绝对不可以的，因为她从不允许自己或别人认为她错了。她看着素娜的房间，希望自己能有一台机器扫描素娜的头部，看看她在想什么。

桑林苏悄悄推开门，看到素娜呆呆地坐在电脑前面，什么也没干。她一把拉起素娜，指着自己的手机说林娇娇已经拿到了布朗大学的通知。她又强调了一遍。可是素娜面无表情，一点儿反应都没有。

"你都申请了什么？"桑林苏不相信素娜没有反应，她谁都不在乎，但一定会在乎林娇娇的成绩。如果林娇娇都对她产生不了刺激，那应该没有什么可以激励她了。

桑林苏觉得头皮发紧，像一个即将爆炸的气球。她真的快要爆炸了。她想起来以前总在别的家长面前说素娜只上哈

191

佛，不考虑别的大学，现在看起来自己像个小丑！她怎么出去见人？怎么面对那些家长？

"你太不争气了！"桑林苏气急了，推了素娜一把，摔门出去了。素娜有点儿站立不稳，摔倒在地上。发发从被子里探出脑袋，跳下床，轻手轻脚地走到素娜旁边，温柔地舔舔素娜的手。素娜看了一眼发发，她的眼泪很快把面前的地板打湿了，组成了一个奇怪的样子。它越来越大，越来越黑。

黑洞又来了。

素娜的身体被塞进了黑洞，她忍着难以忍受的疼痛，大叫着，喘息着。她感觉到自己的身体在不断缩小、被压扁，直到她失去知觉。

素娜睁开眼睛，看到一群长得像小方桌的女孩站在她身边，痛苦地呻吟着。她们的头被压扁了，她们饼干般的脸看起来很可怕。素娜抬头发现前面有一面镜子，她看到自己也跟她们一样成了小方桌女孩！素娜不要做小方桌女孩。她拼命往外走，拼命寻找黑洞的出口。后面越来越多的小方桌女孩跟了过来，拦住了她的去路。素娜使劲往外跑，拨开她们的身体，努力往前跑。

终于，素娜看到了一个出口，但是那个出口冒起了火，素娜不管那么多，直接跳了进去。一阵阵被灼烧的剧烈疼痛之后，她听到了秦蕊的声音。

"素娜，素娜！午餐准备好了，快来吧，亲爱的。"

秦蕊过来拉起地上的素娜，安慰素娜说，她的妈妈太着急了，别跟她一般见识。她轻轻地把素娜推到厨房。桑林苏已经把食物放在桌子上了。她瞪了一眼素娜没出声。秦蕊瞪了桑林苏一眼，说吃饭时间就好好享受食物，不能辜负了食物的一片美意，让它们难过。说完，她像魔术师一样从围裙里拿出一瓶白葡萄酒，素娜还没到喝酒的年龄，就用白水代替。

"咱们干杯吧！为素娜，为即将到来的春天！"她们碰了一下杯，桑林苏舔了舔嘴唇，清了清嗓子，看着素娜，让素娜最不喜欢的演讲又开始了。

连林娇娇都能拿到布朗大学的提前申请录取通知书！如果她能得到那个录取通知书，素娜就会得到更好的录取通知书，比如……

桑林苏不再提哈佛了，但她记不住其他大学的名字，秦蕊请她喝酒，打断了她的话，然后问她如何做一道典型的上海菜，比如熏鱼。

"你问我？"桑林苏指着自己，给了秦蕊一个震惊的眼神。她只是嫁过一个上海男人，仅此而已。她知道中国有八大菜系，她都喜欢，但她从来不想学做任何一种。这也是马医生父母不喜欢她的原因之一。她没有给他们生个孙子，不会做饭，而且她来自一个小城镇。

"素娜，你到底申请了几所大学？有美国那些常春藤学校吗？"

"别问了，小苏。我们先吃午饭吧。尝尝我的咖喱蟹和鸡汤！"

秦蕊站起来，给素娜端了一碗鸡汤，站在她旁边，等着点评。

素娜看着鸡汤里的鸡肉，她喝不下，眼泪一滴一滴落在了鸡汤里。她为充满秦蕊阿姨爱和关心的鸡汤感到难受，也为失去本该拥有的光明前程却进入无望黑色世界的自己感到难受，她不配喝鸡汤，不配享用任何东西。

第 27 章

时间不等人,谁说不是呢?

转眼春假结束,又要开始上学了。素娜机械似的起床,整理好自己的书包,在桑林苏第三次敲门时,从房间里走了出来。

"要迟到了!快点儿!"十几年的催促声再一次响起,只是催促的人没有了当年的光鲜,开始出现了老态龙钟的模样,蓬头垢面,衣衫不整。

素娜从房间出来,发发跟在后面。桑林苏急忙把发发赶回房间,抱怨自己还多了一份本来应该素娜做的照顾发发的任务。素娜斜眼看了桑林苏一眼,打开侧门,走进车库。一阵冷风扑面袭来,让她打了一个冷战,素娜不禁在心里骂了一句"鬼天气!"突然从身后飞过来一件东西,落在怀里,吓了她一跳。定睛一看,是自己的棉袄。

"下雪了!也不看天气!"

桑林苏嘟哝着，打开车门，发动了车子。素娜坐在了后面，她不想坐在桑林苏旁边听她唠叨个没完，更不想自己打瞌睡又被她追问晚上什么时间睡的。她是什么时间睡的？大概两个小时之前吧！她睡不着，本来想写一篇作业论文，做一下数学题，看一下历史书，可是什么也干不成，也看不进去书。于是她打开一部连续剧，看了个通宵。要不是桑林苏反复敲门，闹钟很难叫醒素娜。

桑林苏裹了一下套在身上的大衣，转身递过来一个饭盒，里面是给素娜准备的早餐。闻着味道，素娜就知道是蒸饺外加一个鸡蛋。她懒懒地接过饭盒，眼睛半睁着，顺手放在了旁边的座位上，把头往后一靠，做好了睡一觉的准备。

车子还没有预热好，桑林苏就开了出去。她觉得能早出去一分钟可能会提前几分钟到学校。不过一出门桑林苏"提前几分钟"的想法立刻被打消了。虽然已经习惯多伦多在下雪方面的随意性，但她还是被惊到了，没想到快要进入四月的多伦多竟然又下了一场如此大的雪。湿滑的路面，春假开学第一天，刚出来忙碌的铲雪车，这些场景一起出现不仅让人们变得繁忙，还可能会发生危险，一不小心就会刹不住车发生碰撞。好在大家都保持着习惯性的耐心，跟着车流慢慢蠕动。

在慢慢爬行的间隙，桑林苏回头看了看熟睡的素娜，忍不住生气。她知道素娜晚上熬夜，不是赶老师三番五次催的作业，就是刷视频、看电影。她不知道那个曾让自己引以为傲的女儿到哪儿去了，她不知道自己什么时候把原来的那个素娜弄丢的，她也不知道自己该怎么做才能找回那个乖巧伶俐又懂事的宝贝女儿。自己已经够小心翼翼了，像伺候皇后一样伺候她，尽量不过问她的事情，就连申请大学的情况她也没有追问；尽量给她补充营养，努力学习做好吃的。她知道素娜不喜欢她做的饭菜，可是她已经非常努力了。她每天学习做不同的食物，早上五点半就起床在厨房忙活，不是包馄饨，就是蒸饺子，或者煮面条，或者尝试做西式的早餐。

想到过去的每一个早上，桑林苏不由得叹了口气，她又看了一眼素娜。那个乖巧伶俐的、像小兔子一样可爱的女孩已经长成了大姑娘。她随了她爸爸家族的浓黑的头发，随了自己白皙的皮肤和大眼睛，还长成了自己梦寐以求的高挑身材。要不是这两年学习出现状况，要不是有情绪问题，桑林苏真的可以扬眉吐气了！不仅在白桃一群人面前，更在素娜的奶奶面前。

"唉！"桑林苏使劲叹了口气，一个急刹车把素娜惊醒了。素娜以为到了，急忙穿好棉袄，背起书包，发现还没到，就重又把头往后一靠，闭上了眼睛。

"先把早餐吃掉！"桑林苏头也没回，嗓门很大，声音明显带着压抑的怒气。素娜没有反应，还是闭着眼睛，也使劲压抑着怒火，尽量不在车里跟桑林苏争吵，尽量让自己多睡一会儿。终于，她们都熬到了学校。车一停，素娜就飞快跳下车，头也不回地走了。

桑林苏看看后面座位上没动的饭盒，又叹气又摇头。本以为素娜会比她省心，不像她在高中时把她的妈妈气得死去活来。现在素娜算是为她外婆报了仇。想到这里，桑林苏突然发现自己好久没跟妈妈联系了,她急忙把车停到停车场,拨通了妈妈的电话。

"喂,妈!"

"喂,哪位?"妈妈竟然没听出来桑林苏的声音。桑林苏望着电话发呆,突然觉得自己跟妈妈很陌生,或者说从来没有亲近过。她有点儿后悔打这个电话,又突然意识到自己也不应该这个时候打电话,已经晚上10点多了,妈妈肯定是被她吵醒了。

"是小苏呀,我刚刚睡着了。"

正当桑林苏想挂断电话时,电话那一头妈妈的声音变得温暖起来,竟惹得桑林苏鼻子一酸,差点儿掉了眼泪。她干咳了一声,急忙应答。

"嗯,是我,刚送完素娜,给您通个电话问候一下,家里都好吧?"

"哎呀,也没什么大事。就是你爸爸腿疼病严重了,我的手经常又麻又疼,你那个侄子又惹事了,现在东西好贵,连菜都舍不得买了……"

桑林苏听不下去了,跟每次打电话一样,她的妈妈从来不问问她过得怎么样,只会对着她疯狂输出各种问题和麻烦,从自己家人说到整片街坊邻居。如果不打断她,恐怕要把整个城市她所有认识的人说一遍,并且无一例外都是不高兴的事。然后再暗示她需要钱。桑林苏好不容易等到了一个机会,赶快告诉她妈说她有事要回家,她妈妈才不情愿地停下来,想起来问素娜是不是该上大学了,什么时候回去。

桑林苏含糊应付了几句就急忙挂断了电话。她望着车窗外满地的雪在阳光下泛着白光，整个天空被蓝色涂满，纯净得看一眼都舍不得。随着温度上升，雪开始融化，变成了袅袅雾气。桑林苏向教学楼的方向看了一下，不知道素娜在干什么，叹了口气，开动了车子。

素娜正躲在学校的洗手间发呆，她实在不想也不敢走进教室。第一堂课是数学，就算特殊天气迟到没关系，但是她还有数学作业没完成，不敢面对数学老师，更不敢跟同学们见面谈论大学申请的事。她一直在发抖，冒冷汗，肚子也开始咕噜咕噜叫。她感觉头很晕，脑子一片混乱，不知道自己该怎么度过一整天。

"喂，谁在里面？"是清洁工阿姨在敲门。素娜只能回应一声，然后在清洁阿姨的关心问询下，慢慢打开门，走了出来。

"我来了好几次都发现这个门关着，有点儿担心。你没事吧，姑娘？"

素娜摇摇头，在清洁阿姨满脸疑惑的端详下，背着书包离开了卫生间。这个清洁工阿姨自从她六年级转到这个学校就已经在这里工作了，素娜每次去卫生间总能碰到她。她个子不高，长得比较清瘦，但看起来很精神。素娜看不出她的具体年龄，也不知道她是哪里人，在多伦多很难猜谁是哪里人。哪怕是华人面孔，说不定有不同国家的血缘背景。

不过，大家都知道清洁工阿姨最大的特点：与其说是清洁阿姨，不如说是清洁阿姨警察，因为不少学生的错误行为都是由清洁阿姨报给学校的。春假前,学校还开除了一个在卫生间抽大麻的,据说就是这个清洁工阿姨报告的。

加拿大大麻合法化之前,大麻已经泛滥了,合法化之后,大麻吸食者迅速蔓延,队伍也更年轻化了。素娜不懂这个政治决策,他们班上也组织过辩论,大家也只是为了辩论而辩论,不真正代表个人立场。但是,未成年吸食,并且在学校吸食肯定不可以。

"素娜!"

就在素娜决定先去餐厅买点儿吃的时,有人在背后喊她。素娜转身看到了威尔逊老师灰白的短发在阳光下更加灰白,果然清洁工阿姨足够称职。威尔逊老师招手示意,素娜只能走过去。她看到威尔逊老师一脸疑惑,满目问号,甚至老师身上的红黑格子毛衣都像一个个睁大的眼睛。

"你还好吗素娜?在洗手间……"

"我……肚子不舒服……"素娜捂着肚子,轻声说。这个理由足够充分,可以让自己摆脱任何询问,果然威尔逊老师脸上的皱纹开始舒展,不过很快又缩在了一起。她打量着素娜,似乎在脑中做词条检索。她迟疑了一下,终于找到了令她自己满意的话:"林娇娇竟然收到了布朗大学的录取通知,你知道吧?"

素娜感觉脑子嗡的一声,似有成群结队的黄蜂钻进了自己的脑袋,让她差点儿站立不稳。她不置可否地点点头,脸色惨白,挣扎着挪动脚步。威尔逊老师在背后说的什么,她一点儿没有听清。

素娜好不容易走到了餐厅，还没到午饭的时间，里面空荡荡的，只有一个卖饮料和零食的小卖铺开着门。素娜买了一瓶橙汁和一块曲奇饼，找了一个位子坐下来，刚咬了一口曲奇，就有人在背后蒙上了她的眼睛。

"猜猜我是谁？"林娇娇！那个声音素娜太熟悉了！没等素娜掰开她的手，林娇娇自己就松开了，一屁股坐到素娜面前，震得桌子和地面都动了起来。素娜瞟了她一眼，几个星期不见，林娇娇看起来更像个充满气的气球了。林娇娇满脸堆笑，本来就不大的眼睛眯成了一条缝，紫红色的毛衣分外刺眼。她拉起素娜的手，亲昵的行为让素娜很不舒服，素娜急忙抽回了手。

"你怎么在这儿呢？我找了你一上午，幸亏碰到了威尔逊老师才知道你在这儿！"

林娇娇一改往日挑衅的语气，亲切极了，不知道的人还以为她们是多好的朋友。见素娜没有反应，林娇娇坐在了素娜旁边，搂着素娜的肩膀，从口袋里掏出一张卡片，自作主张拉开素娜的背包，装了进去："唉，没想到咱们马上就要各奔东西了，还真舍不得呢！这是我的生日派对，你一定要来呀。我去布朗大学，你打算去哪儿呢？咱们以后可要常联系，毕竟一起长大的！毕竟……"

素娜没等林娇娇说完，就站起身冲出了餐厅。她有点儿想吐，刚刚吃进去的曲奇饼和橙汁在胃里翻腾起来，好像是两个仇敌正兵刃相向，打得不可开交，把她的胃搅得天昏地暗。她感到胃如同被刀割一样疼。素娜又跑回卫生间，对着马桶呕吐起来，但是她吃进去的几口曲奇和喝进去的一点儿橙汁根本不愿意出来，任她呕吐得多用力，都死撑着躺在胃里。也可能它们觉得受到了外界的威胁，都乖乖停了下来，不折腾了。

素娜也停止了咳嗽。她擦了一下嘴巴，坐在马桶上喘着气。缓了一会儿，素娜掏出手机，找到下载的小镜子照了照自己的脸，满是血丝的眼睛和惨白的嘴唇吓了她一大跳。她好像有一段时间没怎么仔细看自己的脸了，每天昏昏沉沉的，作息黑白颠倒，也没有好好吃饭，又加上妈妈每日唠叨，让她更不想走出房间。

看着自己现在的模样，她很难相信原来那个曾经备受瞩目的小才女变成了这样。唱歌、跳舞、绘画和写作，还有表演，都是素娜屡屡获奖的特长。她一直以为自己有表演天赋，还曾想报考电影学院之类的学校，去当演员。她在十一年级之前也一直在学校的戏剧俱乐部，每年都负责编演学校的舞台剧，也曾连续五年在全省获特等奖，八年级时自己独创和主演的舞台剧《偷窃》得到了老师们的盛赞。

没想到，林娇娇竟是个天生的演员！看她刚才的表演，谁能知道她一直是怎么欺负素娜的。

林娇娇总是摆出一副胜利者的姿态，对素娜呼来喝去，像极了她妈妈对桑林苏。每当大家一起去参加活动，只要有其他孩子在场，林娇娇就把素娜当作自己的小仆人，在同伴面前对素娜颐指气使。素娜后来极力反对跟她们一起出去，还被桑林苏骂不懂事。她不明白妈妈为何如此讨好她们，也不敢问妈妈原因，只能忍住无数次的委屈。

没想到后来林娇娇竟然也转到自己的新学校，变本加厉地欺负自己。也许是小时候忍让惯了，素娜从来没有反抗过。而善于表演的林娇娇还总是被老师夸奖热心，尤其被夸奖经常帮助素娜。威尔逊老师更是坚定她对林娇娇的乐于助人的评价，因为她亲眼看到林娇娇帮助素娜。

素娜记得那是在十一年级的第二学期，差不多也是春假开学后的第一周。素娜刚到学校，正匆匆忙忙往教室赶，突然脖子上出现一条蛇，吓得她哇哇大叫。慌乱之际，她不小心滑入路边的一个泥坑。背后的林娇娇和她的几个朋友拍手大笑。林娇娇把蛇拿到素娜眼前，说她真是个傻子，竟然被一条假蛇吓破胆。

笑声戛然而止，林娇娇跑过来拉住素娜的手，要扶她起来。素娜没好气地挣脱林娇娇，自己站了起来，转身看到威尔逊老师正从对面走过来。威尔逊老师立刻对着林娇娇竖起大拇指，说她人太好了，而对满身泥巴的素娜则表现出满脸的不理解和不喜欢。素娜没有解释，在林娇娇面前她无法解释清楚，因为她的表演已经征服了威尔逊老师。

"嗨，谁在里面？"

清洁工阿姨又在敲门，素娜感觉自己被清洁阿姨重点关注上了。她急忙应了一声，整理好衣服，从里面走了出来，在清洁阿姨的注视下，去赶上午的最后一堂历史课。

历史老师曼恩先生（Mr Mann）正站在教室门口等学生，估计第一天来的学生不多，可能有的学生还在从度假地赶回来的路上。西方人不买名牌可以，但不去度假是一件抬不起头的事。所以一到假期，父母都会安排时间带孩子们去一个地方度假。西方家庭攀比的不是名牌，而是生活质量。

"不用着急，素娜，你不来我们不开始。"曼恩先生跟素娜开着玩笑，素娜不好意思地笑笑，向老师问了声好，往教室后面走去。曼恩先生走了进来，要大家拿出课本，开始讨论二战期间的舆论力量。素娜喜欢历史，每次都很用心地写课程论文，也特别喜欢曼恩先生的幽默和上课方式：轻松、随意而又非常深入。一次素娜无意间跟妈妈聊起二战期间的中国历史，把桑林苏吃惊得下巴都快掉了。她说历史就是记住每个事件的时间、内容和地点就行了，为什么还要评价？还要写论文？

"大家先要想想那个时期舆论的形式有哪些？"曼恩先生说着坐在了大家中间的一张空桌子上，把发呆的素娜吓了一跳。曼恩先生把目光转向素娜，等着素娜回答，但素娜却支支吾吾说不上来，因为她没有准备，昨天又没有睡觉，脑子一片空白。

"报纸呗！"一个男生回答道。他斜眼看了一眼素娜，有点儿阴阳怪气地哼了哼，说历史课女王好像偃旗息鼓了。他的语气逗得大家哈哈大笑，曼恩先生却一脸严肃地问素娜大学专业的计划。素娜心里一紧，脑子更乱了，她低头不敢看曼恩先生，小声嘀咕了几句，自己都不清楚说了什么。

好不容易熬到午间休息，素娜急忙跑去买了一个三明治，又低头迅速跑进了图书馆。她害怕碰到其他同学，他们对大学申请的讨论会让素娜呼吸困难。素娜躲在图书馆一个不容易被人发现的角落坐了下来。她很快吃完三明治,从书包里拿出电脑,里面还有三门课程作业没有完成。可是她刚打了几个字,眼皮就变得非常沉重,怎么也睁不开,在家很难入睡的她竟然很快睡着了。

等素娜醒来,已经到了放学的时间,她竟然在图书馆睡了一下午!素娜慢慢地收拾好电脑,整理好书包,发现大家都从教室出来,素娜也跟着大家往停车场走。早上积雪还厚厚的,没想到仅一个下午就化完了,地上到处都是水和没有跟着雪一起融化的盐。太阳可能累坏了,早早收工回家了,留下了通红的夕阳跟大家道别。

没等素娜坐稳,桑林苏就质问素娜为什么没去上课,她收到了学校关于素娜缺课的邮件,说她好几节课都没去,要家长说明原因回复。

"我去了,老师没看到。"

素娜打了个哈欠,懒懒地说。她发现说谎原来这么轻松。自己从小被教育的诚实竟然在刚刚过去的一秒被打破了,她真的说谎了!

"难道几个老师都没有看到你?"

看来说谎并不是那么容易,因为说谎的前提是把谎言接收者当作了无脑的傻瓜,可是哪有那么多傻瓜?除非人家不介意或者非常相信说谎的人。桑林苏就属于后者,她听到素娜再次肯定的答复就不出声了。素娜很快就进入了梦乡。

"到家了!"桑林苏喊了一声。素娜进了房间,看到了摆在桌子上的晚餐,可是她睁不开眼,说要再睡会儿。

"你看你白天犯困晚上精神,还不快点儿做最后的冲刺?

也不知道你能去哪儿读大学，要干什么。"桑林苏憋了一路，终于还是说了出来。素娜没有理会，径直走向自己的房间，直接往床上一扑。整整一天，她感觉自己被一遍遍挤压，压得她喘不过气。当她倒在床上的那一刻，她突然想起来自己在黑洞中被压成小方桌子的模样。

在现实中，她感觉自己被压得像一块酥脆的薄饼。

第 28 章

素娜躺在床上根本没有睡着，妈妈说的话其实也是她一直在问自己的话。她实在找不出为自己未来做计划的理由，也实在找不出继续活下来的理由。既然如此痛苦，为什么还要继续活着呢？要继续面对那个天天歇斯底里、老想控制自己的妈妈，要继续面对努力后的失败……

眼泪又开始在素娜脸颊上肆意狂奔，如瀑布般冲向嘴角、耳朵和脖子。她什么都不愿意再想，可是脑子里很拥挤，各种场景一个个排着队想要展示自己。慢慢地，林娇娇那得意的笑脸排到了最前面，如见了水的海绵迅速变大，变重，几乎要挤破素娜的脑袋，一股钻心的疼让素娜的五官都扭曲了。她憋住呼吸，再使劲吹气，想把那张让她感到痛苦的笑脸挤出去。

但是，她失败了！她很难把林娇娇从脑海里抹去，很难忘记那串让她浑身难受的笑声。素娜讨厌林娇娇，也讨厌自己,连林娇娇都比自己优秀了!她其实从十年级就开始觉得自己没用了,数学课更让她觉得挫败。她越来越厌烦学习,根本不想写作业,总想拖到最后一秒,可是到了最后一秒发现自己根本完不成!老师把催作业的邮件发到妈妈那里,妈妈总是大骂她一顿或者一遍遍逼问原因。素娜一想到妈妈,头都要裂开了!

素娜抬手想抱住脑袋,却碰到了一个软乎乎的东西,紧接着传来一声"喵"的叫声,原来是小猫发发。发发好像很喜欢素娜,自从它来到这个家总是跟着素娜。

发发从床上跳下去但很快又跳了上来。它在素娜脑袋不远处蹲下,怯怯地望着素娜,蓝色的大眼睛里充满渴望。素娜抹了一把眼泪,轻轻把发发拢到自己跟前,把脸靠向发发柔软的身体。发发轻轻用小手碰了碰素娜的头发,很快就缩了回去,趴在素娜脑袋旁边不动了。看着发发,素娜忍不住又哭了。她觉得发发很可怜,那么小就跟自己的妈妈分开,来到一个陌生的地方,不知道自己的命运,它该是多么恐慌无助!但是人却总那么残忍,总制造痛苦!

素娜突然感觉自己心里长出了一条跟发发连接的纽带,她第一次亲了发发一下。

"素娜!素娜!"桑林苏敲着门,脸上写着焦虑和怒气。她敲几下就停下来喊几声,然后再敲几下,反复几次显得更生气了,声音也提高了几十个分贝,都把发发吓得从床上跳下去,用小爪去抓房门。素娜只能从床上起来,给发发打开门,对着门缝说自己不饿,不想吃。

"你早上饭都没吃，在学校也吃不好，打算绝食了？"

桑林苏没说完，素娜就把门关上了。桑林苏怔怔地站在门口，举起手又放下，叹了口气离开了。素娜重回到床上，脑子里回荡着桑林苏的声音，感觉自己掉进了一个冰窟。她多么渴盼妈妈能把她拉起来，抱着她，温柔地跟她说"别怕"！可是没有！妈妈似乎比冰窟还冷，永远都是一架充满杀气的战斗机，永远都觉得她不够好。不论她怎么努力都换不来妈妈的一个笑脸。

可是又能怎样呢？素娜没有地方可以去。她奢望能像其他的孩子一样躲进爸爸的怀抱，被爸爸宠着。对她来说，从5岁开始，她们搬来多伦多，爸爸就变成了一个形式上的名词，一个偶尔通个电话问候两句的陌生的熟人，一个在她们放假回到国内，偶尔吃几餐饭的所谓家人。12岁之前，素娜还天天想念爸爸，渴望爸爸能跟她们一起生活。当失望积累到无法再失望时，她就不再有期待，不再有幻想。

素娜呆呆地望着黑暗中的天花板，突然感觉自己的身体漂浮在了水上。她的眼前出现了一望无际的大海和海上漂浮的一只只小船，每只小船都有不同的颜色，但是小船里竟然都是空的。素娜疑惑船上的人都去哪儿了，低头却发现自己的船竟然破旧得分辨不出颜色，并且有一个地方还出现了裂纹。

她害怕极了，急忙四处寻找，真的在小船的一角看到了一卷胶带。素娜小心翼翼地挪动着身体，俯身去够那卷胶带，又仔仔细细地把那个裂痕贴了好几道。终于，她稍微松了一口气，如果掉进海里就太可怕了，她不会游泳，怕水，连挣扎的机会都没有。

可笑的是素娜学习游泳比任何人都早，在妈妈骂她不争气的清单里，游泳总是列在最前面，因为妈妈让素娜从出生开始就在水里练习。那个时候医院刚开始设立教新生儿游泳的项目，虽然费用有点儿高，爸爸也不同意，妈妈还是报了名，让护士每天在素娜的脖子上套个游泳圈，让她在水里蹬腿。出院回家后，妈妈竟然买了一套游泳设备花钱请护士到家里教小素娜练习游泳。爸爸偶尔回来看到那个放在卫生间的折叠游泳池，还跟妈妈大吵了一架。

可是素娜却一直游得不太好。在素娜的记忆里，她总是听到妈妈在游泳池边上对着她喊，骂她笨，没有别的孩子游得好，甚至不停地换游泳教练。很多次，妈妈也学着从视频里看到的游泳方法，把小小的她扔到水里，结果她差点儿被淹死。到了小学三年级，素娜一看到水就感到恐惧，哇哇大哭，妈妈只能放弃，说她不是游泳的料，素娜终于不用再被妈妈折腾了。

一阵风吹来，夹杂着水滴，让瑟瑟发抖的素娜抖得更厉害了。她的小船开始摇晃，刚刚贴的胶带裂开了，船底开始冒水。素娜急忙脱了上衣去堵裂口，可是根本堵不了，很快小船就开始下沉。素娜紧紧抓住船舷，一边大叫，一边往周围看，却发现那些空着的小船被天空出现的黑洞瞬间吸了进去。素娜感觉水已经漫延到了她的胸口，让她无法呼吸，她的脑袋好像钻进了一条蛇，剧烈的疼痛瞬间从头部袭遍全身。

素娜醒了，发现躺在自己的床上，浑身被汗水浸湿，头还在疼。她揉揉眼睛，刚才的梦如此清晰，竟让她一时回不过神来，一下子又悲从中来，眼泪溢出眼眶。看来又是一夜无眠。

一夜无眠的不只素娜，还有桑林苏。

桑林苏昨天回到家，把给素娜准备的饭菜从车上拿下来，扔到厨房的水槽里，回到房间，又急又气，好像哪里痒，但总挠不对地方。看着女儿一天天变得消瘦，脸色苍白，桑林苏很难受。但让她更难受的是她不知道素娜能不能拿到大学的录取通知书。她不明白自己如此努力，结果却如此令她伤心和不堪。她真的很不甘心！她要尽快找到办法，让素娜从迷茫中清醒过来。桑林苏想了一晚上也没有想到满意的办法，觉得头晕目眩，刚刚闭上眼睛，闹钟就响了。

桑林苏第一次没有做早餐。她匆忙穿上衣服，去喊素娜起床。素娜撑着迷迷糊糊的脑袋，勉强起床走出房间，抬头的瞬间正好碰到了桑林苏看她。素娜急忙转过头，向车库走去。她看到了桑林苏通红的眼睛，一想到她大哭的情景就感到很烦躁。

一路上，她们都没有说话。素娜一上车就进入了梦乡，桑林苏也哈欠连天，她不停喝水，努力让自己保持清醒。

她们很快到了学校。素娜发现桑林苏没有把车停在教学楼前面临时上下车的地方，而是停在了后面的停车场。停车场离教室稍微远了一点儿，素娜看了桑林苏一眼，发现她把头靠在了座椅上。

"我有点儿瞌睡，你自己走过去吧！"桑林苏说完，把外套脱下来盖在身上。她想眯一会儿再去花店上班。因为素娜，她没有像以前那样去花店上班，并且已经好几天没有去了。桑林苏闭上眼，可是她脑子里很乱，根本睡不着，也理不出头绪，不知道素娜怎么办，自己怎么办。正当她急躁不安地挠着头发，电话突然嗡嗡振动起来。桑林苏拿出电话，发现是秦蕊。

"亲爱的，我终于忙完一件大事，你送完素娜来店里吧！有个大消息告诉你！"没等桑林苏说话，秦蕊的电话里传来一阵嘈杂声，电话中断了。桑林苏望着电话发呆，好几天没有看到秦蕊了，秦蕊说在忙，又不说忙什么，神神秘秘的。桑林苏用手指理了一下头发，把上方的镜子打开，看了看没有梳洗的脸，又看了看衣服，感觉还不太糟糕，她发动了车子。

她们的新花店离学校不是很远，桑林苏很快就到了。她停好车，大老远就看到了紫色的背景上几个大大的白色中文字："蕊蕊花店"。花店的名字是桑林苏起的，她坚持让秦蕊用自己的中文名字，不加英文或拼音，花店的名字吸引了更多的西方人，他们觉得"蕊"看着真的很像花蕊的样子，挺有意思的。当然主要还是她们的花和服务的质量好，秦蕊又很会经营。在桑林苏眼里，秦蕊没有什么做不好的。

"小苏，快过来！"秦蕊从店里出来，对着桑林苏招手。她穿了一件合身的蓝色长裙，披了一件宽大的灰色披肩，长长的卷发蓬松地垂到肩上。没等桑林苏走进店里，秦蕊就一把拉住了桑林苏，拖着她走了进去。一股扑鼻的花香呛得桑林苏打了个喷嚏，她睁大了眼睛，简直不敢相信，整个店里摆满了粉色玫瑰和白色绣球花。

"你这是？"

"这是给罗登准备的，他要结婚了！这个周末！"

她满脸疑惑地望着秦蕊，她相信罗登会结婚，但她不相信罗登不抠门了，要买那么多鲜花。

"对，罗登真的结婚了！他本来要邀请大家一起吃饭，可是他未婚妻突然生病了，婚期又在这个周末，所以忙着照顾未婚妻，就让我转交这个请帖给你。"

"怎么突然有了未婚妻？"

"人生总有意外和惊喜呗！说是一个德国来的女生，在他新开的学校上英语课，两人就来电了。"

桑林苏点点头，这是她以前常说给秦蕊的话，看来罗登遇到了让他不抠门的人了。不过桑林苏还是觉得遗憾，多么希望秦蕊是那个新娘啊！罗登幽默风趣，虽然50多岁了，但看上去非常帅气，而秦蕊也如此能干，两个人应该非常合适，但他们就是没有走到一起。感情的事真是很难说，桑林苏不由得叹了口气。

秦蕊拍了一下桑林苏的脑袋，叫她不要瞎想，说自己跟罗登无缘夫妻，做朋友挺好的。然后让桑林苏帮忙核对一下放在桌子上的花，看看有没有不新鲜的花混在里面。很快她们忙完了，秦蕊跟店员交代了一下工作，捧起一束蓝色玫瑰，拉着桑林苏去喝早茶。

看到蓝色玫瑰，桑林苏知道是给素娜的，她的心一下子揪紧了。她不知道素娜是不是去上课了,都不敢看邮件,很怕学校让她提供素娜不去上课的理由。每当老师追问素娜不交作业的原因,桑林苏都感到很羞愧。不知为何,桑林苏突然感觉心里慌慌的,她想可能是晚上没有睡觉的原因吧。

秦蕊急忙为桑林苏倒了一杯茶。桑林苏端起了杯子,茶的热气钻进鼻子,在鼻子里升腾,进入眼睛,变成水流出,桑林苏还是哭了。

"小苏,别太难过,素娜会没事的!"

"怎么会没事?马上要期末考试了,她天天不进教室,作业不写!一个录取通知书都没有拿到啊!"

"素娜不是生病了吗?"

"哪里有病?她就是身在福中不知福!"

"哦,对了!你不是说素娜需要一个数学辅导老师吗?昨天来店里买花的一个女孩是一个大二年级的学生,就是学数学的!我要了她的电话号码!"

桑林苏拨通了电话。女孩听到素娜的情况,说时间有点儿来不及了,离考试就一个月了,根本帮不了什么忙。但是桑林苏再三请求,并且说素娜一直有另一个数学辅导老师,只是最近那个老师有事辅导不了了,女孩才说让素娜放学去学校找她,见面聊聊。桑林苏急忙给素娜发了短信说了这件事。

素娜看到桑林苏信息的时候正躲在图书馆的一个角落打盹儿,刚刚在上午的数学课上被数学老师说了几句,因为她的数学作业还没有交上去。素娜越来越害怕上数学课,可是她想要毕业又不能不学数学。一直辅导她数学的那个家教老师跟妈妈说自己家里有事,实际上是素娜不想让她辅导,老不按照她的要求去做。素娜实在不愿意再学习数学,可是她没有选择,至少得把作业完成。于是她给那个女孩发了短信,约好了放学后在多伦多大学附近的一个咖啡馆见面。

虽然多伦多的地铁没有拥挤到无立足之地,但高峰期也是非常拥挤的。素娜看到每个人紧密地靠在一起,她放弃了第一趟车,独自站在空荡荡的站台,给女生发了信息,说自己可能会迟到20分钟。可是没一会儿,从外面又涌进来一群人,像是魔术箱子里的彩色布条,永远扯不完。

他们纷纷站在了素娜身后,离素娜最近的是一个大个子年轻人,他对着手机嘿嘿的笑声让素娜莫名感到很紧张。素娜的手心开始出汗,她不停地深呼吸缓解紧张,可是她更加紧张了,盯着眼前的地铁轨道不敢左右看,似乎自己的周围都是妖魔鬼怪,他们的谈话声让她越来越难以忍受。素娜把耳机的音量开到最大,她再也听不到周围的声音、看不到周围的人了。素娜觉得奇怪,不明白他们怎么都突然消失了。突然铁轨变成了两条蛇,从下面探出头来,缠住了素娜,把她拉了下去。素娜来不及喊叫,眼前一黑,什么都看不见了。

当素娜再次醒来,发现自己躺在医院的床上,旁边围着妈妈和秦蕊,还有一大堆其他人。医生和护士给素娜做了检查,说过一会儿就可以回家了。警察和一个大个子小伙子,问了素娜掉进铁轨的原因。素娜使劲想了想,才记起来那个大个子是在地铁站站在自己身后的小伙子。她告诉警察不是大个子推的，是自己不知道怎么掉下去的。大个子小伙子的脸这才舒展开来，签了字，留了电话就离开了。警察接着询问了素娜一些其他问题，素娜都一一作答，随后目送警察离开。

素娜有点儿蒙，凭着刚才的问话猜到了自己掉进了地铁站的铁轨，但后面发生了什么？为何自己身后的那个大个子跟着警察一起来到了医院？素娜满腹疑问但又不想问，她默默地跟在妈妈和秦蕊身后坐进了秦蕊的车里。

桑林苏看上去更加憔悴了，下午警察的电话差点儿把桑林苏吓得晕了过去。她哆嗦着把电话递给秦蕊，不敢再往下听。秦蕊接过电话，才听明白素娜没有受伤，只是晕了过去被送到了医院。

她们匆匆赶到了医院，一到前台提起素娜的名字，前台立刻告诉了她们素娜所在的病房，看来素娜成了医院当天的新闻人物。警察把她们带到一间办公室进行询问。桑林苏回答完警察的所有问题，在警察指定的地方签完字，还是没有弄明白到底发生了什么。警察看到桑林苏疑惑，又把他知道的详细情况说了一遍。原来素娜在地铁站跌入了铁轨，幸亏地铁没到，旁边几个人合力把她救了上来。当时素娜已经晕了过去，大家看到高个儿小伙子是离素娜最近的那个，就把他一并交给了警察。

"如果素娜不是被推下去的，那素娜就是自己跳的？"

桑林苏害怕极了，她一直不肯相信素娜真的病了，总觉得她是装的，就是为了偷懒，为了跟自己赌气。她开始后悔不该逼着素娜去见数学家教老师。她转身看了看后面座位上的素娜,暗自叹了口气。

"当你深陷泥潭,越盲目挣扎陷得越深。"桑林苏自言自语道。

第 29 章

"扑通，扑通，通……"

桑林苏感觉自己的心脏跳得像敲鼓，越想越害怕，不知道素娜真的没了她该怎么办。她让素娜走在中间，小心翼翼地紧跟在后面，生怕一不小心素娜又发生什么意外。素娜自从醒来就没有任何表情，虽然清晰地回答了警察的询问，但看着像个木偶，就连看到汽车座位上的蓝玫瑰也没有像以往那样兴奋地大叫，甚至连谢谢也没有说，只是默默地蜷缩在玫瑰花的旁边。

她们一路无话回到了家，秦蕊让桑林苏和素娜先休息一下，开始在厨房忙活起来，没多久就做了三道菜和一锅西红柿面片汤。素娜在秦蕊的劝说下，稍微喝了一点儿汤就回到自己房间了。秦蕊把桑林苏拉到卫生间，悄悄嘱咐她要把所有带利刃的工具收起来，然后倒了一杯水递给桑林苏，又指指素娜的房间。桑林苏把水端了过去，看着素娜把药吃下，躺进了被子里。

桑林苏很害怕,她不想秦蕊离开,但是秦蕊要忙着为罗登布置婚礼,实在没有办法强留她在家里。桑林苏送走秦蕊,把每个地方的灯都打开,又从储物间找到了一个以前为了露营购买但从来没有用过的睡袋,把睡袋放在素娜房间门前的过道。

她突然想起来忘记看小猫发发了,于是赶快走到客厅的一角。她在那里为发发放了一个垫子,可是发发并不在垫子上。桑林苏把猫砂倒进一个塑料袋,敲门问素娜发发在不在里面。

"发发在这里。"素娜说。

桑林苏长出了一口气,素娜终于对她的话有反应了。她躺进睡袋,翻来覆去,直到没有力气就睡着了。

迷迷糊糊地做了很多噩梦,桑林苏被吓醒了。她看看手机上的时间,早上5点了,感觉腰酸背痛,两腿僵硬。她活动了一下四肢,把耳朵贴在门上听了听,听到了素娜的呼吸声,方才松了口气。她轻手轻脚地把睡袋收起来,打了一个大大的哈欠。

桑林苏做好早餐,靠在沙发上休息,很快就睡着了。手机的振动声吵醒了她,原来是白桃找她。她那装作关心的语气难掩幸灾乐祸的喜悦,刺激着桑林苏。她说自己看到了新闻,然后假惺惺地让桑林苏多保重,别管媒体怎么说。桑林苏急忙搜索白桃说的自媒体,发现真的有很多关于素娜的新闻。五花八门的标题看得桑林苏七窍生烟,说成"自杀"算是善良的，有的竟然说成"畏罪自杀""家庭暴力"……桑林苏急忙看了一眼素娜的房间，不知道素娜是否已经看到了。紧接着学校打来电话，要跟素娜进行一个电话会议。她想找罗登寻求帮助，他抱歉地说实在走不开。社工露露说要来调查，其他要采访的媒体也打来电话……

　　桑林苏把电话扔到了垃圾桶里，但马上又捡了回来，她不敢在这个时候不接电话，可是她真的不知道该如何面对所有的人。她不清楚媒体是怎么知道她电话的，难怪人说自媒体具有无穷能力。她第一次主动给素娜的爸爸发了短信，简单地说了一下素娜的情况。很快，马医生回了信息，但是除了责怪没有别的。桑林苏后悔了，但是她真的很需要抓住什么作为支撑，让她感到被支持，让她感到安全。桑林苏抹了一下眼泪又给那个曾经说要与她共度余生的画家打了电话，但是电话号码却是空号。好像也没有谁可以寻求帮助了，秦蕊和罗登都在忙同一件事，罗登好不容易决定结婚，自己也不好去打搅。

　　桑林苏在厨房里走来走去，第一次感觉到房间空荡荡的，脑子也空荡荡的。"孤立无援"这种感觉对她来说并不是第一次了，当她决定独自带着素娜移民加拿大时，也是孤立无援的。她一个人都不认识，从未到过加拿大，但是那个时候她有满腔的热情和希望，她有着高昂的斗志去实现心中的蓝图。所以，不管再苦，她都没有觉得苦。可是现在不同了，她看不到希望，她种下的"瓜"不但没有如期开花结果，还随时有凋零的危险。桑林苏想到此不禁打了个寒战，急忙走到素娜房间门口，轻轻敲了一下。

"素娜，今天不去学校了，你多睡会儿，早餐也好了，我放在你门口。"桑林苏说完转身把一份三文鱼三明治和一杯牛奶放在了门口的一把小椅子上。她昨天中午特地去买了这些，还为素娜买了一条很漂亮的淡蓝色裙子和一条项链，想着周末素娜穿着去参加罗登的婚礼。素娜跟罗登非常亲近，她知道罗登要结婚应该会非常高兴！

桑林苏听到一阵挠门的声音，门开了一条缝，发发从门里钻出来，朝着食物"喵喵"直叫。桑林苏抱起发发走到厨房，给了发发新鲜三文鱼作为奖励，奖励它陪伴素娜。

桑林苏看看时间，离学校的电话会议还有半个小时，她急忙跑去卫生间梳洗一下，让自己看起来精神一点儿。可是她看着镜子里面的自己，不管她怎么收拾，就是精神不起来。她没想到自己真的这么老了，虽然脸上还没有明显的皱纹，没有很多白头发，皮肤也还是那么白皙，可是看上去就是一点儿光彩都没有了。

电话接通，有学校的教导主任、大学申请顾问和威尔逊老师。他们分别表达了对素娜的关心，但更多的是担忧。他们说如果素娜不能按时交作业，参加5月份的期末考试，素娜就拿不到高中毕业证，也不可能被大学录取。大学申请顾问说素娜目前还没有收到任何录取通知书，甚至她申请的两所加拿大的保底学校都还没有通知书下来。桑林苏这才知道素娜申请的大学。她请求学校再让课程老师给素娜一周时间把作业写完，让她努力准备5月份的考试。桑林苏一边说一边想着多年的辛苦，哭了。最后，学校同意桑林苏的请求，再给素娜两周时间。

还没等桑林苏喘口气，社工露露就在门口按了门铃。露露穿着一套淡紫色的套装，妆容也是淡紫色的，穿着银灰色的鞋子，看上去那么优雅得体，与她严肃、审视的表情一点儿不相称。她进门就从包里拿出一双鞋套、笔记本和录音笔，问是否可以见见素娜。桑林苏敲了一会儿门，又给素娜发了信息，打了电话，素娜终于从房间里走了出来。

露露要求单独与素娜谈话，桑林苏就把书房的门打开，给她们端了两杯水，关上门。差不多过了40分钟，素娜从书房走了出来，往自己房间走去。桑林苏急忙站起来，对素娜说门口有她的早餐。素娜在门口停了一下，拿着早餐进去了。

桑林苏又被露露喊到了书房，重复了上次的问题，桑林苏也重复了她上次的回答。家庭暴力对于她们来说太遥远，哪有她那样的家庭暴力，把一切都给了素娜，包括生命中最宝贵的20年时光。露露做完笔记，让桑林苏签字，说自己可能还会来探访素娜，到时候再跟她约时间。

桑林苏不知道素娜跟露露说了什么，为什么她还需要再来，难道她说自己被妈妈家暴了？生活在加拿大的人都知道加拿大法律对儿童的保护有多细致，不要说家庭暴力，就是打一巴掌、吼一嗓子也会惹上麻烦。有时候自己的孩子不告发，邻居知道了也会报警的。桑林苏曾听说过好多类似的故事，令人烦恼又哭笑不得。有一个男孩感冒了，妈妈给他在肩膀和脖子上刮痧，老师发现以后以为是被父母伤害，随即打了911，很快警察和社工都来了，对男孩的爸妈三番五次调查，直到最后证实男孩脖子上的青紫痕迹真的是中国传统的祛毒理疗方法导致的，方才结束。

"我们放弃一切移民过来就是为了孩子呀！"

桑林苏耳边响起了那个妈妈被采访时的话，她对那个妈妈记忆犹新，也感同身受。对孩子的家庭暴力确实存在，但他们自己是肯定不会对孩子使用家庭暴力的。

忙了一早上，桑林苏刚想吃点儿东西休息一下，手机响了，是一个陌生的电话打进来了。桑林苏犹豫了一下还是接了，原来是学校家委会主席。她想问问桑林苏是否需要帮助，问素娜需不需要心理医生，并说已经发邮件给桑林苏讲了一些有关抑郁康复的信息。桑林苏打开邮件，真的有八封邮件来自那个家委会主席。她读了其中一封邮件，对上面的英文感到头疼。这时素娜房间里发出了一个什么东西破碎的声音，吓得桑林苏急忙冲了过去。

还好门没有反锁，桑林苏推门进去，发现素娜正在捡掉在卫生间地上的玻璃杯，发发蹲在她身后，应该是发发淘气撞掉了玻璃杯。桑林苏急忙把素娜推到一边，扯了一把卫生纸，拿扫帚去扫地上的碎玻璃。桑林苏清完地面，看着素娜又坐到电脑前看电影，忍不住提醒她赶快把作业完成交上去。正当桑林苏要把学校的决定告诉素娜时，素娜突然拿起鼠标使劲扔过来，正好砸在桑林苏大腿上。桑林苏感到一阵疼痛，捂着腿走了出去。

当她把裤子卷起，看到了腿上出现了一大片青紫时，止不住的眼泪夺眶而出。她真的不相信素娜会想打她，可是那个朝她飞过来的鼠标又很难不让她那么想。桑林苏来不及伤心，她要想办法让素娜完成作业，顺利参加考试，顺利毕业。

考虑到在学校会被一些同学和媒体干扰，桑林苏跟学校商量让素娜待在家里两周写作业，学校也正有同样的想法，只有素娜没吭声，也没有开始写作业。桑林苏只能小心翼翼地请她努力一下，先从容易的开始写，说不定很快就完成了。素娜连看都没有看她一眼，继续看她的电影。

尽管学校已经在校方的网站和自媒体上澄清那些谣言，可是自媒体上的谣言还是一天天地上热搜。有时候真相之所以被舆论掩盖，是因为大众不喜欢真相。与其拼命澄清，还不如回避，等热度降下来。

桑林苏开始留意有关抑郁症的信息，看到有视频说香蕉、菠萝、甜瓜和橘子能让抑郁症患者变得开心，桑林苏就去买来很多这些水果轮番给素娜吃。从来不信神的她先跑去了寺庙烧香求菩萨保佑，又跑去教堂求耶稣看顾。她把求来的袋子牌子偷偷塞在素娜的书桌抽屉里。当秦蕊知道以后，骂她白痴，说信仰不能那么随便，也不能同时信仰两个以上的神，必须专一。桑林苏没想到信仰也要选择，可是她真的不知道如何选择，她只是想各路神仙都保佑素娜平安无事，顺利走出来。不管哪路神仙，桑林苏都怀着虔诚的心礼拜和祷告，积极奉献善款。

"素娜，我来了！"秦蕊终于忙完罗登的婚礼布置，过来看素娜了。她给素娜带来了一件粉色的礼服，说罗登请素娜去做伴娘。素娜好像没有听明白，一点儿反应都没有。秦蕊又说了一遍，素娜终于有了反应，摇摇头，说不想去。桑林苏也拿出来自己买的蓝色裙子和项链给素娜看，说只是去玩玩也行，不做伴娘。素娜瞪了桑林苏一眼，吓得桑林苏急忙离开了。

秦蕊跟过来，心疼地抱了抱桑林苏，一下子又把桑林苏的眼泪抱出来了。秦蕊问桑林苏有没有联系马医生，桑林苏点点头，但是马上摇摇头。

"什么意思？"

"联系了，可是人家不想管，说都已经给钱了。"

"可是素娜是他女儿呀！"

"没养过，哪来的感情？人家哪有心思管素娜？"

"周末婚礼你还去吗？"

"哪能去呀！你帮我带个礼物过去吧！"

秦蕊走了，桑林苏站在门口久久不肯离去。她害怕那个空荡荡的房间，害怕面对素娜那张面无表情的小脸，害怕家里发出的任何响声，任何风吹草动都会让她惊跳起来。她请秦蕊劝说素娜完成作业，准备期末考试，但是素娜连秦蕊的话也不听了，看到秦蕊过来几乎没有反应。

桑林苏抬头望着被夕阳染红的天空，望着金橘色、猩红色、蓝粉色、灰黑色那些瑰丽的色彩，多么希望能像以前那样开心地欣赏夕阳，多么希望给素娜一个盛大的毕业庆祝会啊。她更希望能阻止时间和季节更替，但是风变得温柔了，要迎接即将到来的春天。春天来了，毕业季也来了，可是素娜好像漠不关心。

素娜，你到底让妈妈怎么办呢？

第 30 章

破灭了！

最后一线希望破灭了！

桑林苏跪在后院的一棵丁香树前，呆望着泥坑里一堆书的碎片，有点儿不知所措！终于她反应过来，急忙抓起来一把，很快辨认出都是素娜现在要用的课本！她竟然不知道素娜什么时候把自己的书都剪碎，埋在了后院。

看来素娜已经决定完全放弃了！自己怎么就没有发现呢？要不是她心里发慌，想找点儿事情打发时间，她也不会在4月份不到就开始清理后院。通常都在5月份，由护理草的工人清理院子，把枯叶清除，在草地上打上孔，再撒点儿新土和肥料。

桑林苏一走进后院，早上的风冷飕飕的，她还有些犹豫要不要清理。当她正想转身离开却发现丁香树前有泥土松动，还以为来了什么大的动物，在地上挖了洞，她可不能再让什么浣熊之类的在家里做窝。她战战兢兢扒开枯叶，竟然是素娜课本的碎纸片！

桑林苏浑身发抖，把那些碎片和着自己的眼泪装进旁边的纸袋里，吃力地拎到书房，一屁股坐在了地上。她的脑袋嗡嗡直响，胃里像丢进了一个火把，灼烧难忍。她憋闷得喘不过气，最终忍不住起身冲到了素娜房间。

发发正趴在被子上，看到桑林苏发怒的脸，吓得急忙跳下床，跑了。素娜还裹在被子里，摆在桌子上的早餐也没动。桑林苏感觉自己身体瞬间如火山喷发一样不受控制，一股强大的力量推着她拽住被子往上掀，竟然把素娜一起掀翻了。可是奇怪的是素娜一动没动，桑林苏上前拉开被子，从被子里掉出来一个空药瓶。桑林苏捡起药瓶，发现素娜竟然把一瓶药全吃了！

"秦蕊，快来！素娜出事了！"
"啊？赶快打911救护车！"

桑林苏这才笨手笨脚打了911，哆哆嗦嗦说了半天才说明白。在加拿大，不管警察、消防还是救护车，都拨打911，桑林苏从来没打过，幸亏接电话的人耐心又有经验，很快明白了桑林苏的意思，通知了最近的救护车。几分钟工夫，救护车来了，救护人员很快把素娜抬上车，提醒六神无主的桑林苏带上健康卡跟着他们走。

在手术室门口等待的时候，秦蕊也赶到了。她不停地安慰快要崩溃的桑林苏，说素娜不会有事的。桑林苏紧闭双眼，喃喃自语着，自己都不知道在说什么。她后悔昨天把药忘在

227

了素娜房间,后悔昨天晚上没有睡在她门口,后悔一大早给她送早餐时没有喊她,后悔自己吃完饭就去了后院,后悔……桑林苏突然跪在地上磕起头来,吓了秦蕊一大跳,急忙把她拉起来:"亲爱的,冷静!你不能有事,不然谁照顾素娜!"

桑林苏立刻冷静了。她太熟悉这句话了,自从她带着素娜来到多伦多,时常对自己说的一句话就是"你不能有事"!无数次,当她感觉身体不舒服时,当她独自面对漫漫长夜时,当她带着生病的素娜在半夜赶往医院时,都是用这句话挺过来的。她知道无论发生什么,她都不能有事,她要照顾素娜。

终于,手术室的门开了!她们急忙迎上去,看到医生点点头,悬着的一颗心才落地。医生说已经洗完胃,没有生命危险了,但是心跳有点儿弱,需要等检查看看。

"这里有护士照顾,你们过4个小时再回来!"

"我们可以先看一眼孩子吗,医生?"

"马上就推出来了,你们可以在这里看。"没多久,素娜就被护士推了出来。桑林苏和秦蕊跑过去一看,素娜脸上戴着氧气罩,嘴里还插着管子,脸色惨白。桑林苏想拉素娜的手,被护士制止了,说先别刺激病人,给了她们一张探视的卡片,推起素娜就走了。

"素娜!素娜!"

桑林苏跟着护士的移动病床,一边走一边忍不住喊素娜。她的素娜像一只受伤的小鹿,不再对着她跳脚,不再对着她瞪眼、怒吼,不再对着她摔东西。她是那么安静,安静得让桑林苏害怕。护士推着车进了电梯,把桑林苏拦在了外面,让她们在探视的时间再来。

"秦蕊，素娜的心脏……"

"放心，不会有问题，只是需要进一步观察。"

秦蕊的电话响了，她的店员说有一个客人在闹事，要她赶快回去。桑林苏急忙让秦蕊赶快回去，她自己在附近转转，等着探视时间。

桑林苏从医院出来，走在空荡荡的大街上。虽然已经四月了，街上的树枝还是光秃秃的，在冷风中瑟瑟发抖。多伦多的春天还在观望中，不敢轻易到来，因为冬天比较任性，说不定会突然带着雪花回头，给着急开的花和枝叶来个冰雪大宴，让她们一整个夏天都猫在家里起不来。在多伦多住得久的人都知道多伦多一天四季交替的风格，所以大家都会准备各种各样的衣服，随时应对一天中的各种季节和天气。

除非是盛大节日或者是市中心，多伦多的大街很难出现人潮涌动的场面。桑林苏裹紧大衣，漫无目的地溜达着。她一边溜达，一边在心里喊着素娜的名字。

素娜，不要抛下妈妈呀！

素娜已经被转移到普通病房，她被一阵阵疼痛疼醒了。她努力睁开眼睛，发现自己又闻到了熟悉的消毒水味道，知道自己又被医院救治了。她有点儿气急败坏，伸手想拿开鼻子上的氧气罩，可是手臂很重，怎么也抬不起来。一位护士急忙跑过来，问素娜想要什么。素娜看着护士，不知道说什么，她需要睡去，不要醒来，她不想醒来。

"素娜，你暂时需要戴氧气面罩，等药打完，再观察一下你的心跳。"

护士的声音很柔和，微笑的眼睛让素娜的坏心情好了很多。素娜点点头，又闭上了眼睛。她好像做了一个很长很累的梦，在梦中不停地奔跑，可是怎么跑总也躲不掉那些长相丑陋的怪人追赶。更可怕的是她跑得很吃力，腿很难使上劲儿，说话也很难。

可是她竟然又被拉回了这个可恶的世界，她讨厌这个世界的一切，讨厌学习，讨厌她的妈妈。所以在她收到学校的通知，给她两周的时间完成所有作业参加5月份考试时，她就彻底对自己的人生失去了兴趣。妈妈已经看到她的痛苦却非要逼着她去完成根本完成不了的事情，就是为了自己的面子！为了不被其他人特别是林娇娇的妈妈嘲笑！她竟然还要她去冲刺！素娜看着眼前的书，越看越气，干脆一股脑都撕碎了。撕完书，素娜打开门发现妈妈没有躺在自己门口，她悄悄溜到后院，把书跟孔切尔托的笔记本埋在了一个地方。

埋完书回到房间，素娜怎么都睡不着。她能想到妈妈得知她把书撕掉后的反应，她不知道自己不能毕业怎么办，她的脑子越来越乱，一股无法控制的愤怒让她很崩溃。这个时候，妈妈正好拿着药过来，素娜勉强控制自己，让妈妈先放那里，自己过会儿吃。妈妈竟然真的放下药走了。

素娜望着那瓶药，把它攥在手里，躺到床上。她感到烦闷不安，呼吸困难，眼前又出现了那个可怕的黑洞。素娜用被子把头裹起来，还是能看到那个黑洞，并且还有好多手从黑洞里伸出来要抓素娜。素娜起来赶快吃了一颗药，深呼了一口气，重新躺到了床上闭上眼睛。可是她感觉头晕目眩，不论睁眼闭眼都能看到那个黑洞。它把素娜围在了中间，像藤蔓一样把她越缠越紧。素娜起床打开电脑看电影，可是看着看着电影也变成了黑洞。素娜看看时间已经是早上4点多了，妈妈很快就要起床了，又要让她完成作业。她拿出药瓶，一口气全部吃了下去。

这次真的再见了！再也不见了！

素娜平静了下来，马上就解脱了。再也不用那么辛苦地学习了，再也不用讨好妈妈了，再也……素娜还没有想完就"睡着"了。

"素娜，我现在帮你把针拔掉，药滴完了。"

护士温柔的声音打断了素娜，她的手指很纤细，动作轻柔熟练。素娜还没有感觉，针已经拔了。她又把氧气罩取了下来，告诉素娜她需要住院两天，会通知素娜的妈妈。

护士怎么也打不通桑林苏的电话，就打给了她们的紧急联系人秦蕊。秦蕊正在赶来的路上，听到联系不上桑林苏也急了，急忙加速赶往医院，电话显示桑林苏关机。

这个时候怎么关机了？

秦蕊心急如焚，一遍遍地祷告桑林苏千万不要有事。秦蕊记得桑林苏说她就在附近转悠，于是沿着大街一家家店查看，可是都没有看到桑林苏的影子。她停下来喘口气，觉得盲目乱找也不是办法，还是决定先去医院看看素娜。

桑林苏此刻正在一家画廊，跟画廊的老板聊天。她就那样瞎晃悠，不知不觉晃悠到一家画廊，刚一探头进去就被老板热情地打招呼。原来老板还记得她，以前她陪那个画家海弗恩来画廊卖过画。老板拍手欢迎桑林苏,让座又倒水。桑林苏很想问一下海弗恩的情况可是又不好意思,只好说自己想看看画。

老板是个聪明人,一下就猜出了桑林苏的心思。他主动说起了海弗恩,说他不断带不同的小姑娘来画廊,都说是他的学生,但很明显不仅仅是学生。桑林苏明白老板的好意,很庆幸自己没有跟那个画家走到一起。桑林苏尴尬地笑笑,说自己早就不学画画了。老板也笑着说桑林苏有画家的气质,以后想学,他可以介绍一位好老师给她。他说着指了指前面墙上的一幅画给桑林苏,说是那位画家本(Ben)的作品。

桑林苏走过去,瞬间被画的色彩和构图震惊到了。整个画面用各种蓝色铺满,一个小女孩怀抱着一个月亮,满脸忧伤。桑林苏喜欢整个画面的色彩,但是她看不懂画的意思,不知道画家想要表达什么。

"您猜猜是什么意思?猜中有奖!"

"很难猜。在我们中国的传统文化里,月亮代表团圆,代表对家人和对故乡的怀念,也表达爱情。"

"哇,这么多美好的含义!西方也用月亮比喻永恒,但也表达自我的内在情绪。"

桑林苏本来想给老板讲一下"嫦娥奔月"的故事,但是她看着那个女孩,想着素娜,不由得流下了眼泪。那个得到月亮的女孩就像素娜,她已经得到了天上的月亮却还是满脸忧伤。到底是什么原因让那个女孩感到忧伤呢?她都得到了最难甚至不可能得到的东西。

"您没事吧?"

"没事。"

桑林苏擦了一下眼泪，羞涩地笑了一下，说自己猜不出画的意思，但是她有点儿心疼女孩，不应该那么忧伤，带着忧伤长大，哪怕得到了月亮也将有不幸的人生。桑林苏突然意识到她好像在说自己，在说她的素娜。人往往就是这样，很容易看出别人的是非对错却不自知。难怪人们都说"当局者迷""最难的是认清自己"，或者说很多人做不到"知行合一"，道理都知道，但付诸不到自己的行为上。

"哈哈！你中奖啦！看来本要给您免费上课啦！"

画廊老板显得很兴奋，急忙给画家本打了个电话，说终于找到猜中作品含义的人了，同时也帮他找到了一位学生。桑林苏站在旁边显得很不好意思。她只是有感而发，打算离开画廊。画廊老板急忙拉着桑林苏坐下来，向她滔滔不绝地讲起了本。原来画家从小有个非常不幸的家庭。他的爸爸忙于生意无暇照顾家，妈妈非常情绪化，常年对画家发泄自己对爸爸的不满，同时对画家又非常严苛。画家长大以后，虽然决心做一个称职的好爸爸，用尽全力爱女儿，可是他却不自觉受了他妈妈太多影响，经常对着自己的女儿乱发脾气，导致他的女儿因受到惊吓跑出去撞上了一辆车丢了性命。

桑林苏听着听着头开始膨胀，她不想再听下去了！她的耳朵嗡嗡作响，忘记告别老板就踉踉跄跄地走了出去。

带着负面情绪的爱就是枷锁，童年创伤会形成情绪承接，影响下一代！

画廊老板的话震耳欲聋，震得桑林苏的心碎成了好多片，她好后悔自己之前怎么不知道这些呢？

第 31 章

"小苏,快回家吧!你妈妈又搞事了!"

桑林苏正利用课间活动时间在教室写作业,听到声音急忙收拾书包跑出去。喊她的人已经不见了,桑林苏知道肯定是其中一个邻居。她不用跟老师请假,老师知道她家的事,针眼那么大的小镇谁不知道谁呢?再说她家又是出了名的"三天一小仗,五天一大仗"的家庭。

家离学校大概 2 公里,桑林苏虽然只是三年级的学生,虽然长得非常瘦小,但她跑得非常快,不一会儿就跑到了家。她老远就看到一群人围在家门口,听到了双胞胎弟弟妹妹的哭声。她拨开人群,发现妈妈浑身湿漉漉的,躺在地上,不停哼哼着。

"小苏回来了!你妈妈没事,快帮她去换换衣服!"

"姐姐,妈妈又跟爸爸吵架刚刚跳河里了!"

"爸爸呢?"

"走了!"

9岁的桑林苏像个大人,冷静而熟练地请大家帮忙把妈妈抬起来,拿出钥匙打开门,把妈妈放到客厅的木头床上,鞠躬谢谢几个邻居。等邻居们叹着气离开,她赶快回到房间给妈妈拿干衣服。当她刚要给妈妈换衣服时,妈妈突然坐了起来,一把推开桑林苏走进了房间,随后房间里传来了妈妈歇斯底里的骂声。

桑林苏赶快让弟弟妹妹捂上耳朵,她自己也把耳朵捂上了。等妈妈骂累了,她才悄悄走进去,问妈妈晚饭想吃什么。

"吃猴头燕窝!看你那个爹有什么给咱们吃!"

妈妈又开始骂起来,看到妈妈通红的眼睛和冒着白沫的嘴角,桑林苏一哆嗦。她转身看了一下周围,家里除了一个木桌子、三张木床,好像真的没什么。厨房里除了早上剩下的玉米稀饭和一点儿咸菜,什么都没有。早上吃饭的时候,妈妈还一改阴沉沉的脸,喜滋滋地跟他们说爸爸马上从县城回来,肯定会带好吃的。桑林苏中午都没有在学校吃饭,专等放学回来吃一顿好的。她和弟弟妹妹时常吃不饱,爸爸说的最多的一句话就是:"人是一盘磨,睡着了不渴也不饿。"可是人怎么就是一盘磨呢?饿了怎么能睡得着呢?

弟弟妹妹可怜巴巴地望着桑林苏,妈妈气哼哼地换了衣服睡在了床上,没一会儿竟然打起了呼噜。桑林苏拉起弟弟妹妹走了出去,她想去奶奶家蹭点儿饭。

奶奶家在小镇的另一头,两间低矮的房屋靠在街道旁边,来往的行人和马车吵得连话都听不清。家里总是铺满了尘土,就连奶奶的脸上也总是灰蒙蒙的,好像从来没洗过脸一样。

爷爷前年去世了，他在供销社的工作由小姑顶替了，妈妈为此还跟爸爸大吵了一架，因为妈妈一直想去。她自从嫁给爸爸以后没有做过任何工作，爸爸托人让妈妈去县城纺织厂上班，妈妈嫌工作太苦，以弟弟妹妹还小为借口拒绝了。

桑林苏跟奶奶很亲近，她从2岁起就成了奶奶的小尾巴。奶奶也特别疼桑林苏，虽然爷爷重男轻女，不怎么跟桑林苏说话，但也没有阻止奶奶给桑林苏买吃的和衣服。

桑林苏不喜欢外婆，她跟外公和四个舅舅在县城的生活稍微好一点儿，但是外婆总阴沉着脸，就像妈妈一样，从来不笑。外公是个能工巧匠，在县城的木器厂工作，是那里的大师傅。可是他突然得了什么疑难杂症，吃饭困难。

说起念书，妈妈耿耿于怀，说外婆偏心，为了让她帮忙照顾几个舅舅，连书都没让她念，搞得她成了"睁眼瞎"。她嫁给爸爸也是因为爸爸的一个亲戚跟外公是好朋友，爸爸家里很穷，上有两个哥哥，下有一个妹妹。虽然他高中毕业，在县城有个教书的工作，但是收入很低，人也老实巴交，不爱说话。妈妈倒是天天嫌弃爸爸，经常跟他大吵大闹，一有不顺心要么摔碗打盆，要么哭闹谩骂。

记得5岁那年一个秋天的晚上，桑林苏睡到半夜，听到开门的声音和急匆匆远去的脚步声。没一会儿，奶奶来了，把坐在黑暗中的桑林苏拉在怀里，让她别怕。到了第二天早上，桑林苏看到爸爸垂头丧气地坐在门口，才知道昨天晚上妈妈离家出走了。她推着爸爸赶快去找妈妈，不然她就没有妈妈了！爸爸使劲挠头，说他已经找了一个晚上了，马上去外婆家看看。

　　一直等到晚上，爸爸一个人回来了，还没有找到妈妈。桑林苏哇哇大哭，害怕极了，不明白妈妈为什么那样离开了！她那么听话，4岁就开始帮妈妈做家务，像一只小狗一样，妈妈喊到哪里她就到哪里。虽然妈妈从来没有像奶奶那样对她很亲近，甚至没有给她梳过头发，桑林苏还是不能没有妈妈。桑林苏每天跟着奶奶，抱着自己养的小猫在家门口等妈妈，从早等到晚，连吃饭都坐在门口吃，一连几天都没有等到妈妈。

　　就在桑林苏绝望的时候，外公把妈妈送了回来，还把妈妈批评了一顿，说怎么可以把一个5岁的孩子丢下不管。桑林苏好久没有见到外公了，他瘦得吓人，桑林苏躲在爸爸身后都不敢见他，但是她很感激外公把妈妈给她送回来。

　　桑林苏不知道妈妈出走的具体原因，但是自那以后她就变得很紧张，晚上睡觉变得很轻，稍微有点儿风吹草动她就会跳起来，先去妈妈房间看看才放心回去睡觉。她也变得更勤快了，拼命哄妈妈开心，洗衣做饭她都抢着做。邻居们都夸赞妈妈有这么孝顺的女儿，真是有福气啊，6岁不到就能做那么多家务。后来妈妈怀了宝宝，桑林苏还给宝宝织了一条小围巾，只是不知道妈妈怀的是双胞胎，只织了一条，等他们出生，围巾也找不着了。

　　"哎呀，小苏来了！今天这么早放学？"桑林苏跟随着声音转过头去，发现奶奶站在身后，手里拎着一袋东西。爷爷去世后，奶奶的脸显得更灰蒙蒙的，头发也更白了，甚至牙都可见地减少了几颗。她拉着弟弟妹妹进屋,桑林苏跟着进去,竟然发现爸爸坐在屋里。

"爸爸!妈妈她……"

"我知道,她刚刚跳河了!"

"那你还不回去?"

"看到了有邻居救她,怕她没完没了……"

爸爸一边说着,一边摘下帽子挠头。爸爸好像一年四季都戴着帽子,每次说话总是先摘帽子挠几下头,说话的声音也很小,唯唯诺诺听不太清,桑林苏都怀疑爸爸怎么给学生上课的。

"唉,小苏呀,你是个懂事的孩子。你说你爸爸那点儿工资要养你们一家五口,还要贴补你外公治病,你妈妈还成天闹腾!让街坊邻居看笑话!"

奶奶说着擦擦眼泪,桑林苏推推奶奶的手安慰着奶奶,又看看爸爸。她的聪慧与冷静成了爸爸的依赖和桥梁。妈妈每次闹事,爸爸总是让桑林苏去跟妈妈说情。爸爸叹了口气叽里咕噜半天才把妈妈跳河的原因说明白。原来爸爸把工资给了大伯急用,既没有给家里买好吃的,也没有给妈妈一分钱。

"你妈妈那脾气,话没说完就对我又打又骂,我回了一句,她就急了,大骂着要我今天把钱拿出来,我只能走了。唉!"

桑林苏不知道说什么,也学着爸爸的样子叹了口气,转身帮奶奶去做饭了。奶奶从袋子里拿出几块咸菜和一包瓜子递给桑林苏,说本来要送过去的,正好他们姐弟来了。桑林苏看到咸菜忍不住咬了一口。她中午没吃饭，肚子正咕咕叫。奶奶知道桑林苏最喜欢吃大头菜腌的咸菜，总隔三岔五买给她，也算是他们能吃得起的最奢侈的东西了。

桑林苏在奶奶家吃完晚饭，带着爸爸和弟弟妹妹回去了。他们到家的时候，妈妈还在床上，只是没有鼾声，估计睡醒了。爸爸示意桑林苏把晚饭给妈妈端过去，桑林苏鼓励爸爸自己过去。迟疑了一下，爸爸还是进去了。没一会儿就传来了妈妈的哭骂声，但时间不长就停了。妈妈估计饿了，看到吃的就逐渐消气了。桑林苏总算松了口气，急忙躲进属于自己的角落，写起了作业。

意外总是令人想不到，没有多久，奶奶竟然在过马路时，被一辆车撞倒了。起初只是发现右腿骨折，住了几天院就回家休息了。没想到奶奶在回家的第二天突然口吐鲜血，很快不行了。桑林苏被爸爸拉着带到奶奶面前，奶奶努力伸出手，握住桑林苏的手，流出了眼泪，嘴巴颤抖着蹦出几个字："不到10岁！"桑林苏不懂奶奶说的意思，但是她一想到再也没有人疼她了，就拉着奶奶的手大哭起来，叫奶奶不要死。可是奶奶再也没有反应了，再也不能把桑林苏抱在怀里，再也不能偷偷给她买好吃的了！

桑林苏就那样失去了唯一疼爱她的奶奶。

在不停的吵吵闹闹、提心吊胆、饥饿煎熬中，桑林苏一路读到了重点初中。读书是让她唯一感到快乐的事情，名列前茅的成绩单和奖状为她赢得了同学老师的赞美。可是，当她拿着成绩单和奖状给妈妈时，妈妈不识字，总是先问她得了第几名。如果考了第一，妈妈就说下次还要拿第一；如果不是第一，妈妈就会很严厉，问怎么不是第一？怎么没得第一？妈妈阴沉的脸从来没有放晴过一秒钟。她总是再三告诫桑林苏一定要考上最好的大学，努力挣钱让大家都过上好日子。妈妈说弟弟妹妹吃不了读书的苦，以后家里就靠她了。

在桑林苏读初二那年，好像一夜之间大家都兴奋起来，都开始奔走相告做起了生意。妈妈自然摩拳擦掌要干一票。她逼着爸爸从学校辞职，跟着她做服装生意，说国家要改革开放搞市场经济了，她也要参与。爸爸拗不过，真的辞职跟着妈妈凑了钱做起了服装买卖。妈妈不识字，脾气坏，但她那能说会道的嘴没想到还能用在做生意上。她的客人总是被她说得心花怒放，兴高采烈地付钱。爸爸只能在旁边充当妈妈的计算器和伙计，帮她算账、拿货、端茶、递水。

初中在县城，桑林苏搬去了学校宿舍。她大大松了口气，终于解放出来了！再也不用天天担心妈妈随时爆发的脾气了，再也不用忍受妈妈的责怪和数落了。在妈妈眼里，她跟爸爸一样笨、傻，以后就算上了大学也会被人骗。

"多长点儿心眼吧！"这是妈妈骂她的结束语，桑林苏不知道如何才能长心眼。她在学校一直被老师夸奖，是品学兼优的学生，怎么还总是被妈妈骂成缺心眼呢？就像她小时候，爷爷总说"吃亏长得大"，她怎么也不明白"吃亏"怎么能"长大"呢？"亏"到底是什么好东西？不管怎样，桑林苏得到了解脱，爸爸就可怜了。每逢周末回家，桑林苏就发现爸爸的头发更稀少了，恐怕是被他自己挠的。于是她有些心疼地跟爸爸说如果不喜欢做生意，还是回去教书吧。爸爸听了连连摆手，悄悄说妈妈好不容易消停了，他就这样吧。

　　服装生意做了一年多，妈妈沉迷在赚钱的快乐中，忘记了身体健康。妈妈每天早出晚归，饥一顿饱一顿，竟然长了一个肿瘤。做完手术，手里的钱也所剩无几。桑林苏正要参加中考，想了想决定报考卫生学校护士专业，虽然是中专，可是毕业就能包分配，就能挣钱照顾家了。病了一次，妈妈不再像以前那么强势，只是轻轻点点头，表示同意桑林苏的决定。于是桑林苏考进了一个小城市的卫生学校。

　　桑林苏长大了，她告别了悲伤的童年，也真正告别了那个家！

第 32 章

"喂！看路！"

"看……路！"

桑林苏从画廊出来眼泪和脚像在比赛，眼泪在脸上淌得抹不完，脚在鞋子里动得待不住。跑得太快，鞋子飞了出去，眼睛又被眼泪挡住了视线，让她差点儿撞到一辆自行车。她一边道歉一边捡起鞋子继续往前跑去。她被自责和心疼塞得满满的，她没有想到自己竟然活成了自己妈妈的样子，那个自己最讨厌的样子，那个自己发誓长大后远离的样子！

"素娜，素娜！"桑林苏还没到病房，便忍不住喊起来，引来周围人疑惑的眼光，几个护士还警觉地望着她，准备下一步的行动。桑林苏捂住了嘴巴，让脚步慢下来。她问了跟上来的护士素娜所在的病房，又忍不住急匆匆地跑起来。

终于找到了病房，她气喘吁吁和满头大汗的样子吓得秦蕊以为她路上遇到了抢劫的，急忙问她有没有受伤。桑林苏连忙摆摆手，坐在素娜旁边，很久以来她第一次静静地端详正在熟睡的素娜。她不知道自己有多久没有正眼看过素娜了，没有心平气和地和她说过话了。望着素娜苍白的小脸，桑林苏脑海里又浮现出那幅油画，没有想到自己把素娜变成了那个小女孩，给了她月亮却让她那么不开心！桑林苏的抽泣声把素娜惊醒了，她睁开眼瞥了一眼桑林苏，把头转了过去。

秦蕊把桑林苏拉到病房外面，摸摸她的额头，又对着她端详了半天，也没有发现什么不同，悄悄问她怎么回事。桑林苏擦了一把眼泪鼻涕，抱着秦蕊抽噎起来。

"到底怎么了？急死人了！"

"我……我对不起素娜！"

"哪有呀？你不是把最好的都给她了？"

"唉！"

桑林苏重重地叹了口气，解放了秦蕊的肩膀，拿出纸巾擦了擦眼泪。她看看时间，差不多到了放学的时间，赶快打开手机给学校发了一封邮件。她要帮素娜申请留级一年。写完邮件发了出去，她才告诉秦蕊自己的决定。

"啊？你让素娜留级一年？"见桑林苏使劲点点头，秦蕊又回头看了看病床上的素娜，也表示同意，说素娜这个状态是需要停学治疗，并表示她会陪着桑林苏一起为素娜治疗。桑林苏鼻子一酸，又扑向秦蕊的怀抱。她感到自己能有秦蕊这个朋友是多么幸运！

"不能这样，免得护士以为我们是同性恋。"秦蕊说着后退了一步，对着桑林苏连连摆手。桑林苏想起她跟秦蕊刚做朋友时，总是挽着胳膊逛街，被英语学校的同学撞见，还真

243

误以为她们是恋人关系。她们虽然知道在加拿大同性恋可以结为合法夫妻，但是她们一时半会还真的有点儿接受不了。后来两人出去就不再挽着胳膊，特别是秦蕊，更不想被误认为是同性恋而失去遇到自己如意郎君的机会。

时间可真快，转眼已经 13 年多了！

13 年不算太长，但对于桑林苏却像 13 个世纪一样，一种悲从中来的酸涩涌上心头，冲进眼眶，变成泪水奔腾而下。

"怎么又哭了？"秦蕊推了一下桑林苏，示意她进去看看素娜。桑林苏赶紧把眼泪擦干，梳理了一下自己的长发，跟着秦蕊回到病房。

素娜已经醒了，安静地躺在床上，两眼望着天花板发呆。没等秦蕊上前，桑林苏急忙走过去，一改往日的生硬，温柔地喊了一声"宝贝"，素娜一时都没有反应过来，望着桑林苏，一脸疑惑。

"宝贝，妈妈刚刚给学校发了邮件申请再读一年，你现在不用完成作业、准备考试啦。"

素娜没有接话。

"宝贝，你接下来想干什么就干什么，好好休息！"

素娜还是没有反应。

"宝贝，你……"

"好了，小苏，让素娜休息吧！回头再说。"秦蕊过来打断了桑林苏的话。这时护士端着托盘过来，提醒她们探视时间结束了，让她们明天早上 8 点以后再过来。桑林苏这才想起还没有问素娜的情况，急忙问护士素娜需要住几天医院。

护士说素娜需要输液两天清除药物留下的毒素，等心脏检测结果稳定了再决定哪天出院。最后，护士提醒她们帮素娜带一些日用品和换洗衣物。

"素娜，我要给你打一针安抚情绪的药，你可以好好睡个觉，明天就可以正常吃饭了。"护士打完针给素娜指了指床头的按钮，让她有事就按那个。素娜努力在床上把腿伸开，把手臂放在胸前。她感觉自己的腿和胳膊好重，手上埋的针头让她很不舒服，胃还在隐隐作痛，浑身都痛。

素娜看着妈妈和秦蕊阿姨离开。虽然她面无表情，但内心如惊涛骇浪一样翻滚拍打；她感觉自己的心被一条蛇死死缠住，疼得喘不过气。她看着妈妈的表演觉得很滑稽。妈妈要在别人面前假装成一个好妈妈，也真难为她了！

所有的压力和痛苦又一次袭来，素娜在心里呼唤着黑洞，求黑洞赶快把她带走。她不想再忍受无休止的折磨，生活对她来说只有痛苦，她想快点儿解脱。她知道自己成不了妈妈期待的那个女儿！再过一年，她还是申请不上妈妈心目中的大学。她什么都做不好，什么都不行！

黑洞感受到了，它来了。

素娜第一次睁着眼睛进入黑洞，也是第一次没有被旋转、击打、按压。她是飞进去的，好像长了一双巨大的翅膀，穿过了一个长长的隧道，轻轻地在一块黑色大石上降落了。

她看到了一只巨大无比的猫头鹰，猫头鹰看着她微笑，似乎在等着她："素娜小姐，欢迎来到1号黑洞。"

"1号黑洞？是所有黑洞的总部吗？"

"你说对了，素娜小姐。"

"我可以问一些问题吗？"

"我知道你会问什么，请随我来。"

猫头鹰带着素娜飞了起来，素娜看到了地球，看到了地球上的花草树木、万物生灵，看到了她生活过的房子，看到了她玩耍过的公园。猫头鹰翅膀一挥，素娜看到了很多在地球上空的黑洞，她还看到了橡皮人在的3883号黑洞、小企鹅找妈妈的那个黑洞……

素娜突然掉了下去，被一个可怕的场景吓得飞不动了。她看到了被黑洞吞噬的成千上万的孩子！那些孩子有的比自己小，有的跟自己差不多，他们都面无表情，形同木头，头上不断冒出一股股黑色的烟雾。

"怎么会这样？他们？"

"他们接收了很多负面情绪，又把那些负面情绪储存在了身体里，负面情绪就会吸引更多的负面情绪，等足够大的时候就会吸引黑洞，成为黑洞的美味。"

猫头鹰给了素娜一副特殊的眼镜。素娜戴上眼镜，看到了让她胆战心惊的情景！她不敢相信负面情绪看起来那么可怕，像黑色的墨汁，洒在阳光照不到的地方，附在人的身体里，然后变成黑色的烟雾传递给黑洞。

原来负面情绪可以在那么多地方生长！被踩伤的小草，被抛弃的小狗，被虐打的小猫，被嘲笑的小孩，被生活折磨的大人……素娜不敢再看下去，她大口喘着气，急忙把眼镜还给了猫头鹰。

"谢谢你猫头鹰先生,请问每年有多少人葬身黑洞?"

"70多万吧!得抑郁症的人可不止。"

"共有多少黑洞?"

"到处都是,我们也无法统计具体数字,每天都有新的黑洞出现。"

"我怎么反复进出黑洞却还活着?"

"因为你内心深处还有光,黑洞最怕光。"

"那些人怎么没有光?怎么才可以有光?"

"这个很难解释,方法很多。设定目标,保留希望,回想美好。"

"怎么熄灭光?我不想回去!"

"你确定吗?哈哈!"

猫头鹰突然变得好大,大到素娜都看不到它的头在哪里。它对素娜说了声"再见",展开翅膀飞走了!翅膀带来的风好大,一下子把素娜卷了上去,重重地摔到了一棵树上,素娜疼得晕了过去。

护士过来查房,看到素娜睡着了,帮她捡起了掉在地板上的毯子,盖在了她身上,轻轻关上灯和门。

"秦蕊,素娜一个人在医院行吗?"

"小苏,你又不是不了解这里的医疗,这是加拿大最引以为豪的呀,放心吧!"

秦蕊不放心桑林苏独自在家,就一路陪着她在外面吃完晚饭又聊天,还把她送回家,终于明白了桑林苏举止反常的原因。她这次主动抱了桑林苏,然后又捏了一下桑林苏的脸颊。

"小苏,你知道我喜欢你的不光是你的聪慧,还有积极认错的态度和迅速调整自己的能力!你总能保持乐观和坚韧不拔的精神!"

"秦蕊,没想到我在你眼里有这么优秀!我喜欢你的经商头脑、勤奋和好脾气。"

她们两个说着说着都大笑起来,太肉麻了,两个那么熟悉的好朋友互夸好搞笑。可桑林苏知道她们说的都是真心话,秦蕊跟她早比姐妹还亲,她也把素娜当作自己的女儿,素娜也把秦蕊当成自己妈妈一样的角色,甚至比跟她在一起还亲。

说起姐妹,桑林苏想起了自己的弟弟妹妹。她的双胞胎弟弟妹妹被她妈妈宠得非常懒惰,还理所当然地享受桑林苏的照顾。桑林苏毕业后,在上海一家大型医院找到了工作。她把每个月的工资留一点儿作生活费,其余全部寄回了家。母亲自从手术以后,身体不好也无法继续做生意,好在爸爸可以回去继续教书,有一点儿微薄的收入。可是弟弟妹妹长大了又成了家庭的负担,他们很早就不读书了,随便在小镇上打着零工。后来桑林苏遇到了素娜的爸爸马医生,经济状况有了很大的改善。弟弟妹妹在妈妈的指引下,来到上海让桑林苏帮忙找工作。他们对工作嫌东嫌西,什么也做不好,还时常跑去跟马医生要钱。这也是素娜的奶奶看不起她的主要原因,说她不光是乡下人,还有两个没出息的弟弟妹妹。

"不管怎样,你就是我在这个世上最亲的妹妹!"桑林苏倒了一杯葡萄酒,递给秦蕊,动情地跟秦蕊说。她们一边喝酒一边回忆往事,一会儿大笑,一会儿慨叹。桑林苏好久都没有笑过了，自从她给学校发了素娜停学的申请，感觉轻松多了，缠在脖子上的枷锁一下子卸了下去，头脑中那根紧绷的神经也松弛了下来，甚至连舌头都变得轻巧起来，说话有点儿滔滔不绝。

她们一直聊到酒瓶空了，都觉得有点儿醉了，桑林苏才猛然想起要帮素娜准备一些日用品、衣物带到医院去。她让秦蕊先去休息，找了一个小行李箱，打开了素娜的卧室门。

卧室里到处扔的都是衣服和垃圾，被子也掉在了地上。当捡起被子时，她看到发发还趴在上面。

"天哪，你这个可怜的小家伙还在等素娜？"桑林苏抱起发发到厨房，给发发拿了一点儿零食。秦蕊过来把发发抱进怀里，说她把发发带给素娜真是件英明的事。桑林苏点头赞同，因为她注意到发发能让素娜平静很多。

桑林苏让秦蕊喂发发，她急忙出去拿了洗衣篮和塑料袋，把衣服和垃圾分别装进去。她好久没有进素娜的房间了，这是她跟素娜发生矛盾的导火索之一。因为，她看到如此乱的房间就火冒三丈，见到素娜就一顿大骂，素娜也再三警告妈妈不准进入她的房间，不准动她的东西。现在桑林苏再看到这么乱的房间，不免责怪自己没有带好素娜，也心疼素娜每天在这样的环境里休息，哪能不影响睡眠！

看来，情绪真的是身体行为的导演。

桑林苏把房间收拾干净，给素娜装了几件换洗的内衣和洗漱用品。之后，她在衣柜里发现了一个大的黑色塑料袋被放在一件大衣的后面。桑林苏把黑色袋子从柜子里拖出来打开,她的眼泪瞬间倾泻而下！噼里啪啦滴在奖杯上。

那些奖杯曾一度让桑林苏多么自豪,她为自己对素娜的培养成果自豪,为自己生了如此聪明而多才多艺的女儿自豪。可是此刻,她感到满腔悔恨,真想让时光倒流,回到最初的日子。她一定可以给素娜一个真正快乐的童年,而不是带着她天天追赶各种证书和奖杯,不是天天对她斥责怒骂和催促。

桑林苏把塑料袋系好,重放回衣柜里大衣后面。她不想让素娜觉得自己未经允许动她的东西。当她准备关上衣柜的时候,看到衣柜的另一个角落放了一个背包,打开背包,竟然是她一直要找却找不到的影集。

这个影集还是刚来加拿大的时候她跟素娜一起去买的。那个时候手机还没有那么智能,流行数码相机,人们会拿部分照片去照相馆打印出来,后来智能手机普及,大家就很少打印照片了。因此,她们只有一本影集,而很多早些时候的照片都是绝版。桑林苏一直想找到影集,把一些没有留底的照片进行翻拍,挑选一些做个相册。

淡蓝色的影集封面有一角被烧焦了,很明显素娜想把整本相册全烧掉。桑林苏抚摸着被烧焦的地方,感受着素娜烧掉相册的心情。她对自己的生活该多么失望啊,连一点儿回忆都不想留下来！而带给她失望和痛苦的竟然是她的妈妈！

桑林苏打开影集,照片还是当初自己跟素娜一起放的。第一页是她们刚来多伦多,第一次去大瀑布拍的。那个时候,素娜扎着两条小辫,有着乌黑的头发、明亮的眼睛,笑起来还有两个酒窝。有几张是她做鬼脸的：一张是从树后露出脑袋的；一张是趴在她肩头的，两只小手还在她头上伸出两根手指。桑林苏似乎听到了素娜咯咯的笑声和奶声奶气喊着妈妈的声音，也跟着嘿嘿傻笑起来。桑林苏把照片贴在自己脸颊上，闻着照片上当年的味道，感受着那段难得的快乐时光。

翻开影集第二页，是素娜上学前班第一天拍的。她背着一个粉色的书包，站在学校门口，带着胆怯的微笑，一只小手还不忘比着"耶"的姿势。桑林苏记得素娜对新学校既渴望又紧张，她一个劲地提醒妈妈要早点儿来接她，就像她小时候上幼儿园一样，一定要妈妈答应第一个来接她才肯去幼儿园。其实加拿大5岁的孩子上的学前班也就是幼儿园大班，是为小学一年级做准备的衔接班。老师会开始教孩子们字母和发音。学前班以玩为主，学习的东西也不多，根本没有作业，素娜很快就适应了，还认识了好几个好朋友。每次桑林苏把从国内带过来的算术题、中文识字卡拿给素娜，她总是小嘴一噘，叉着腰，一副领导训斥属下的样子："妈妈，这是加拿大，没有作业，你答应的！"

可是桑林苏哪敢让素娜什么都不做只玩呢。她为素娜列了个清单：钢琴、舞蹈从4岁就开始学，肯定不能丢；绘画、小提琴、游泳、围棋和唱歌也要学的；中文、数学也很重要。再说，其他移民来的孩子学的更多，那素娜更不能什么都不学。

影集后面所有的照片几乎都是获奖的照片，素娜手捧奖杯，或单独拍，或跟老师们一起拍。桑林苏翻看着一张张照片，才注意到素娜几乎没有笑，她的眼睛里流露出来的都是疲倦和忧郁。可是，那个时候，桑林苏忙着拍照，忙着开心，哪能注意到素娜的表情？桑林苏捶着自己的头，耳边仿佛响起了她跟素娜的对话：

"妈妈，钢琴练完了。"

"赶快拉小提琴啊！"

"妈妈，我刚游完泳，回家不想练琴了。"

"那怎么行？妈妈付了那么多钱，你练不好，老师又要让你重练，不教新的。"

"妈妈，我们学校没有考试成绩，没有排名。"

"那咱们就自己参加外面的比赛，都拿第一！"

"素娜过来，你这次小提琴比赛怎么回事啊？不是说可以拿第一吗？我都不敢进去打搅你，你怎么只得了第二？"

"我也不知道，我觉得拉得蛮好的。"

"蛮好的，还自我感觉良好啦！就是你笨，老师怎么纠正你的？怎么根本没有进步呢？"

"素娜，你怎么回事？这次钢琴比赛竟然只拿了第三？你有没有长脑子啊？有没有用心啊？再这样不用功，将来你能干什么？讨饭都没有能力！"

"素娜，你真是要气死我呀！为什么这学期的学习报告单上数学才3分？（满分4分）五年级的数学不是很容易吗？你怎么那么笨？"

"素娜，素娜！素娜……"

桑林苏跑到卫生间用冷水洗了一把脸，不敢再让自己想下去，越想越感觉素娜就是当年的自己，而自己就是当年自己的妈妈。她连骂素娜的借口都跟自己的妈妈一样，说只是为了让素娜更好,为了让素娜在将来能过得开心。

多么愚蠢的逻辑啊!孩子在成长过程中都不开心,将来又怎么能开心呢?

小时候,桑林苏是多么憎恶妈妈的坏脾气啊,讨厌妈妈对她说话的方式。她不止一次发誓:自己将来有了孩子,一定不会像妈妈对待自己那样对待自己的孩子。她要做个善解人意的温柔妈妈,不发脾气,不骂人,不贬低孩子。现在想想该是多么讽刺!

基因可以把相貌和性格遗传给孩子,可是谁知道负面情绪也可以传给孩子呢?

"我以为长大了就会远离童年,可是却发现自己从来没有离开过童年的阴影。"桑林苏自言自语道。

第 33 章

"小苏,小苏,快醒醒!"

秦蕊使劲摇晃着桑林苏,摇了半天才把她摇醒。桑林苏眯着眼看着从窗帘缝里透过来的阳光,一下子惊叫起来:"哎呀,要去看素娜了!"

桑林苏说着跳了起来就往外冲,秦蕊拦住了她,说她昨晚怎么睡在素娜的房间,还睡得那么香,自己叫了半天都叫不醒。桑林苏才想起来自己昨天晚上一直在素娜房间坐到凌晨 4 点多钟,不知不觉竟睡着了。她赶快拿出手机看时间,发现已经 7 点 10 分了。

"不着急,小苏,我们先吃早餐,再去医院看素娜。太早了医院不让进,路上也堵。"

"我先喂一下发发。"桑林苏说着走进客厅,把猫粮放进发发的碗里,又换了新鲜的水。她正要问发发在哪里,发发已经在她面前开始喝水了。桑林苏摸摸发发的头,满眼宠爱。

"小苏，我很开心你接受了发发。我尽快给你买一个超级吸尘器清洁发发的毛，最近实在是太忙了。"

"哎呀，你哪里需要给我们买吸尘器，我很感谢发发跟我们在一起。"

秦蕊让桑林苏先去洗漱换衣服，自己再去煎两个鸡蛋。桑林苏拉开窗帘，打开窗户，邀请外面的新鲜空气和阳光进到素娜的卧室。一阵融合着冬天气息的凉风迎面扑来，让桑林苏精神了好多。天空像镜子一样明亮，如水晶般清澈，好看到连云朵都不忍心出来捣乱。才短短几天，树枝上竟然长出了新芽，准备新生命的又一个轮回，开始酝酿着为春天的到来鼓掌欢呼了。

"加油，我自己！"桑林苏很快梳洗完毕，拿起沉睡了很久的眉笔和口红，稍微打扮了一下，穿上了素娜帮她选的那条蓝色裙子，戴上了素娜在她前年生日的时候送给她的耳环。她一走出去，秦蕊就拍手大叫。

那个以前的桑林苏又回来了！

她们很快吃完早餐，拿着东西直奔医院。多伦多的交通真是越来越糟了，冬天下雪难走，夏天修路难走，上下班高峰期难走。不过，多伦多好像越来越没有什么高峰期了，因为一天到晚都是高峰期。不过，桑林苏没有像以前那样对交通怨声载道，反而安慰坐车的秦蕊说多伦多也有自己的魅力，夏天多舒服，秋天多美。秦蕊啧啧称赞桑林苏一下开悟到顶了。

等她们到了医院已经快 10 点了，素娜不在病床上。她们找了一圈，问了护士才知道素娜跟着另一个护士去做心脏检查了。她们等待素娜的时候，桑林苏把带给素娜的行李箱打开，帮她把洗漱用品和护肤用品拿出来。昨天晚上没洗漱，素娜肯定难受死了。桑林苏还带了几本素娜桌子上的小说，她的喝水杯子、手机和平板。桑林苏急忙跑到饮水机那里接了一杯水，然后把一切摆放在床头的桌子上。

不一会儿，护士把素娜推回来了，说等一会儿结果出来医生会过来看素娜的。护士走后，素娜给了秦蕊一个拥抱，然后看了一眼桑林苏，转头去卫生间洗漱了。桑林苏一点儿都没有生气，隔着门问素娜饿不饿，素娜竟然回答说吃过早餐了。桑林苏开心得像个孩子，让秦蕊赶快回去照看生意，她有事再联系她。

素娜一直在卫生间不出来，不想单独跟桑林苏待在一起。她不知道为什么很难控制自己的怒气，总想对桑林苏发火。她昨天打了一针，第一次睡了个好觉，感觉精神好很多，但是护士早上说不能总打针，还是需要自我调节。

桑林苏在外面也没有闲着，她在手机上搜索抑郁症的相关信息，发现竟然有那么多人饱受抑郁折磨，每年有那么多人因为抑郁症自杀，其中有很多青少年。

"全球约有2.8亿人患有抑郁症，每年有70多万人自杀。自杀是15—29岁人群的第四大死因。"

桑林苏不知道网上的数据是否完全准确，但她真的时不时听到学校老师和周围的朋友谈起因为抑郁自杀的事件。她一直不认为素娜会得抑郁症，因为素娜除了跟她吵架和冷战，一直表现很正常，特别是对秦蕊和其他人，她没什么特别的变化。桑林苏再继续搜抑郁症的症状，终于意识到自己的无知和粗心。素娜早在一年多前就出现了症状，白天没有精神，成绩下滑严重，越来越爱发火。桑林苏因为这个没少骂素娜，认为她迷上了视频，还骂她不争气，不懂珍惜妈妈的牺牲和付出。

"素娜在吗？"护士跟着医生来到了病房，后面还跟着几个学生模样的"白大褂"。医生对着桑林苏客套了几句，等素娜从卫生间出来，让素娜坐下来，听了听她的心脏，拿出刚才心脏检查的报告，说素娜心脏没有问题。再输一天液，明天做个血项检查，没问题就可以回家了。

"不过，要继续看心理医生，继续吃药，不要再来这里啦！"桑林苏愣了半天才反应过来医生说的是普通话！她连连称赞医生的普通话说得真好，跟医生说着谢谢，把一群人送了出去。桑林苏回味着刚才医生的普通话，觉得很可爱。中国人像其他族裔一样那么包容，不管西方人说多么简单的中文，大家都拼命夸赞，打心眼里高兴，觉得他们说得可爱。而却对自己要求苛刻，总不敢在他们面前说英文，总是感到很害羞，怕自己说得不够好。

素娜又躺到了床上，刚洗的头发还在滴水。桑林苏急忙把浴巾拿过来给她，抱歉说她忘了拿浴帽和吹风机。

"这里又不是酒店，不需要！"素娜冷冷地说，然后自顾自地读她的小说了。桑林苏坐下来，问素娜想吃什么，她出去买，昨天和早上没来得及去。素娜连眼睛都没抬，继续看她的小说。桑林苏又问了一句，素娜很不耐烦地把书往地上一摔，愤怒地看着桑林苏，脸变得通红。吓得桑林苏连忙摆手,说自己等会儿看着买。

桑林苏把书从地上捡起来,给素娜放到床上,说去给素娜买点儿水果零食。素娜看着桑林苏离开,又忍不住哭了。她也不想发脾气,可就是忍不住!她很烦躁,觉得活着麻烦,可是她也不想再经历死亡,那个滋味和恐惧更让人难受!她心里一直在恨桑林苏为什么把她带到这个世界上受苦?为什么给她设定那么高的目标,却又天天打压她,让她相信自己没出息?

护士早上把素娜喊醒,给她量了体温、血压,告诉她吃完早餐带她去做心脏B超。素娜点点头,看了一下医院的早餐:牛奶、酸奶和一点儿面片粥。护士解释说她洗了胃,只能先吃点儿流食。素娜不喜欢牛奶,拿起酸奶慢慢喝起来,冰冷的酸奶进到空空的胃中,顿时让胃扭曲起来,疼得素娜急忙放下酸奶。素娜虽然习惯了西餐的冷食,但她还是更喜欢中餐的热汤,特别是秦蕊阿姨做的鸡汤和面片汤。胃顿时捕捉到了信号,咕噜咕噜吵闹起来,跟素娜要热汤喝。

"唉!"素娜叹了口气,她把书放到一边躺了下去。没想到早上妈妈和秦蕊阿姨没有带吃的来,也不知她们昨天干什么去了,来得那么晚,还什么吃的都没带。素娜惊讶地发现自己好饿,很久没有饿的感觉了,很久没有渴望想吃一样东西。她每天都觉得胃里满满的,都是为了应付妈妈强迫自己吃的。

"素娜,你的鸡汤来了!"秦蕊如天使一样出现在门口,手里提着一个袋子。她一边从袋子里把装鸡汤的小桶拿出来一边说她跟妈妈昨天喝多了，没有去买菜，而早上路太堵没来得及送。

"喝多了？"

素娜觉得很新奇，她第一次听说妈妈喝多了。她只是看到妈妈在逢年过节、朋友聚会的时候喝一点儿葡萄酒，不知道妈妈还会喝多。她很想知道发生什么事情了，让她们两个喝多。秦蕊给素娜盛了一碗鸡汤，看着她喝下去，又要盛第二碗，素娜摆摆手说自己不要了。

喝完鸡汤，素娜的胃停止了吵闹，高兴地去工作了。素娜觉得浑身暖暖的，手脚也有了劲儿。秦蕊给自己也盛了一碗，呼噜几下喝完，擦着嘴说她在早上就打电话请邻居帮忙煲鸡汤了，刚才一忙完店里的事就急忙去取了送了过来。一提起店里，秦蕊突然"啊"了一声，拍着脑袋说自己忘记给素娜带束花了。

"鸡汤已经很好了，阿姨。你来的时候，我正在心里念叨你的鸡汤呢。"

"可是上次让你喝鸡汤，你还流眼泪。我以为你不喜欢呢。"

"不是，那是另外一回事，我……我只是……"

"我跟你开玩笑呢，我知道你那时的感受，宝贝。"

素娜望着秦蕊，心里涌进一股暖流。她充满感激地望着秦蕊，有点儿害羞地问秦蕊自己可以喊她秦蕊妈妈吗。

"当然可以啦！"秦蕊一拍巴掌站了起来，她激动地搂住了素娜，使劲亲了她的额头几口。她虽然早把素娜当作自己的女儿，但从来没想过素娜会提出来喊她妈妈。秦蕊喜欢素娜聪明伶俐又懂事，她是看着素娜长大的，自己也没有孩子，能有这么好的女儿真是福气。

"宝贝，对不起，秦蕊妈妈没有照顾好你，害你受那么多苦！"

秦蕊说着流下了眼泪，她太心疼素娜了，但是她又不知道问题出在哪里，也没有细想过为什么素娜会抑郁。昨天晚上，听了桑林苏的忏悔，才明白素娜患病的原因。不过，她理解桑林苏，一个给了孩子一切的妈妈又怎么能看着孩子受苦呢？再说，都是初次为人父母，哪有那么完美呢？

"哦，对了，你妈妈呢？"

"出去买东西了。"

桑林苏已经买完东西在回来的路上。她买了好多素娜爱吃的零食和水果，走了好几个超市才买到新鲜的青葡萄。她知道素娜这个时候比较暴躁易怒。"冰冻三尺，非一日之寒。"她一遍遍提醒自己要有耐心，要理解素娜。

第 34 章

面对自己不容易，一旦你面对了自己，也就没有什么不容易的。

桑林苏感叹道，她终于面对了自己，看到了自己的错误，感觉整个人都轻松了。她买完水果零食，走在街上，步履轻盈，对着每一位路过的人微笑，说"你好"。她还夸一位戴着丝巾的老太太丝巾真好看，老太太高兴地摸了摸丝巾，说这是自己最喜欢的丝巾，也是她的先生送给她的生日礼物。她谢谢桑林苏的夸奖，给了她愉快的一天。

桑林苏以前走在街上的时候，也时常有路过的人夸她衣服好看、人好看。桑林苏总是随意回答谢谢，没有什么特别的感觉。现在她感觉不同了，她感到一句夸赞能让别人开心半天该是多么好的事！被别人夸赞，能不去考虑是否出于真心，尽情享受被人欣赏的喜悦，该有多美妙。

桑林苏终于理解为何西方教育总是以鼓励夸赞为主了。

她还一直觉得他们虚伪，不像中国人那么诚实，有责任心。每次家长会上她都深感迷茫，甚至直接问老师难道素娜没有什么做得不好的地方吗？老师也一脸诧异，说素娜各个方面都挺好的。她记得自己小时候老师总是夸奖学习好、表现好的学生，总是批评学习差又爱捣蛋的学生，家长还要感谢老师的责任心，还要拜托老师多批评管教自己的孩子。可是，差的学生难道不值得被表扬吗？他们没有值得表扬的地方吗？用鼓励、表扬的方式帮助他们不是更好吗？

桑林苏第一次感觉原来能享受阳光是这么幸福的事，第一次感觉自己的身体像扭着的藤蔓被一下子打开了，轻松、舒适。她笑自己真傻，那么死命地较劲是为了什么，生活是自己的，不是活给别人看的。住什么房，开什么车，孩子是否优秀，关别人什么事。为何总在意别人如何评价？为何老把自己的意愿强加给孩子？都说父母的爱是无私的，无条件的，可是又有多少父母像自己一样给孩子的爱掺了很多负面情绪。

孩子一直活在负面情绪里，还要被套上不懂珍惜的枷锁。

桑林苏很快回到了医院，在医院大门的玻璃幕墙前停了下来，对着幕墙里的自己看了一会儿。她要先去除自己身体里的负面情绪，要调整自己说话的语气，要给素娜一个全新的妈妈，一个素娜小时候就梦想的妈妈。

"嘿，我回来啦！"

桑林苏满面春风地走进病房，把几个装满水果和零食的袋子放到行李旁边的地上，拿出青葡萄准备去卫生间洗洗，却发现卫生间的门关着而素娜坐在床上。桑林苏疑惑地看着素娜，突然看到了放在床头桌子上的小桶。

"哦，是秦蕊阿姨来啦！"

"不是，是秦蕊妈妈！"秦蕊从卫生间出来，喜滋滋地跟桑林苏宣布她从今以后是素娜的秦蕊妈妈，不是阿姨！

"啊？那我这个亲妈要下岗啦？不过秦蕊妈妈确实比我这个亲妈还更像妈妈！"

"哪有？是素娜瞧得上我，给我这个机会！对不对，素娜？"

素娜看了看她们，接着低头看她的小说。她一直在读英国女作家弗吉尼亚·伍尔夫（Virginia Woolf）的小说《达洛维夫人》（*Mrs Dalloway*），她本来为了英文作业才选的这本小说，打算写一篇有关独立女性的论文。威尔逊老师也非常喜欢她的选题和观点，很期待她的论文，她自己也非常自信能拿到高分。

她喜欢伍尔夫的意识流写法，跟自己的天马行空的思维很相似，更理解和同情伍尔夫的遭遇和痛苦。当她第一次看到故事中对死亡的描述："死亡就是挑战和蔑视，死亡就是一种交流的尝试。"她感到震撼，第一次感受到死亡的不同含义。难怪学校的心理咨询老师墨悠特别提醒她不适合读伍尔夫的书，说那些故事容易被抑郁症患者误解。

素娜好长一段时间没有去见墨悠老师了。她接连收到墨悠老师好多次邮件，问她的心情如何，问她的学习如何，问她何时去见他，素娜都没有回复。她不知道如何回复，她已经不再想跟任何人倾诉了。妈妈每天的提醒和催促像催命符，让素娜走向崩溃。

妈妈现在在表演什么把戏？是真的放下所有对我的期许，让我选择自己的生活了？还只是为了应对自己的极端行为而采取的一个缓兵之计？

"宝贝，等一下我跟秦蕊妈妈就走了，你多休息，我们明天早上再过来。"桑林苏走到窗前，想摸一摸素娜的头发，被素娜用手挡开了。她说不用一大早来，她会把检查结果发给她们，也正好可以安静地看会儿书。

桑林苏点头同意，她正好也需要时间去做好多计划好的事情。她把买给素娜的水果洗好，放到素娜旁边的桌子上，又把充电器拿出来放到素娜床头，才跟着秦蕊离开病房。秦蕊去忙店里的事，桑林苏转身往画廊走去。

"你好呀，桑林苏小姐！"画廊老板一看到桑林苏进来，就急忙跑过来打招呼。桑林苏不好意思地说自己上次有点儿唐突了，突然跑走了。画廊老板笑着说能够理解。桑林苏想起来自己还没有问老板姓什么，老板说自己姓"林"，自己的姓发音很像中文的"林"。

桑林苏看看画廊并无其他人，就跟林先生大概讲述了素娜的事情。她的英文简单日常对话还凑合，要是讲述一个复杂的完整故事还是有点儿吃力。不过，林先生听懂了她的意思，对她的行为表示理解，也非常佩服她的决心和决定。他说不是每个父母都能幡然醒悟并着力挽救的。

"没问题，桑小姐，我来联系本让你跟着他画画。"

"感谢，感谢！等安顿好女儿，我就联系您！"

紧接着，桑林苏去了自行车店、学校、乐器店和印刷厂，一直到晚上9点才饥肠辘辘地回到家。她急忙从包里拿出一个笔记本，找了半天，终于找到了素娜以前学校那个好朋友瓦莉娅的邮箱，发了一封邮件给她。素娜在以前的那个学校唯一的好朋友就是瓦莉娅。很快，瓦莉娅回复了邮件，表示她也很想念素娜，非常愿意找素娜玩。

最后，桑林苏准备给素娜发一条短信，思索片刻，把要发的内容写在纸上，从头到尾看了几遍，改了几次，终于满意地输在了手机上，发了出去：素娜宝贝，妈妈已经帮你申请了延迟一年再申请大学，如果一年后你还是不想申请也没有关系。你做什么，妈妈都支持！妈妈不求你原谅，求你不要离开妈妈，再给妈妈一次做个好妈妈的机会！爱你！

桑林苏静静地坐着，聆听自己的呼吸和心跳，静静地等待着明天的来临。她知道接下来的路会比较艰难，她要做好充分的准备。

一轮圆月从云层里探出脑袋，静静地把光洒向了桑林苏，洒向她熟睡的脸。

第二天中午，桑林苏收到了素娜的短信，让她下午两点去接自己回家。没一会儿，秦蕊打来电话，说可以去接素娜，让桑林苏在家准备晚饭就好。桑林苏答应着，急忙打开做饭软件，快速搜索做什么菜，搜了半天好像没有一个是容易做的。她只好发短信给秦蕊说她订了一家海鲜餐厅，那里的鱼汤不错，干脆大家去那里吃。

"唉，我就知道会这样！"

"我害怕自己做得不够好吃,素娜不喜欢!或者我去那家餐厅打包吧!"

"也行,我担心素娜不喜欢去外面。"

差不多下午3点多,秦蕊把素娜接了回来。素娜手里还捧着一大把蓝玫瑰,小脸没有以前那么紧绷了。桑林苏急忙过去帮忙拿车上的行李,几袋零食和水果都没有动。她笑自己又笨了一次,买了那么多,素娜刚洗完胃怎么能吃得下。

"秦蕊,不要再给素娜带蓝色玫瑰了,好贵的!"

"又多管了是不是?我是秦蕊妈妈,不给女儿,给谁?"

她们刚刚收拾完行李放好,门铃就响了,紧接着传来一个声音,让素娜立刻从房间里蹦了出来。

"瓦莉娅!"

"素娜!"

她们欢快地抱在了一起,久久不肯松开。终于,她们想起来旁边还站着两位长辈,瓦莉娅赶紧跟桑林苏和秦蕊打招呼。桑林苏介绍说瓦莉娅是素娜从一年级到五年级的好朋友,是以前的那个学校的。秦蕊点点头,好像记起了什么,嘴巴张开又闭上了,连着发出"哦、哦"的声音便转身忙着去拿水果招待瓦莉娅。

桑林苏看着秦蕊的表情知道她想起了以前孔切尔托的事情,可是后来素娜一点儿都没提过孔切尔托。有段时间,素娜经常往图书馆跑,桑林苏还一度怀疑她是不是又去见那个男孩了,但突然她又不去图书馆了。好像素娜不去图书馆以后,情绪就变得更糟,考试成绩下降得更多了。

秦蕊一如既往地在厨房忙碌起来,她把桑林苏打包的汤倒进汤锅里保温，又拌了一个沙拉，烤了半条三文鱼和几片速冻比萨。桑林苏望着忙碌的秦蕊，感觉自己更像她幼小的女儿，只能傻傻地站着，什么都做不了。

桑林苏正要去准备碗筷，突然听到素娜房间里传来了素娜很大的哭声，很快又压了下去，然后是一阵窃窃私语。桑林苏皱着眉，想去凑近一点儿听听，被秦蕊拦住了，悄声说她们女孩的私密话别去听，被发现了不好。

晚饭吃得看着没什么不正常，但桑林苏总觉得不太对。她感觉瓦莉娅跟素娜都在刻意掩盖什么，瓦莉娅每次都躲避着桑林苏的眼神。素娜也有些不太正常但又说不出哪里不对。

等秦蕊和瓦莉娅离开，桑林苏还在收拾厨房，素娜就跑过来跟桑林苏拿药。桑林苏说睡觉前吃就行，素娜却说她马上需要，还说把整瓶都给她，免得每天要。桑林苏连忙摇头，说一会儿就拿给她晚上吃的。

"怎么，怕我再去死？你不是总让我去死吗？死了不是正随了你的意吗？"

素娜说得咬牙切齿，语气冷若冰霜，与刚才判若两人。桑林苏擦擦手，拿出药片，倒了一杯水递给素娜。

"宝贝，妈妈错了！你比妈妈的命还重要，妈妈怎么会让你去死呢？我以前说话太情绪化了，我改正！"

素娜听完一点儿反应都没有，端着水，拿着药走了。桑林苏深吸了一口气，提醒自己要控制好自己，一定要自己先改变才能帮助素娜改变。她看看时间还早，就给瓦莉娅发了条信息，问她有没有走远，可不可以在她家附近的咖啡馆见面。很快，瓦莉娅回复了一个OK的手势。

桑林苏跟素娜说她去附近的小店买些调料，然后敲响了邻居的门，恳请她去家里待一会儿，等她回来。邻居自然明白她的意思，忙点头说没问题。邻居是一位退休了的老师，她的老伴去年去世了，也很少看到有人到她家来，桑林苏其实没有跟这个邻居来往过。住在西方人社区，大家如果没有特别的原因几乎不来往。不过，邻居还是知道她们家的事，特别是最近几次有警车和救护车来她们家。

等赶到咖啡店，瓦莉娅已经在那里了。桑林苏急忙问瓦莉娅喝点儿什么。瓦莉娅没等桑林苏开口就讲起了素娜跟孔切尔托的事情，她一口气把整个故事说完，大大地松了口气。

桑林苏强忍着悲痛把故事听完，急忙告别瓦莉娅，快速跑进车里。她强忍的泪水顺着脸颊奔涌而出。她心疼得无法呼吸。她可怜的素娜该是多么伤心无助，该哭过多少个不眠之夜啊！她好后悔自己愚蠢地去找孔切尔托害素娜丢脸转学，她好心疼孔切尔托遭遇枪击，好心疼，好心疼！

可是时光无法倒流。如果可以，桑林苏宁愿拿自己的命去换。桑林苏更加理解了素娜为何会患上抑郁症。

唉，无知的我啊！

桑林苏捶打着自己，这时秦蕊的电话打断了她的思绪，问她是不是在外面，说刚才素娜给自己打电话问怎么家里有个老奶奶。桑林苏这才意识到自己出来的时间太长了，急忙开车回家。

幸好，邻居没有责怪桑林苏回来得太晚，因为发发正在跟她玩耍，可爱的样子把她逗得直乐。素娜房间的灯还亮着,桑林苏敲敲门,见没有反应就隔着门让素娜早点儿休息。桑林苏对着邻居说了很多声抱歉,又给她拿了一盒茶叶表示感谢。

过了两天,桑林苏订的自行车到了。素娜看到她向往已久的自行车,虽然眼神只是短暂亮了一下,但桑林苏看到了她的变化。她跟素娜说每天吃过早饭,只要天气好,她们就一起去附近的公园骑一圈。桑林苏搜了抑郁症康复的信息,说要先从运动和陪伴开始。

素娜虽然不是每次都配合,但也去骑了几次,毕竟那是她最喜欢的自行车。虽然她还是乱发脾气,但也有不发脾气的时候,偶尔还会和发发玩一会儿,偶尔还会和邻居老奶奶打个招呼,偶尔也会跟瓦莉娅出去玩。桑林苏还带她去逛街买衣服,带她去美容按摩,带她去画廊看画。在桑林苏的鼓励下,素娜又回到了舞蹈班,每周上两次课。学校还给素娜推荐了另一个心理咨询师,让她每周去见一次。

天气晴朗的时候,桑林苏陪着素娜在后院看星星,指给她看织女星和牛郎星。在桑林苏小时候,奶奶指给她看,她躺在奶奶怀里,想象着织女的模样,为织女的遭遇感到难过。桑林苏还找人在网上买了两套汉服,跟素娜一起穿着去散步。

只是,素娜还是非常依赖药片。没有药,她就显得很暴躁。桑林苏耐心忍受着素娜带给她的一切,仔细记录着素娜微小的变化,寻找任何能让素娜开心的点滴事物,尽其所能地去捕捉各种让素娜快乐的瞬间,哪怕只是一瞬间。

日子在忙碌中飞逝,虽然很艰难,但总是往正确的方向前行。

第 35 章

"生活就是生活,不管它给你什么,接受一切并继续前行。"

素娜看到妈妈又贴了很多励志标语,家里的冰箱、门都被贴满了。开始,素娜以为妈妈贴给她看的,但是她看到妈妈每天都站在贴纸前念念有词,才发现妈妈是给自己看的。妈妈不再像以前那样唠唠叨叨,看到她就骂,而是默默做事,默默坐在她身边。有时候,素娜晚上睡不着,跑出来透透气,没一会儿妈妈就从房间出来,陪她一起坐在院子里。

素娜觉得妈妈虽然发生了很大的改变,但她还是觉得烦,根本不想妈妈总来打搅她,也不想总看到妈妈在自己眼皮子底下晃。更烦人的是,妈妈一会儿请教她画画的技巧,拿自己画的素描请素娜提意见;一会儿问她奶酪蛋糕怎么烤,说自己看了说明书还是掌握不好;一会儿又让素娜解释在电视上看到的新闻,说自己没太听懂;还请素娜帮忙自己规划旅行路线，看看夏天去哪里旅行。

　　素娜烦透了，尽量躲在房间不出门，在门上贴个提示"请勿打扰"。虽然她留级了，可还是很清楚她还是要继续上学的。她也不甘心就这样放弃了，但是她还是担心自己无法集中精力学习，拿不到好成绩申请好大学，越担心睡眠质量越差，那种彻夜难眠的痛苦一直缠着她。

　　素娜害怕夜晚来临，害怕被黑洞吞噬。她在睡前尝试着各种办法：运动、拉小提琴、画画、深呼吸，数手串上的珠子，甚至还学会了倒立。慢慢地，素娜发现她睡着的时候多了，再也没有看到过黑洞。

　　但是，素娜还是很讨厌自己待的地方，她想搬家，离开多伦多，去一个新的地方重新开始。她跟妈妈表达了自己的意愿，妈妈虽面露难色，但还是答应了。于是她们决定七月份去温哥华看看。

　　很快，她们按照计划启程了，在温哥华待了一周，看了很多漂亮的社区。素娜挑中了一个社区，让妈妈赶快卖掉多伦多的房子，把温哥华的房子定下来。桑林苏说如果素娜真的决定了，她们可以先租房子，再慢慢卖房子，买房子。于是，她们就赶快回到多伦多准备搬家。

　　就在素娜踏进家门时，看到后院的草丛里有一个晃动的小脑袋——一只全身棕色和白色相间的花狗。没一会儿，发发出来对着后院喵喵大叫起来，然后把背拱成了弓形。

　　素娜急忙跑到后院，在不远处的草丛里，一双棕色的大眼睛正盯着她，一动不动。它的旁边还有四个可爱的小脑袋。

"嘟嘟！嘟嘟！"素娜惊喜地大叫起来，桑林苏急忙跑过来看，果然是以前生活在自家后院的那只流浪狗，身边还跟了四个宝宝。自从桑林苏迫使素娜放弃她们养的狗狗小洛基，素娜从来没有想过自己还能拥有另外一只狗。所以她把给小洛基的爱全部给了嘟嘟，并认为嘟嘟是为代替小洛基来的。

嘟嘟看到桑林苏急忙躲进了草丛，素娜明白了嘟嘟为何突然失踪，肯定是妈妈找人把它赶走了。妈妈一直说养狗太贵，又花时间，并且说自己对狗狗过敏。桑林苏看到素娜愤怒的眼睛，急忙站得离狗远一点儿，并说嘟嘟一家可以留下来。

素娜赶紧到厨房，打开冰箱和柜子，但只找到了几块饼干和一点儿冻牛肉给嘟嘟。她催妈妈赶快去多买一些食物给嘟嘟。妈妈出门去买了，素娜就蹲在后院看嘟嘟一家津津有味地吃东西。

她想起来第一次遇到嘟嘟的情景。在一个晴朗的下午，素娜放学回到家，看到后院草丛里有一个小动物在跑。她跑近一看，发现是一只中等大小、棕白相间又瘦骨嶙峋的花狗。双方都紧张地盯着对方，嘟嘟明显很饿，想吃东西又不敢靠近，素娜想给它食物但又很害怕，因为她看过一些流浪狗伤人的新闻。最后，素娜只能把食物放在一个小垃圾桶里，再把垃圾桶放在后院的草丛里，每天把食物放进去。

很快，她们都不再害怕对方了，素娜在送食物的时候还可以拍拍流浪狗狗的头。素娜发现流浪狗是个女生，给它起名叫嘟嘟。正当素娜打算问妈妈能不能把嘟嘟留下来时，嘟嘟却突然消失了。

嘟嘟突然离开后，素娜伤心了好久，她不明白好好的嘟嘟为何要离开。

素娜真是不敢相信嘟嘟离开了5年竟然还记得回来，还能找到她家。不知道嘟嘟在外面经历了什么，吃了什么苦，素娜看着嘟嘟瘦弱的样子，心疼得直掉眼泪。她真后悔当初没怀疑是妈妈赶走了嘟嘟，没有逼着妈妈把嘟嘟找回来。幸亏加拿大有动物保护法律，不允许人们随意猎杀动物。不然，嘟嘟有可能永远都回不来了。

嘟嘟吃了两口，停下来不吃了。素娜发现原来是草地上的食物太少了，嘟嘟想让它的孩子们先吃，还一个劲儿地用嘴把一块饼干推到最小个儿的那个狗宝宝面前，而小个子狗宝宝却把食物推回到嘟嘟面前，对着嘟嘟唧唧地叫，很明显让嘟嘟吃。嘟嘟没有吃，而是跑到素娜跟前，俯下身体，对着素娜作了个揖。素娜还没有明白过来，嘟嘟就倒在地上不动了。

"不，不！嘟嘟你不要死，不要吓我！"

素娜惊慌地大哭起来，四处转了一圈也想不出来应该怎么做。

"为什么嘟嘟要给我作揖？它是拜托我照顾它的孩子吗？"

素娜感觉有根针猛地戳了一下她的心脏，让她忍不住浑身颤抖。她抱起嘟嘟大哭起来，刚刚到来的相聚就变成了永别！可怜的嘟嘟！素娜哭得太伤心，连妈妈回来都没有发觉。

"发生什么事了?"桑林苏把手里的东西放到地上,跑了过来。她迅速找来一个纸箱,把嘟嘟放进去带到车上,一边让素娜上车,一边在手机上搜最近的宠物诊所。

没过多久,她们来到一家诊所,那里的人开始忙着给嘟嘟做验血、X光等各种检查。等了一个小时,兽医的助手拿了几页纸过来,对她们摇摇头说他们帮不了嘟嘟。

素娜一路哭回家,她们的邻居站在门口冲她们挥手,问她们是否需要帮助。桑林苏停下车,把嘟嘟的事告诉了邻居。邻居让她们等一会儿,从家里拿了一个白色的袋子、一把花,还有一件狗狗的衣服。

邻居说她买多了狗狗的衣服。她在她的贵宾犬多年前去世之后就再也没有养过狗狗了。她说在埋嘟嘟之前可以帮她们给狗狗做个告别仪式。

素娜点点头,走进屋内,把四个狗宝宝抱到一个箱子里。让素娜惊讶的是,发发站在盒子旁边,像个大姐姐一样看着狗宝宝。素娜抱起发发,亲了一下发发,泪流满面。发发用它的小爪子碰了碰素娜的脸,把素娜脸上的眼泪舔干净。素娜放下发发,端起装着四只狗宝宝的盒子向后院走去。发发跟着素娜走出来,但是它停了下来,躲在一棵树后,充满疑惑和胆怯地望着大家。

跟邻居一起,她们给嘟嘟穿上衣服,把袋子铺在地上,撒满鲜花,再把嘟嘟放在袋子上,往嘟嘟身上撒满花瓣。桑林苏开始为嘟嘟挖坑,素娜就把四个狗宝宝放到嘟嘟身边,让它们最后一次跟妈妈待一会儿。它们在嘟嘟身上四处闻着,见妈妈没有反应就开始哼哼唧唧地叫起来。

素娜哭得更厉害了,她努力把狗宝宝放回箱子,可是狗宝宝很快又爬回了嘟嘟身边,四处嗅着,哼叫着。当桑林苏过来帮忙把狗宝宝放进箱子里时,素娜突然发现嘟嘟睁开了眼睛。

"嘟嘟还活着!嘟嘟还活着!"

素娜大喊着,急忙把嘟嘟从土坑里抱出来。邻居和桑林苏也过去仔细看,真的看到嘟嘟睁开了眼睛。

"赶快再送回宠物诊所!"她们三个异口同声地说。桑林苏急忙跑向汽车,素娜挎着装有嘟嘟的袋子,迅速坐进了车里。

宠物医生无法相信嘟嘟的事,他检查了一遍,确定嘟嘟真的活着。不过,他建议她们去一家宠物医院。

在宠物医院,嘟嘟被诊断得了一种叫"慢性支气管炎"的肺病。桑林苏决定让嘟嘟住院治疗,不管花多少钱都没关系。

"嘟嘟需要住院多少时间?"

"我们也不太确定,需要等等看它多快能消除炎症。"

自从嘟嘟住了院,素娜就承担起了照顾四个狗宝宝的任务。她每天要给狗狗们喂食,带它们散步,捡它们拉的屎。每隔几天要给它们洗澡,剪指甲,还要训练它们。素娜查了好多资料都分辨不出它们的品种,感觉它们像牧羊犬,又像金毛犬,又有点儿像拉布拉多。它们的性格也各不相同,有两个比较安静,两个特别闹腾,每天爬上爬下,把家里翻得乱七八糟,把发发吓得到处藏。素娜只能把它们关在笼子里,但它们都汪汪叫唤，吵得邻居奶奶都来看是怎么回事。素娜发现她这个狗妈妈当得真不容易，每天累得腰酸腿疼的。

一天下午，妈妈刚刚出门去买狗粮，天空突然下起了大雨。素娜急忙跳起来去查看小狗，发现一只灰色的、素娜称它为"乱动鬼"的小狗不见了，急得她到处找。家里每个地方都找遍了，还是没找到。素娜想也没想就冲了出去，去前院后院的草丛里找。她担心极了，怕小狗被大雨冲丢，或者被小狐狸叼走。素娜浑身湿透，雨水和着泪水淌在脸上，脚下一滑就摔倒了。就在她起身的时候，发现丁香树后面趴着瑟瑟发抖的小狗。素娜又气又急，一边抱起小狗，一边骂它淘气。

"哎呀，把你丢了该怎么办呢？"素娜给小灰狗擦干身体，小灰狗乖乖地趴在素娜膝盖上，小脸低垂着，仿佛知道自己做错了。素娜想笑却突然哭了！她一下子感受到了作为妈妈的辛苦和提心吊胆！狗宝宝都知道做错事要乖一些，可是她却一直跟妈妈对抗，一直折磨妈妈。

素娜注意到妈妈仅仅两个多月就长出来许多白头发，眼角也出现了不少皱纹。她每天忙个不停，脸上总是挂着笑，不喜欢做饭的她经常在厨房学习做各种素娜爱吃的食物。素娜从小就崇拜妈妈，觉得她无所不能。现在看来，妈妈真的是无所不能，素娜很难相信一个坏脾气的人怎么可能一下子变得那么柔和、有耐心，感觉妈妈受到了智慧女神雅典娜的点拨。

多伦多对她们来说完全是个陌生的城市，一个朋友都没有。妈妈竟然可以带着自己和几个大包小包，在这里安下一个家。素娜那个时候5岁，不记得太多的事情，但她的脑海里总是浮现出妈妈在下雪天背着她去医院的场景。素娜不记得很多细节，只记得妈妈走了很久才把她背到医院。那天路上很堵，公交车和出租车都开不快，妈妈就背着她一步一步走到了医院。到了医院，妈妈喘着粗气，用结结巴巴的英文到处找护士来看素娜。当护士把素娜推到病房，妈妈才脱下外套，拧了一下汗湿的衣服，把护士都看傻了，护士说从来没看到有人在冬天热成这样。

素娜那个时候胆怯、害羞又敏感，不敢跟别人玩，又总说别的孩子笑话自己。妈妈便经常跑到学校跟老师沟通，鼓励自己要自信，邀请小朋友到家里玩。自己还总是批评妈妈英文讲得不好，不准她在外面讲英文。但妈妈就是用她蹩脚的英文跟老师沟通，请老师给她鼓励，帮她交到好朋友。

素娜想起了妈妈对自己从来都是有求必应。有时为了买一个特别款的橡皮，妈妈可以跑遍多伦多大大小小的文具店；她参加舞蹈比赛需要佩戴一个发卡，妈妈就满城去找；为了能让自己早餐吃得丰盛，妈妈每天5点就起床，学着做各种花样的早餐。

妈妈总是在那里，随时等待素娜召唤。有时候遇到早上交通高峰期，妈妈好不容易把自己送到学校，到家还没有喘口气，就接到了自己的电话，说需要马上送一下忘记带的游泳衣，妈妈就会立刻返回学校。

每逢假期，妈妈总是带着素娜到处去旅游，其实妈妈一点儿不喜欢到处跑，并且每次旅游妈妈都会生病。有一次刚到美国迪士尼，妈妈就病倒了，但是她发着高烧，随便吃了点儿药，坚持陪素娜在迪士尼玩了几天。妈妈说自己是受苦的命，一遇到休假就生病。

素娜跟着妈妈去了世界各地著名的城市，还跟着妈妈去农场采摘，去小镇看枫叶、鲑鱼洄游。妈妈还特别喜欢种花，带着素娜逛花卉市场，还跟各种花交流。妈妈说所有的东西都是有生命的，哪怕桌子、椅子，它们也会变得破旧，也会老去，也有感情。而所有的生命都应得到尊重，哪怕是一株小草、一只蚂蚁。也许正是因为妈妈的影响，素娜不光心地善良，她的想象力也比别的孩子强。

一幕幕往事，历历在目。

一个个场景，纷沓而至。

那些往事和场景充满着妈妈的爱和素娜儿时的笑声，如同一把把钥匙打开了套在素娜心头的一道道枷锁。素娜把那些枷锁砸碎，放进火里焚烧，把它们烧成灰烬。熊熊的火焰让她想到了西方的普罗米修斯和东方的燧人氏，他们能为人类带来火种真是伟大之举。现在的素娜不再只看到黑暗，不再只感受到孤独，她能看到光，体会到暖意。她的整个身体变得好轻松，如飘浮在风中的羽毛，飞舞在花丛中的蝴蝶。

"汪汪！汪汪！"

一个小狗宝宝在叫，原来是被小灰狗欺负了。素娜把小灰狗拉到一边，轻轻敲敲它的小脑袋，跟它说要乖一些。终于，她把四个小狗宝宝都安顿好了，看着它们抱在一起闭着眼香甜地睡觉，素娜想起了嘟嘟。嘟嘟那么瘦，肯定一路上为了照顾它的孩子拼尽了全力，又拼尽了全力找到了自己的家。素娜不知道嘟嘟在家里等了她多长时间，它是有多么大的毅力才坚持到最后一刻病倒，还以为自己要死了，把孩子托付给了自己。

外面的雨越下越大，素娜不禁开始担心起妈妈，她非常想念妈妈。

第 36 章

雨下得可真大啊!

桑林苏在大雨中几乎看不清前面的路,即使把雨刮开到最大,也来不及刮开雨水。天越来越黑,雷声由远至近,雨越下越大,用滂沱、倾盆已经不足以形容了。也不知是谁把云变成了海洋,又撕开底部,让海水直接倒灌下来。

难道是东海龙王的哪个叛逆儿子在跟龙王捣乱,要违反天条水淹人间?还是月宫清冷的生活让嫦娥太忧伤,把云变成了海洋?那些神仙每日接收人类的倾诉,也会产生负面情绪吗?他们把接收的那些忧伤情绪放在了哪里?应该不会扔向天空,随着雨又飘回了人间吧?

看来神仙可以安放自己的负面情绪,所以才能做神仙。而我们这些凡夫俗子往往不肯承认自己有负面情绪,或者把负面情绪转嫁给了身边的人。

车子变成了蜗牛,匍匐在路上,失去了往日叱咤风云的模样，被大雨敲得砰砰响，气得扑哧扑哧，直喘粗气。桑林苏看看时间已经快6点了，已经到了晚饭时间。她很担心下这么大雨，素娜在家会不会害怕，肚子有没有饿，会不会去煮晚饭。但是她拿出手机又放了回去。这个时候倒不怕警察给罚单，是如此近距离的闪电有点儿吓人。

好在大雨只下了20分钟，大雨停了，停得很突然，像那个裂开的口子被谁一下子堵上了一样。风也迅速往上跑，忙着吹散完工的云。没一会儿，天空变得如同一幅大师的水墨画，大片厚重而又有层次感的乌云缓缓飘动。过了几秒，水墨又变成了油彩：粉的、橘的，蓝的，紫的，整个天空绚丽得如美妙的童话世界。

"彩虹！"

有人打开车窗大喊了一声。桑林苏抬头看到天空中真的出现了一道大大的彩虹。她从来没有见过如此美丽而清晰的彩虹，真是雨过天晴现彩虹！紧接着就响起了高低起伏的汽车喇叭，桑林苏也忍不住呼应了一下。大家应该庆祝，为刚刚过去的暴风雨，为即将回到温暖的家。桑林苏使劲踩了一下油门，车子欢快地跑了起来。

桑林苏的心也跟着雀跃起来，她的辛苦付出终于有了收获！

前几天，素娜为她做了晚饭。那天她一回到家，老远就闻到了饭菜的香味。她急忙洗手，换衣服，打开餐桌上被罩起来的美食，看到了素娜的手笔：香煎三文鱼加芦笋，罗宋汤，一个小巧而可爱的抹茶蛋糕。桌子上还贴了一个画着大嘴巴和睡觉的狗狗的便利贴，意思是要桑林苏好好吃饭，自己睡觉了。

"喂，秦蕊，素娜今天做饭给我了！"

桑林苏激动得声音都发抖了，她根本来不及擦眼泪，急忙拍了几张照片发给了秦蕊，喊秦蕊过来一起喝一杯。

"亲爱的，太开心啦！咱们女儿的好转真是多亏了你！不过我现在来不了，你交代的任务还没完成，马上就到下周了。"秦蕊说。

下周六是个非常重要的节日。她跟秦蕊准备了好长时间，她要给素娜一个惊喜。这也是给自己的一份礼物。为了素娜，秦蕊也真是费了很多心思。她有空就带着素娜到处走，把整个多伦多的大街小巷都走遍了，更尝遍了来自世界各个地方的美食。

桑林苏不禁感叹多伦多真多元化，不用出国就可以吃到全世界的美食，而且大部分都是货真价实的。素娜不像妈妈爱吃米饭，她特别喜欢面食，所以特别喜欢意大利餐厅，也喜欢越南米粉和中国的各种面条、小笼包、炒粉之类的。桑林苏发现原来美食可以让人那么开心，她之前为了保持身材，对自己和素娜太过苛刻。

"秦蕊，咱们也还是控制一下好！吃胖了再减比较难受的。"秦蕊模仿桑林苏的语气说道。

桑林苏看到怪模怪样的秦蕊，忍不住笑了。她还是十几年前的样子，直爽、活泼得像个孩子，完全看不出她还是个做生意的能手，把花店打理得井井有条，深受很多人喜欢。素娜坐在旁边，虽然只是在埋头吃面，但明显看出她的心情好多了。

"你们还要丢下我搬去温哥华吗？"桑林苏很开心看到素娜摇头。她不想搬走，因为她的好朋友、生意伙伴秦蕊还在这里，因为她对多伦多还有深厚的感情。不管好的还是坏的，都是她们一起经历的生活。

桑林苏知道瓦莉娅带着素娜去了孔切尔托的墓地，真正跟她的好朋友道了个别，孔切尔托的爸妈也原谅了她当年去学校找孔切尔托问话的行为，说桑林苏也是爱女心切。他们也不再怪罪素娜，谁又能知道哪天在哪里发生枪击呢？

桑林苏还把在后院挖出来的那个蓝色笔记本请瓦莉娅给了素娜。她想让素娜知道妈妈接受了她的一切，只希望她开心。

最后一件事，桑林苏偷偷准备给素娜过生日，要给她一个惊喜。她给素娜买了一条粉色的裙子，给自己买了一条大红色的，希望以后的日子都红红火火。

她订了一家特别雅致的意大利餐厅，是素娜说了几次都没有去的，做了一个"素娜18岁生日快乐"的漂亮背景板，定制了很多气球，邀请了威尔逊老师、心理咨询老师墨悠、罗登和他的新婚妻子，当然还有瓦莉娅。

桑林苏把素娜从出生到18岁的照片整理出来，做成了一本影集和一个视频，在影集的扉页她写了一段祝福语，还有一句："素娜，谢谢你给妈妈这个机会让我成为你的妈妈，跟你一起成长！"

桑林苏为素娜买了一把她最想要的小提琴，还学了几个月的油画，为素娜画了一幅画，画的内容是：一轮粉色的新月挂在天上，一个小女孩躺在月亮上面，仰望星空，安逸宁静。她希望素娜以后的生活充满快乐，不再被任何忧郁困扰。

她唯一遗憾的是嘟嘟不能参加生日派对，不过嘟嘟也一天比一天好，相信很快能康复回家了。

夜色越来越浓，彩虹还不肯跟着夜色退去，努力用最后的余晖晕染着飘浮的云，给了刚刚露出脸的小星星一抹意想不到的欢喜。

桑林苏被如此洁净和绚烂的天空感染了，原来快乐的心情可以打开一扇看到美、看到快乐的门。让桑林苏更开心的是素娜打了电话给她，问她什么时候到家。桑林苏恨不得长出翅膀，一下子飞到家，立刻见到她的可爱的素娜。

没一会儿，桑林苏到了家。透过车窗玻璃，她看到素娜跟她的小伙伴们——四个狗宝宝和小猫发发在等她。

桑林苏从车里跳出来，奔向素娜，给了素娜一个大大的拥抱，一个她们两个等待很久的拥抱。

后记

我要感谢所有人——所有我遇到的和遇到我的人，所有我喜欢的和不喜欢的人，所有喜欢我的不喜欢我的人。

感谢生命，感谢那些让自己生命保持活力的神秘力量，感谢那些让自己多次与死神擦肩而过、让死神远离的神秘力量。

感谢春天的风，夏天的雨；感谢秋天的叶子，冬天的雪。

感谢在那个漆黑的夜晚亮着灯的路边小卖部，让自己在被长途汽车甩在半路时，找到了能联系家人的电话。

感谢所有的环保捍卫者，让我们的地球还能感受到些许温暖，可以让我们能继续感受到地球的笑脸。

感谢所有爱读书和爱思考的人，感谢你们让我有动力写更多的故事。

如果有一天，我们可以进入另一个时空，遇到黑洞，我会感谢黑洞让时间停止，让生命永恒。

之所以感谢了这么多，是因为我怕漏掉任何一个应该得到感谢的人。现在故事终于完成了。很难想象这本书是在我连续一个多月每天写16个小时以上，在几近疯狂的状态下完成的。这个故事来自现实生活，积攒了很久很多触动神经和灵魂的时刻，但我始终没有行动。现在真的行动了，我要感谢一些具体的人。

感谢高继书先生。我们在机缘巧合下认识，从他们公司引进的书的内容质量看，我看到了他作为图书出版专业人士的独到眼光。感谢他提供的这个机会，让我有了创作的动力和拼命努力表达的勇气。感谢他对我故事内容的建议和审核。

当然，我最应该感谢的是王军胜老师，通过他我才认识了高总。王老师不断的鼓励和肯定让我有了更大的动力和决心。

特别感谢我的导师黄为忻教授。感谢他一直支持和鼓励我追求自己的梦想。黄教授不仅是金融领域的专家，还是一位很棒的作家。

感谢我的封面设计师刘志华，他的敬业精神深深打动了我。从初稿到定稿，他给我提出了很多很棒的想法，直到我决定了用其中一个。

感谢我的儿子，因为儿子，我才有了做妈妈的机会，才有了参与孩子教育的经历和体会。虽然我很少懂他的幽默，但我从他身上学到了宽容、冷静。感谢儿子花时间看这个故事，给了我很多宝贵的反馈和建议。

感谢我的好朋友徐先婷（Tinna Xu）。感谢她及她的家人给了我家人般的爱和温暖。她一直是我坚强的后盾，感谢她作为首批"贴身"读者，给了我许多专业的建议，也给了我很多有价值的反馈。

感谢好友王烨（Jian Wang）一直在旁边默默支持，她总在我最困难的时候给予援手。她是一位极具责任心和爱心的艺术家，从事绘画培训几十年，桃李满天下。感恩与她相识、相知，让我深深体会到"君子之交淡如水"的静谧和闲雅。

感谢好朋友明明。她热心，为人低调、诚恳，总是在一旁默默地关心着我，支持着我。她也是第一位把儿子交给我，让我辅导他写故事的家长。她还是一位受教于名师、水平很高的画家。

感谢好友应卓禾（Maggie Ying）一直以来的支持和关爱。我很幸运能与她相识，从她身上学到了好多培育孩子的理念和知识。她是一位充满爱心和敬业精神的好老师。

感谢好友菲奥娜·李（Fiona Lee）给予我的肯定和宝贵友情。我与她在书店签售的时候相识，从此得到了她和她家人的鼎力支持。她是一位睿智、优雅、充满爱心和正义并非常温暖的人。

感谢美丽姐姐王方，感谢她一直以来对我的支持和关爱，她的优雅和聪慧宛如静夜中的皓月，如此纯净美好。

感谢闺密们——两位莉莉（Lily），戴咏梅和李红琴。感谢她们一直以来陪在我身边，为我遮风挡雨。一路走来20多年，哭与笑都有她们参与。她们一直是我的精神导师，也像姐妹一样给我的生活带来温暖。

感谢我的小兔，它是我忠实的伙伴，总是默默地陪在我身边，偶尔过来亲亲我的腿，成功把我的视线从电脑上转移，让我忙碌的大脑可以得到片刻休闲。

　　一路走来，遇到太多热心对我的朋友们，在这里罗列一下他们的名字，聊表最诚挚的谢意和感恩之情。他们是：奥利弗·杨（Oliver Yang），王芳（Fang Wang），埃里克·刘（Eric Liu），朱迪·刘（Judy Liu），艾伦·吴（Allan Wu），塔米·高（Tammy Gao），凯莉·孙（Kelly Sun），艾米丽·严（Emily Yan），桑迪和纳尔逊（Sandi & Nelson），琳恩·李（Lynn Li），梅布尔·何（Mabel Ho），艾米丽和劳伦斯（Emily & Lawrence），可可·李（Coco Li），罗杰·周（Roger Zhou），帕蒂和杰夫（Patty & Jeff），琳内亚和科恩（Linnea & Cohen）。

　　感谢天，感谢地，感谢所有的人！

图书在版编目（CIP）数据

黑洞不绕行 /（加）彼方著. -- 北京：北京联合出版公司, 2025.3. -- ISBN 978-7-5596-8243-7

Ⅰ. I711.45

中国国家版本馆CIP数据核字第2025XE0884号

北京市版权局著作权合同登记号 图字：01-2025-0274号

黑洞不绕行

作　　者：[加]彼　方
出 品 人：赵红仕
责任编辑：徐　鹏
特约编辑：高继书　高　晶
封面设计：刘志华

北京联合出版公司出版
（北京市西城区德外大街83号楼9层　100088）
北京联合天畅文化传播公司发行
北京美图印务有限公司印刷　新华书店经销
字数210千字　880毫米×1230毫米　1/32　9.5印张
2025年3月第1版　2025年3月第1次印刷
ISBN 978-7-5596-8243-7
定价：49.80元

版权所有，侵权必究
未经书面许可，不得以任何方式转载、复制、翻印本书部分或全部内容。
本书若有质量问题，请与本公司图书销售中心联系调换。电话：(010) 64258472-800